Por los siglos de los siglos

Por los siglos de los siglos

Emmanuel Noah

Número de Control de la Biblioteca del Congreso de EE. UU.:   2013920170
ISBN: Tapa Dura   978-1-4633-6759-6
                Tapa Blanda   978-1-4633-6761-9
                Libro Electrónico   978-1-4633-6760-2

Fecha de revisión: 17/01/2014

Para realizar pedidos de este libro, contacte con:
Palibrio LLC
1663 Liberty Drive
Suite 200
Bloomington, IN 47403
Gratis desde EE. UU. al 877.407.5847
Gratis desde México al 01.800.288.2243
Gratis desde España al 900.866.949
Desde otro país al +1.812.671.9757
Fax: 01.812.355.1576
ventas@palibrio.com
496165

1

Tras dos semanas de sol quemando y curtiendo el rostro duro de Saulo, ya estaba pronto a llegar. Saulo. En el rostro de este joven, futuras arrugas, secuelas de una tristeza antigua, remota, podían adivinarse. Dos semanas atrás quedaba Tarso. Dejó la casa y no miró atrás. No podía mirar atrás hacia los ojos que le miraban teñidos con las lágrimas claras del dolor del adiós, del jamás. Este camino se le había hecho tan largo. Dos semanas que parecieron siglos de inminente dolor preságico. Dos semanas de espera para volver a ver las murallas de la Vieja Jerusalén.

Pronto, muy pronto aquellas murallas surgirían del horizonte, como surgían de la memoria de la niñez cuando hizo entonces este mismo viaje. ¡Jerusalén al fin! Esta vez al enfrentamiento solo, con el pasado y el futuro revueltos en una angustia fiel y persistente agarrotándole el vientre. ¿Qué puede un hombre pensar cuando le ha sido dado el privilegio de estudiar las leyes divinas en el Templo? Estudiaría con Gamaliel, el rabino de tradición babilónica, llegado hacía poco desde la diáspora oriental, llamado liberal por sus iguales. Gamaliel traía de seguro una forma más moderna, más afín con Roma, de enseñar la pureza judaica. Avidez y angustia entrelazadas en la ondulante espera del desierto que caminaba opuesto a los camellos.

¡Jerusalén al fin! La interminable travesía con estos mercaderes, a quienes tuvo que tolerar en su ignorancia crasa y su simpleza idiótica. Saulo fue el último en bajarse del camello cuando llegaron al oasis, luego que el jefe de la caravana diera la orden de desmontar. Golpeó suavemente el cuello del camello con la varita de arrear. La bestia amaestrada se arrodilló de piernas delanteras y luego de traseras y Saulo bajó del lomo desinflado. El camello necesitaba tanto el agua como él. Volvió a tocar el cuello del camello con la vara y éste se incorporó y se fue hasta la orilla del agua a abastecerse. Saulo, con la garganta reseca por el viento árido se acercó a la orilla del oasis. Se inclinó para beber y se vio. Quedó de cara hacia la imagen distorsionada en el agua y su alma se disolvió en el encuentro fresco entre el real y el otro. La cara del hombre y la cara del agua. Sedienta y acalorada una, plena y aliviadora la otra. Dos caras en encuentro. Saulo y su virtual yo desde el espejo fluido del oasis, mirándose esas caras como si en verdad se conocieran desde siempre.

Hundió de lleno la cabeza en el agua saciando su sed y su calor desde afuera hasta adentro. Sed de un siempre que no podía recordar pero que intuía. Los ojos de Dios mirándole desde algún punto del cielo, tal y como lo hizo con los patriarcas. Se imaginaba patriarca, quizá el próximo profeta judío. Sus sueños de grandeza compensaban el dolor y la vergüenza que sus tareas le exigían. Hasta tuvo que casarse para que lo aceptaran en los estudios en el Templo. Y la imagen de Ruth le atacó cual celaje. Fugaz, inesperada, tenue y sencilla. Ruth. La esposa necesaria para cumplir la ley y poder ser rabino. No amaba a esa mujer, como jamás amaría a mujer alguna, como en realidad jamás amaría a casi nadie. A Yeshua, a Judas, a Lucas, pero eso lo entendería luego, al pasar de los siglos. Sería en ese entonces cuando abriría al fin su empobrecida alma al torrente amoroso del universo tan parecido al frescor del agua que le cubría el rostro y la garganta. Se irguió y sacudió su cabeza esparciendo el goteo que mojaba su cara. Se restregó la barba, la frente y el cogote y luego se cubrió con el manto para evitar el sol.

Recordó su suntuosa y lucida boda, como debe ser la boda de un importante. Al menos sus padres pensaban que él lo era. Lo habían criado con el mandato implícito de ser importante. No tenía alternativas. Debía estudiar, ser rabino, quizá profeta, recibir los mensajes de la Divinidad y cambiar el sufrimiento de su pueblo que, en sus rebeldías, había perdido el favor de los romanos. Si todos hicieran como hizo su padre, tornarse hacia la civilización de Roma sin dejar de ser judío. Judío y romano por gracia de Tiberio y de Yahvé. Sirviéndole a Roma, su padre logró para él la dadiva más importante del Imperio, la ciudadanía. Fabricante de tiendas es su padre, aprendiz del oficio fue Saulo hasta ahora que su destino lo llamó. Un destino que pensaba conocer muy bien. ¡Cuántas sorpresas y vueltas del camino recorrería en su existencia este joven anciano, a quien la madurez se le continuaría negando por tantos siglos!

Con estos pensamientos se llegó hasta el camello. Miró hacia el desierto y su arena rojiza. El único indicio de civilización era la vía de lajas que los romanos habían construido para guiar el camino desde Damasco hasta Jerusalén, El irritante viento del desierto, seco y caliente, cargaba el fino polvo que iba levantando y que castigaba la piel, lenta y despiadadamente. Rozó el cuello del animal para que éste se arrodillara y lo montó. Con su natural destreza el camello se incorporó y Saulo lo guió para seguir la caravana que se movía paralela al duro camino de Damasco, camino que algún día cambiaría el curso de su vida.

Hacia Jerusalén marchaban mercaderes y hombres, bestias de carga y monta y alguna que otra puta con su enjambre de eunucos. Tras dos horas de sol fuerte, cercano al medio día, caliente la arena y las piedras, entre la bruma reflejada en espejismos apareció la línea sólida de las murallas de la Ciudad de Dios. ¡Jerusalén al fin! Acercándose a paso de caravana la puerta de Damasco, Saulo le adivinaba los detalles, su elegancia de líneas. Las murallas se fueron agrandando en estatura y extensión y los detalles de la puerta de Damasco se fueron dibujando con las pinceladas del sol candente de fin de verano. El templo fue emergiendo tras las murallas y creciendo hacia el cielo, imponente, dorado. Cuando las murallas al fin se pudieron condensar en el campo visual, el Templo dominaba cada rincón de la periferia de la ciudad. Esa maravilla del mundo, fabricada por Herodes el Grande hacia casi sesenta años, asombraría a muchos, al menos durante el poco tiempo de existencia que le quedaba. El que construyó Salomón duro casi quinientos años. Éste no duraría ni cien. Los detalles cincelados de la Puerta de Damasco fueron dando marco a las personas, las ovejas, los camellos, los transeúntes de mirada extraviada, hacia el futuro de sus propios asuntos y planes. La fauna que habitaba la Puerta parecía ser tan de piedra como los bajos relieves de las paredes.

Tras pasar el oscurecido portal con bancos de piedra a ambos lados y una fuentecilla en la pared casi al salir, entraron la parte nueva de la ciudad y más allá en la muralla interior podía verse la antigua puerta que daba al distrito comercial. En esa segunda puerta fue que dejaron los camellos, las cargas y las pertenencias para que los esclavos las recogieran luego. Desde afuera se escuchaba el rugido siniestro de los vendedores gritando a pulmón su bisutería y algunas joyas, su lana y alguna seda de oriente, sus ollas de barro y sus cerámicas, su carne desangrada y su cebada, su trigo, su pan, su aceite y su vino. Cruzó caminando despacio el portal refrescado por la sombra y otra fuente. Sintió el ruido citadino *in crescendo* y el olor de la sangre le dio una bofetada. Había borrado este olor de sus recuerdos de Jerusalén. Allá en Tarso se olía a veces, pero los ríos limpiaban rápidamente el veneno de la carne de los borregos y ovejas. Según mandado, se hacía; la pureza del alma comienza con la pureza de los alimentos. Acá en Jerusalén el estancamiento de sangre le daba ese penetrante aroma a fin de vida. Los que aquí morirían por la cruz, la espada y la piedra dejarían olores y mitos milenarios. El Dios de la venganza habría de encargarse de redimir este colonizado pueblo. La fetidez sanguínea producía entre su gente aquella ira ancestral de pueblo dispersado por la historia. Y el deseo de todos de volver a la gloria que quizá nunca hubo. David y Salomón y el templo de ese entonces en el que se encontraron los papiros sagrados del libro de Moisés. La Tora que enseñó por fin que todas estas tribus tenían el mismo tronco, Abraham. Pero los tiempos eran otros. Ahora estaba Roma, con su gran civilización. Era necesario tornarse hacia la metrópoli y pertenecer a ella. Los pueblos que seguían a Roma progresaban. Los rebeldes eran aplastados. Y Roma respetaba las culturas, las propiciaba. Roma permitía las creencias. Dejaba que los griegos fueran griegos y los judíos, judíos, lo único que exigía el Imperio era lealtad. El pueblo hebreo no era leal. Había que de alguna forma enseñarle que dejando de ser enemigo de Roma y dejándose asimilar a los modos del Imperio, era el único modo de sobrevivir como nación.

A la entrada de la Puerta parecían aburrirse morosos dos centuriones, que de vista no parecían ser lo peligrosos que podían ser en batalla. Por toda la ciudad, en parejas siempre, se les veía recostados de alguna pared o columna y con la misma cara de hastío repetida cientos de veces, en su desdeño por el pueblo que mantenían subyugado. Parecían no estar allí y no le hablaban a nadie, quizá porque no dominaban ni el griego ni el arameo o quizá porque no les interesaba mezclarse con los pobladores del lugar. La presencia imperial era sutilmente obvia en Jerusalén. Nada de dioses paganos, nada de estatuas alusivas, mucho respeto por las creencias, pero sí una legión dispersa por la ciudad, lista para aplacar este sedicioso pueblo que tanto resistía el dominio extranjero.

La avenida principal del Betesda se coloreaba con las telas, las aves endémicas y exóticas, los micos que servían de alimento a los africanos, los frutos de la tierra, los letreros en arameo y griego, los gritos de los mercaderes anunciando su engaño del día y los claroscuros formados por el candente sol de la temprana tarde. Un bazar acá, un mesón más allá, corderos vivos y corderos desangrados y peces secos al sol. Al llegar al cruce de la calle que iba al Fortín Antonia, se topó con el mercado de esclavos. El primer indicio de su ignoto destino le esperaba aquí. La algarabía de los compradores contrastaba con el silencio sumiso de la mercancía humana. Presentaban en tarima eunucos negros de Etiopia, familias de tez oscura del oriente, rubios y barbáricos gigantones del norte lejano y aquel jovencito que le hizo dar un vuelco a su corazón. Le recordó este rapaz a aquel otro niño que vino de visita a Tarso hacía tres años. El niño se encariñó del fuerte Saulo y usando su poder de familia noble de Roma, le enseñó al tarsino el bajuno placer de la carne y el pecado antinatural. Calígula llegaría a ser emperador, otro de los hilvanes que su sino le iba bordando. Calígula, que siempre fue *malikao* y escandalizador de una corte que parecía tolerarlo todo, llegaría a usar a Saulo para sus propósitos, por éste tener unas cualidades idóneas para ejercer la represión. Y ahora este efebo que le recordaba el enviciante pecado de griegos y romanos, al cual Saulo estaría atado por toda su vida.

Saulo despreciaba a los hombres que servían de mujer a otros hombres. Sin embargo, estos le atraían ferozmente, como ahora le atraía este jovenzuelo sin otra cualidad vendible que no fuera su delicadeza. Corto de estatura, de pelo azabache, lampiño, vestía el esclavo una túnica corta, sin mangas y adornada por bordes griegos. Fue el único que pujó por el muchacho y ganó la subasta por un ridículo precio de seis talentos. Los demás compradores se chiflaban del también joven comprador e insinuaban el propósito de la compra de tan inútil espécimen. Con la cara enrojecida, y cubriendo su cabeza con su manto, pagó y ordenó a su nuevo esclavo que le siguiera. Una excitante vergüenza le exprimía el centro de su abdomen y la erección que tenía le oprimía el buen sentido de fariseo. Este mal que lo agobiaba terminaría por ser su secreto pecado. Pecado que muchos sospecharon, pero que nadie se atrevió a denunciar cuando Saulo llegó a ser figura pública de las *eklesias*.

Siguió la calle, ya sin atreverse a mirar a los lados y subió hasta la Alta Jerusalén donde buscaría a Yosef, el amigo de su padre, quien le ayudaría a acomodarse en la ciudad por los seis años que duraban los estudios. Su esclavo le seguía dos pasos atrás.

-¿Cómo te llamas? Preguntó Saulo sin voltearse.

-Judas.

-¿De dónde vienes?

-De la región al noreste de Macedonia, donde mi familia fue asolada y fui esclavizado.

El mozo hablaba griego con fluidez y quizá pudiera pasar por judío. Luego, en su primera noche juntos, pudo ver que el joven estaba circunciso. Apariencia judía, circunciso. Como para hacerlo pasar como judío.

Caminaron frente al Palacio de Herodes, muerto hacía más de veinte años. Esta monumental residencia que nadie habitaba desde que Roma eliminó el reinado judío, fue abandonada luego que Antipas la cagó con su desordenado y corto reinado. Desde ese tiempo la sede del gobierno pasó a Cesárea y Herodes fue trasladado con toda su corte a Galilea. Con un poco más de experiencia en el área de la adulación, junto al mar de Galilea construiría la ciudad dedicada a Tiberio. Jerusalén nunca perdió su importancia como centro comercial y religioso, pero ya no sería centro de gobierno del poder romano. Los grandiosos portales del palacio sufrían el abuso del tiempo y el abandono. Cerrados para siempre, guardaban tras de sí la mortaja de una gloria pasada, que Herodes el Grande supo aprovechar en sus contubernios con Roma, y que su joven hijo, desordenado y vicioso, trastocaría. A la izquierda entre las suntuosas casas podía verse la Baja Jerusalén y el canal cruzando el Tyropeón. Allá se dibujaba el Moriah, con su magnífico templo, maravilla arquitectónica del mundo. También al norte del templo se podía ver el Fortín Antonia, símbolo del poderío romano, donde se estacionaban las legiones que mantenían el orden en la colonizada Jerusalén.

Tras pasar la tumba de David tomaron la primera calle a la izquierda, y enseguida la próxima izquierda. Las calles de la Alta Jerusalén se posaban paralelas y bajando en escalones, permitiendo la vista de la ciudad desde las casas en el lado oriental de las calles. Se detuvieron ante una formidable residencia de estilo helenizado y Saulo llamó a la puerta, que al abrirse mostró un esclavo etíope con su collar distintivo y su actitud conformista ante su suerte. Tras presentarse, Saulo indicó el propósito de su visita. El negro desapareció y tras varios minutos se allegó a la puerta un hombre entrado en años, lozano y risueño, quien saludó a Saulo efusivamente. Judas estaba fuera del campo visual dominado por la puerta, y Saulo entró al ser invitado, dejando su esclavo afuera.

Dentro de la casa pasaron al salón de pisos de mármol y paredes de frescos representando formas y símbolos, pero respetando la prohibición de imágenes de vida. Al final un balcón que dominaba casi toda la ciudad. Saulo extendió la vista de norte a sur notando las casas que iban reduciendo su esplendor según bajaba la colina hacia la baja Jerusalén y llegaba hasta el canal y a la muralla de la Ciudad de David. Luego se veía el Monte del Templo dominando toda la ciudad y enmarcado por Getsemaní hacia su parte posterior. Podía verse claramente el patio de los gentiles rodeando el templo, el estadio romano construido por Herodes, y el puente que permitía el paso de los ricos hasta el Templo, sin tener que pasar por la sombría, abrumada y pobre Baja Jerusalén. Saulo contestó preguntas sobre sus padres, sobre Tarso, sobre los fieles de la diáspora. Ofreció excusas por no tener a su mujer consigo y preguntó sobre su morada temporera. Yosef le dijo que había sido diligente cumpliendo los deseos del padre de Saulo y le había conseguido una casa para que pudiera pasar los seis años que habrían de durar los estudios.

Salieron de la casa y caminaron por la calle hacia el norte hasta llegar a un arco que llevaba a unas escalinatas que bajaban hasta la próxima calle. Judas, que había estado sentado a la sombra, cruzando la calle, les siguió a una distancia prudente. Siguiendo hacia el norte llegaron a una casa que a Saulo le pareció ostentosa. Yosef sacó una llave que abrió la puerta de aquella casa de exteriores helénicos pero interiores definitivamente romanos. La casa tenía una piscina, un reclinatorio y tres dormitorios. La cocina quedaba cerca de la entrada y tenía un portal que daba directamente al reclinatorio. Del reclinatorio se bajaba un escalón hacia una sala que abría a un balcón que daba a la ciudad. Los pisos eran de mármol con motivos zodiacales. Las paredes eran sobrias y no tenían frescos. Saulo comentó que su padre no tenía dinero suficiente para pagar una casa así, pero Yosef le dijo que un allegado que ahora vivía en la India, dejó la casa para ser cuidada. Con sólo mantenerla, la renta quedaría paga. Esta lujosa casa cultivaría su gusto por la magnificencia. Ese gusto caracterizaría a Saulo durante su vida. Luego de despedirse de Yosef, llamó a Judas y le enseñó la casa. Un sólo esclavo no daría para mantenerla. Luego Saulo compraría una pareja de esclavos que limpiaran y cocinaran. Judas sería su esclavo personal, quien lo bañaría y asearía, y quien le otorgaría favores sexuales para llenar su soledad y aliviar su tristeza.

2

El autobús se detuvo a recoger algunos pasajeros, justo en el cruce donde comenzaba la carretera hacia San Alejo. Carretera era una hipérbole para llamarle a aquel camino vecinal pobremente embreado. La carretera principal era una de esas modernas de dos carriles contrarios que recorría el descampado entre la capital de la provincia y Santiago. ¿Quién había oído hablar alguna vez de San Alejo? ¿Qué pueblucho era éste que ahora sus superiores usaban para magullar su orgullo tan despiadadamente? San Alejo, allá en la cordillera, con un frío de madre en tiempos en que uno esperaría bonanza. San Alejo, que le esperaba despiadado, desconocido, ignorado por el mundo. Tierra de indios ignorantes; lugar para morir en vida. El bullicio de los nuevos pasajeros sustrajo de un tirón a Antonio de su mundo de interrogantes. Indios y mestizos entraban alborotadoramente al autobús buscando acomodo en el ya repleto montón de chatarra que alguna vez fue amarillo. Antonio los miraba y pensaba en su futuro conviviendo con estas personas, tan ajenas a su cultura. No tenía nada que ofrecerles ni nada importante que hacer en aquel recóndito lugar del planeta. Tuvo que venir por su fe. Su fe. Nadie jamás cuestionó su fe, excepto él mismo. Como tampoco nadie cuestionó su futuro como obispo o cardenal. Quizá la sutil promesa de una vida de poder y comodidad, sustituyeron en el seminario esa incipiente duda de todo. Y claro, el miedo. El peor pecado de todos es el dudar, el cuestionar los misterios de Dios. Y esa duda se revolcaba intensa, allá adentro, en la mente inquisitiva del nuevo cura. Leyendo las sagradas escrituras, se preguntó muchas veces cómo era posible creer aquellas cosas de la Biblia. Cuentos tan absurdos que tanto chocaban con la razón. Pensó que ese libro era mitología. Pensó en ignorantes escribiendo para políticos. Pensó en el pecado original y su improbabilidad. Pensó en la salvación y se cuestionaba salvación de qué. Muchas veces su fe se tambaleaba y un gran acto de humildad, al que se obligaba, le hacía acallar los atronadores cuestionamientos que invadían su mente. Cuando el obispo le insinuó que sería su ayudante allá en la capital, el orgullo le dio un manotazo a la duda. Todo iría como planificado. La promesa de Vaticano se acomodaba en un resplandeciente futuro para un brillante joven. El mejor estudiante del seminario sería ayudante del obispo. De ahí, al cielo. El cacarear de las gallinas, de los indios y patanes, insistía en traerlo a esta realidad, pesadilla de sueño roto que le tocaba enfrentar.

El viejo autobús canturreaba su canción de latón, pollos e indios soñolientos. Enfilaba su destartalada silueta hacia lo alto de la cordillera. San Alejo. En su imaginación ese pueblo apestaría tanto como este autobús. Mierda de pollo, sudor de obreros, piel de indio y el hediondo perro jadeante, amarrado con un improvisado arnés de esparto. Los negros sombreros como un mar ominoso, cubrían el plano visual que llegaba hasta el parabrisas y le semejaron la entrada del averno imaginado que de seguro le tocaba vivir. Alguna que otra pluma y el rojo de los ponchos se le intuían como el fuego eterno y sus llamaradas. La vergüenza, la desgracia del joven lleno de promesas que había sido enviado al culo del mundo a echarle perlas a los cerdos, a desperdiciar su inteligencia y talento con estos pobladores del maltratado vehículo. San Alejo. Resonaba en sus oídos el nombre de aquel pueblucho que le fue asignado. Y la duda batiéndose a dentelladas con la impuesta fe, royéndole la sustancia misma de su alma.

Cuando terminó el asfalto comenzó la carretera de tierra. La aridez de la sabana que se estiraba a los pies de los montes, la expansión de luz, polvo y viento le dieron un golpe de belleza. Nunca había viajado por los prados de pobreza enmarcada por la riqueza natural de la sabana antecediendo la Cordillera Andina. El verde de allá con el ocre de puntos verdosos y amarillentos de acá. Los cucuruchos nevados y un cielo allá, mágicamente azul y sin nubes. Las cabras acróbatas rebuscaban alimento entre las piedras y el olor a realidad de un remoto paraje vangosiano donde la paz y la guerra sonaban sus espadas de sol candente y de un desfuturo certero para la muerte de su orgullo. Los saltos del vehículo agitando las gallinas, el perro apático y jadeante, los negros sombreros y el sudor de los viajeros hacinados, contrastaban con la inmensa promesa que allá afuera le esperaba. Antonio aún estaba ajeno a esa futura realidad.

La aridez fue quedando atrás y el verde se hizo temático mientras el camión comenzaba la subida. La carretera se fue haciendo casi vereda y una selva fue perfilando el paisaje del ascenso. El vaho húmedo fue penetrando por las ventanas y fue apagando la triste miseria de sus ocupantes. El jadeo del perro se hizo sopor en una esquina y los pollos se fueron callando. Era como si el canto de los pájaros de afuera, dominara con su ulular la intranquilidad de Antonio. Una nueva promesa le tomó por asalto y le dio los primeros atisbos a una nueva fe que aún no conocía. La imagen de su madre le vino del recuerdo de un niño llorando y aquella mano leve y llena de ternura acariciando su pelo. Eso era entonces, cuando el mundo era mágico y las dudas se limitaban a temer los oscuros momentos en que mamá no estaba. El mundo del jardín le asustaba sin siquiera saber del mundo detrás del muro. En duermevela, entreviendo a sorbos el paisaje de paz que corría veloz por la ventana, Antonio entraba y salía de un marasmo que parecía sueño. Los brincos que el irregular camino ocasionaba al autobús, lo iban hundiendo en una nada que ya no molestaba. El sonoro festín de las aves en los bosques, producía la sugestión hipnótica que le mantenía al tanto de sí mismo mientras dormitaba. Se fue hundiendo más y más en el sueño hasta que todo se tornó tranquilidad. Le estaba llegando el atisbo de paz que San Alejo habría de darle.

Una nueva serenidad de asfalto le despertó. La selva cedió su espacio a la calle, a las casitas de adobe y paja, a los niños, panzudos y descalzos, imaginando goles, corriendo despreocupados tras un fabuloso balón de trapo y estraza. La entrada al pueblo de San Alejo llevaba hasta la plaza con las dos torres del campanario y el carrillón de la iglesia sobresaliendo por sobre los árboles y las casas. Aquellas dos torres abrazando la plaza, le dieron una sensación de bienvenida.

La organización social de San Alejo se presentaba obvia en la disposición de las viviendas. Primero las chozas, apenas aptas para protegerse de alguna lluvia o del embate solar. En los pequeños solares se veían cerdos y cabras, gallinas y perros ladrándole al dragón amarillo. Luego las casas iban cambiando. Balcones en algunas, techos de zinc y luego de tejas. Primero las de madera y luego las de hormigón. Según se acercaban a la plaza y a la iglesia, la pujanza se hacía aparente. Esa misma estructura la iba a encontrar dentro de la iglesia. Bancos con cojines para las rodillas en las filas de los ricos. Sólo el duro mármol para las rodillas de los pobres.

De pasada, a su izquierda pudo notar una casa más grande que las otras, ostentando una cruz sobre la doble puerta. Un letrero parado en dos cuartones leía:

PRIMERA IGLECIA
CRISTIANA BERDADERA
Pronta abertura

Sonrió ante la ortografía del letrero y pensó en un ignorante ministro pentecostal de esos que hablan lenguas disparatadas y dicen que el Espíritu Santo se apodera de ellos. Despreciaba estos fundamentalistas como despreciaba a aquellas monjas rígidas de su exclusiva escuela parroquial. Y entonces pensó en sus creencias. Algo le decía que eran tan absurdas como las de esos otros cristianos primitivos. Sus creencias, que iban disfrazadas de civilización, de urbanidad. Intentó reír, pero su tambaleante fe no se lo permitió. El bullicio quedó atrás cuando el autobús entró a la Calle Sur que bordeaba la plaza del pueblo.

Hacia el oeste de la plaza pudo ver la secuencia de vitrinas y letreros alusivos a los servicios comerciales ofrecidos allí. Abogado, médico, botica, un café bar. Al sur de la plaza dominaba la suntuosa iglesia y al norte un palacete que servía de ayuntamiento. El lado este de la plaza estaba adornado por los largos balcones de siete opulentas mansiones, las casas de los ricos y terratenientes. Los dueños de San Alejo. La Calle Sur terminaba como calle con la esquina de la iglesia y la Calle Oeste. Al seguir subía arqueando entre los montes. De cada esquina de la plaza surgían calles que se alejaban del centro de San Alejo.

Tras doblar a la derecha, el vehículo se detuvo en la calle corta que quedaba entre las escalinatas de la iglesia de San Alejo y la Plaza del Fundador. La pequeña plaza circundada de árboles y bancos, asombrosamente libre de perros realengos y beodos habituales, limpia hasta el extremo, pacífica y silente. La plaza del Fundador cubría unos mil metros cuadrados de parquecitos, árboles compulsivamente podados, veredas de adoquines que curvaban arbitrarias de un lado al otro. Cada parquecito estaba cercado de barreras de madera y rodeados de perennes. Esporádicos, se situaban bancos, donde estratégicamente el sol y la sombra de los árboles se peleaban la atención de los que se sentaban. Toda una antesala para la casa de Dios.

La Iglesia de San Alejo observándolo todo, presentaba sus tres puertas talladas con motivos dantescos, rodeada cada una de arcos góticos con bajos relieves ilustrando la potestad de Jesús y María sobre la maldad de los hombres. Dos puertas menores enmarcaban la puerta principal que se erguía imponente, amenazante. Dos torres se elevaban sobre cada puerta menor y entre ellas una gran cruz que anunciaba la casa del

Señor. Desde la torre de la izquierda un carrillón pregonaba sus alabanzas que podría pensarse que le daban la bienvenida al nuevo cura. Aquel escenario terrible, lleno de chantajes infernales y sobornos de salvación, impresionaba mucho a los habitantes de San Alejo.

Ya en la acera, Antonio se estiró levantando los brazos como alcanzando el cielo y un gruñido le vació los pulmones un instante. Aspiró el fresco aire lleno de aromas de flores. La primavera en su esplendor festejaba en esta cordillera verde y florida. En esta época, San Alejo regalaba un incierto asunto de misterio impoluto. Antonio tomó su maleta y bordeó el camión, cruzó la calle y comenzó a subir las escalinatas hacia el pórtico de la iglesia. Mientras subía se abrió la puerta lateral izquierda y salió un hombre muy anciano, en sotana, con un birrete de tres dobleces.

El Padre Ildefonso. El viejo cura que dejó toda su vida en este remoto pueblo, donde aún la televisión y los celulares no habían logrado penetrar. Antonio se sacó su aparato de la cintura y miró la ausencia de señal antes de apagarlo. Ildefonso lo miró largamente como tasando a su escogido quien venía a usurparle sesenta y siete años de vida bucólica, de buen vino, sin prelados de afuera que le dictaran sus nuevas mañas modernas. Este nuevo curita vestido de jeans y camiseta, con chaqueta de cuero y botas de cowboy, seguro venía a decir misa en español para que la entendieran todos. La mística del latín, como lengua de Dios, impresionaba a estos indios que seguían los rituales y nada cuestionaban. Lo importante era la salvación de esas almas. Si entendían o no, no era la preocupación del viejo cura. ¡Qué difícil dejar su obra y su vida atrás y entregársela a un novato de nuevas tendencias! Pero éste era su escogido. ¡Pobre San Alejo sin Ildefonso para cuidarle su espíritu! Pero la voluntad divina requiere que nos vayamos yendo. Pasar el cetro resultaba incomprensiblemente duro para este anciano con mente repleta de recuerdos y pecados, gozos y penurias, fe y mundanismo. ¡Tantas memorias contenidas entre las montañas que rodeaban San Alejo! Ésta es la única vivienda que su corazón conocía, contradiciendo su mente, que recordaba una vida antes.

Cuando llegó a San alejo fue en un burro, y le pareció simbólico que también fuera un Domingo de Ramos. El párroco de entonces estaba muy viejo y en cama, casi listo para entregar lo prestado y acogerse a la paz desconocida del aliento postrero. Tuvo que darle la extremaunción al viejo cura. El joven sacerdote comenzó su ministerio despidiendo muertos. Al llegar pensó que su estadía allí sería corta, quizá un año. Pero los años seniles le sorprenderían aquí, igual que el amor por el vino, la buena mesa y una mujer durmiendo a su lado. Su catolicismo se modificó en esta región donde nadie parecía criticar que una viuda se quedara de noche con el cura. Luego cuando la viuda murió, una sobrina de ésta se quedó proveyéndole compañía. Fue así que pudo disfrutar el regalo divino que allá en Roma insistían en llamar pecado.

A poco de llegar a San Alejo, conoció a los monjes vinícolas del monasterio de arriba en la montaña. Ya casi trescientos años habían pasado desde que llegaron los primeros monjes. Era un placer verlos con sus cartujos ondeando al viento, mientras recogían las uvas. Monjes que comenzaron haciendo vino para los rituales de la misa y poco a poco se fueron haciendo productores vinícolas. Todo el vino de la región se producía allá arriba en el monasterio. Cuentan que comenzó como un puñado de cabañas y que fue creciendo hasta convertirse en un castillo de celdas rodeando un patio interior donde se hallaba el lagar. Ildefonso hizo amistad con el abad de esa época. Poco antes de morir, el buen cristiano le mostró unos manuscritos que le harían ver al joven cura que toda su rebeldía casi adolescente, estaba dentro del legado divino.

Ildefonso, cura a la antigua en apariencia, párroco de gente humilde, bebedor de vino y fumador de puros. Ildefonso, purista de la fe y pecador de la carne. Humano como todos, sublime como su imagen de sí mismo. Desatento al chisme y pendiente de la salvación de las almas. Olvidadizo a veces de la suya propia, pero andando, que Dios sabe juzgar. Aprendió que el mal no está en una cama, sino en las mentes de los que dañan, de los que hablan, de los que matan. Redefinió el pecado y le dio comunión a los amancebados. Condenó al violento y realzó el amor por sobre todas las cosas. Descartó la Tora y el cristianismo convulso de San Pablo. Predicó sólo el Jesús de amor y compasión, el que andaba entre ladrones y redimía putas y adúlteras. Ese Jesús que hubiera echado los modernos mercaderes de su templo si estuviera en esta época. San Alejo fue su nicho de un predicar diferente.

Cuando le llegó el tiempo de pensar en el final, decidió buscar un sustituto. Alguien con espíritu de rebeldía, alguien con esa chispa de humanidad, que no estuviera demasiado dañado por la romanidad. Les escribió a amigos y recibió listas de candidatos. Muchos que no le encendían la imaginación. Recordó la carta de un párroco de un pueblecito de Puerto Rico, que le contó sobre un muchacho ferviente, pero con ansias de santo. Muy inteligente era el joven cura. De seguro estaba en busca de una fe que le aliviara esas dudas que traía desde niño. Unas dudas que se llevó al seminario y que no resolvió allí. Por sus talentos, el joven era candidato a caminar en sandalias vaticanas. Ildefonso sintió en algún punto de su ser una conexión con ese joven. San Alejo sería ideal para encontrar lo que el joven cura buscaba. Comenzó el cabildeo con conocidos para lograr que Antonio fuera desviado hacia San Alejo, hacia su salvación y hacia la continuación de un cristianismo de amor. Acá, aislado entre las pendientes andinas donde las sierpes de Roma nunca lo alcanzarían.

Antonio se enfrentó al anciano y se sintió confundido al no saber exactamente cómo saludarlo. ¿Le daría la mano? ¿Lo abrazaría? ¿Cómo se saluda a un cura viejo? Ildefonso fue quien lo abrazó. Luego lo miró con unos ojos negros y lacerantes destacados por las cejas blancas y profusas, el birrete casi tocándolas. ¿Así que tú eres el elegido? Le increpó el vetusto sacerdote. Antonio asintió, ya que las palabras no le brotaban. Abrió un compartimiento exterior de su maleta y le entregó al cura la carta de ubicación. Ya Ildefonso había recibido la del retiro. Entraron por la puerta abierta, la que indicó con una señal el anciano. Por el lateral de la nave pasaron por las estaciones del vía crucis. Antonio miró de reojo la suntuosidad de aquella iglesia de pueblo con ínfulas de catedral. Notó los pisos de mármol, el ébano de los bancos y la baranda que rodeaba el altar. El Cristo de madera finamente tallado, languidecía su milenaria muerte, dominando la conciencia de los feligreses. Estatuas de santos a los lados. A la derecha Santo Tomás de Aquino, a la izquierda, San Alejo, el hombre de Dios, portando su escalerilla. Una Inmaculada hacia el extremo opuesto a donde se encontraba. Un altar encumbrado, revestido de doré. Sobre la mesa de mármol descansaba el sagrario de oro. Subieron los dos escalones del altar mayor para alcanzar una puerta que daba a la sacristía. Dentro, el ropero, una gran mesa con doce sillas y una butaca señorial, como esperando una última cena. Una sacristía austera como las que siempre veía en todas las iglesias, pensó Antonio. Las paredes estaban cubiertas de madera barnizada. Un crucifijo tallado presidía la estancia. La puerta al fondo daba a la casa parroquial, a la cual entraron.

La casa parroquial era pequeña pero cómoda, de tres habitaciones penitentemente amuebladas. Las paredes ostentaban cuadros y efigies de santos, ángeles, crucifijos y vírgenes. Una foto enorme de Su Santidad colgaba en el comedor. La cocina despedía aroma de delicias y el ruido de ollas denunciaba la presencia de unas manos milagrosas que trasmutaban la vianda en manjar, como alquimia de agua en vino. Entraron a la cocina y trajinando por su amplitud, dos mujeres. Eran madre e hija, según denunciaba el parecido. La madre había sido hermosa, como lo era la hija ahora. Una joven tan bella como para darle un vuelco al corazón de Antonio. La palidez del joven cura no pasó desapercibida por la joven, quien sonrojada, dejó escapar una sonrisa deliciosa y sensual. Antonio supo que de alguna manera ella también sentía el llamado de la naturaleza. Luego de la cena hablaremos de la misa del domingo. Te presentaré como el nuevo párroco, dijo casi sin ganas Ildefonso. La cena estará lista en media hora, dijo Aurora, la madre, les da tiempo de bañarse y prepararse. Ildefonso le llevó a su cuarto y Antonio se fue a la ducha tan pronto Ildefonso cerró la puerta. El agua tibia le fue relajando su ánimo y se vio en los brazos de la joven en la cocina. Se arrodilló bajo el chorro y rezó con angustia, sabiendo en el fondo, que además del orgullo y la soberbia, un nuevo pecado le tendía sus redes.

Antonio se vistió con la prisa que su nuevo conflicto le permitía. Se llegó hasta la mesa donde ya Leonor, que así se llamaba, e Ildefonso conversaban. Aurora sirvió el caldo, la ensalada, trocitos de pollo y espárragos como aperitivo. Luego la mujer se sentó junto a Ildefonso y le indicó a Antonio su asiento frente a Leonor. Al sentarse a la mesa, el nuevo párroco no sabía dónde poner la mirada o los pensamientos. Ildefonso hizo las presentaciones y Antonio logró sacar un mucho gusto de algún rincón de su mente. Durante el aperitivo la conversación fue de parca a animada. Antonio miraba furtivamente a la joven que tenía de frente. Leonor no se parecía en nada a las aldeanas que vio desde el autobús. Ella vestía una blusa blanca de volantes bordeando un escote que insinuaba unos senos deliciosos, cálidos, suaves manjares angelicales. Antonio sonrió para sí cuestionándose de dónde sacaba lo de senos angelicales. Las imágenes de ángeles muy femeninos, de sensual figura poblando museos y altares le llegaron en todo un resplandor místico. Miraba a la joven con ojos de quimera, como tratando de sepultar dentro de sí la turbación que ella le causaba.

-Oiga, padre Ildefonso, No nos había dicho que su sucesor era tan guapo como galán de cine, dijo Leonor.

¿Galán de cine? No parecía haber salas de cine en San Alejo. Antonio trataba de racionalizar y buscar la manera de ocultar su sonrojo. Miró a Ildefonso quien estaba sentado junto a la joven y el viejo le devolvió un guiño malicioso como respuesta.

-Entiendo que además es un hombre muy inteligente, dijo Ildefonso. Habla lenguas antiguas y ha leído mucho. Fue secretario de un arzobispo antes de venir a San Alejo.

¿Qué les importaba a estas mujeres lo que Antonio era o no era? Ildefonso parecía saborearse la incomodidad y continuo sonrojo de Antonio. Leonor reía. ¡Y cómo reía! Reía con una soltura y frescura que hacían temblar a Antonio. Y su hablar, su vocabulario educado, sus ademanes de chica de ciudad, le turbaban. ¿Qué hacia una mujer así en San alejo? ¿Por qué estaba aquí en esta cena? Mientras se perdía en sus pensamientos, Aurora se fue a la cocina a traer el plato fuerte, filete de trucha con salsa de mango picante. Los ademanes, el contoneo de Leonor, exudando concupiscencia a cada momento, le produjeron una importuna erección que le nubló el entendimiento y le hizo olvidarse de su Dios, de su Jesús. La sensualidad de la mujer, la comida y del vino se entrelazaban irremediablemente. Estaba perdido. Esa misma noche tendría que confesarse y rezar. Rezar con fuerza y con la fe que siempre le había faltado. La cena terminó con una natilla de huevos y almendras, rociada con polvo de canela, que se apagaba ante la sonrisa y exuberancia de Leonor. Un intento más de la tentación de los placeres del mundo para incluirse en la vida que le esperaba en San Alejo.

Luego sentado en la sacristía, Antonio e Ildefonso conversaban.

-Padre, perdón porque he pecado, le dijo a Ildefonso quien soltó una risotada y le contestó:

-¿Acaso has matado a alguien, Toñuelo?

Antonio miró a Ildefonso sin comprender el propósito de esa pregunta. La vida en estos pueblos no es lo mismo que en la capital, mi querido Antonio, dijo sonriente Ildefonso. Por años he pasado mi soledad con mi humanidad a cuestas, sin negarme lo que soy. Antes tuve a Rosario que fue mi compañera y mi confidente. Luego llegó Aurora, quien llenó mis otoños de aromas de primavera. Lo que Dios hizo no puede ser pecaminoso, hijo. El daño a los demás sí lo es. Ya no estarás solo en San Alejo.

-Pero padre, esa joven me ha estado seduciendo durante toda la cena, y yo he respondido internamente a esa seducción. ¿Cómo voy a poder resistir? Antonio subía el tono de la voz en acorde a su escandalizada percepción.

-No entiendes, hijo. Nada tienes que resistir. Es la vida y tu naturaleza que te llaman.

-No quiero perderme, padre. No quiero que ella se pierda, casi gritó.

-El amor no pierde a nadie. La maledicencia, sí.

-Es locura esto, padre. Todo lo que me dice va en contra de nuestra Madre Iglesia. ¿Cómo puedo quedarme de brazos cruzados ante una ofensa tal a Dios? Antonio se levantó y comenzó a caminar rápidamente de un lado a otro.

-A Dios no le ofende el amor.

-Pero es amor erótico, pecaminoso. Para los siervos de Dios sólo el amor puro por los demás es permitido. Se detuvo y miró a Ildefonso en los ojos, tratando con su mirada de presentar concisamente todas sus dudas.

-¿Y piensas que puedes diferenciarlos? Dijo Ildefonso mientras se iba hasta uno de los roperos a sacar un puro y una botella de vino. Colocó la botella sobre la mesa y salió hacia la casa. Regresó con dos copas, un sacacorchos y cerillos. Pausadamente, ceremonialmente, muy seriamente, descabezó el puro, descorchó la botella, sirvió el vino y encendió el puro, chupando con cara de placer. Antonio se dejó caer en una silla.

-Voy a volverme loco pensando. Padre, toda mi vida vengo luchando con la debilidad de mi fe. Todo el tiempo racionalizando mis dudas, mis cuestionamientos. He vivido atormentado por el conflicto entre lo que deseo y lo que la iglesia manda.

-El conflicto lo pones tú. La reconciliación tendrá que ser tuya también.

Antonio sentía una tensión que le engarrotaba los hombros, le apretaba el pecho, le cerraba los puños. Un fuego lo fue subiendo desde el pecho y dos lágrimas finalmente brotaron. Su decisión de ser sacerdote le reventaba ante sus ojos. Se supo iluso. Tomó el vino. Miró al cristo de la pared. Mirando fijamente a Ildefonso le preguntó:

-¿Quiénes son estas mujeres?

-Aurora quedó viuda hace unos diez años. Su esposo fue el anterior médico de San Alejo.

El Dr. Franco de Toledo llegó desde España a practicar en San Alejo. En ese tiempo el gobierno reclutaba médicos para prestar sus servicios en lugares remotos. Aquí conoció a Aurora, hija de un comerciante del pueblo. Rápidamente el padre de Aurora montó boda para celebrar la buena pesca de su hija. Tomaron casa en la plaza que sirvió a la vez de consultorio en la planta baja. Es la misma casa que ocupan ahora el Dr. Finkelstein y su criada brasileira. A los dos años de casados nació Leonor. Locura de sus abuelos, orgullo de su padre, amor incondicional de la madre. Como un cuento de hadas vivieron en San Alejo. Los tres llenos de amor. Los tres llenos de la felicidad que provee el ser básicamente buenos, honestos, generosos. El Dr. De Toledo nunca vino a misa. El Dr. De Toledo se ganó el cielo con sus actos de amor hacia los demás. Su esposa venía a misa por ambos. Leonor crecía y contagiaba a todos con su alegría y felicidad. Aurora compartía su abundancia con los que tenían menos o nada. Organizaba todos los miércoles una cena para necesitados. Para fiesta de Reyes llenaba su balcón de regalos y golosinas, asegurándose que los Magos no se olvidaran de los pequeños del pueblo.

Al tiempo de inscribir a Leonor en una escuela, los padres se decidieron por enviarla a Santiago, a la mejor escuela de allí. El buen doctor se compró un automóvil y alquiló un chofer para que llevara y trajera la niña desde Santiago durante las fiestas y los fines de semana. Tenía Leonor unos nueve años cuando durante unas lluvias, el chofer se enfermó y quedó en cama. El Dr. De Toledo manejó el automóvil hasta Santiago. Aurora se quedó en la casa para hacer las tareas hogareñas. Don Franco pernoctaría en Santiago y regresaría en la mañana. Las lluvias, los derrumbes, los riscos, la inexperiencia al manejar, todo se combinó y el automóvil terminó en el fondo de un barranco. Para alegría de todos, el doctor salió ileso del accidente para una semana después morir en circunstancias misteriosas. Nadie en el pueblo quiso hablar de la muerte del médico.

La tragedia azotó la familia como un torbellino. Aurora, desconsolada buscó refugio en su iglesia y en su dios. Leonor se quedó varias semanas en San Alejo con sus abuelos y perdió ese año escolar. Pareció por un tiempo que nada podría renacer en aquel hogar, en aquella casa. Pero los meses y las estaciones fueron aclarando el cielo. Leonor retornó a su escuela donde terminó entre las primeras de su clase. Durante el año de desespero, Aurora delegó en sus padres todo lo relacionado con la crianza de la niña. Junto al padre Ildefonso, Aurora comenzó a hacer obras de caridad y a quedarse a cocinar en la sacristía. En cuanto a la niña, ésta sufrió mucho. Su personalidad jovial y abierta se vio manchada por la tristeza durante casi un año. Las aguas volvieron a su nivel y la jovencita fue recobrando su alegría de los tiempos felices.

Cuando llegó el nuevo médico del pueblo, Aurora hizo un arreglo con él y le dejó la casa de la plaza con el consultorio. No había vuelto a pisar esa casa donde vivió tantos años felices con su marido. Para su consuelo solía trabajar en la iglesia por horas, limpiando, cocinando, recibiendo necesitados, llevando la agenda de Don Ildefonso. Los consuelos del alma llevaron un día a los consuelos del cuerpo cuando Rosario murió y el párroco quedó solo.

Dos soledades y dos tristezas se unieron para darle una nueva tonalidad a la
palabra amor.

-El tiempo ha llegado en que yo debo irme a mi retiro. San Alejo
necesita la mano llena de energía de un hombre joven como tú que le
guste la vida espiritual. He sabido de tus conflictos, Antonio. Sé que en
San Alejo podrás encontrar tu paz, tu cristianismo, tu dios.

Antonio se quedó pensando largo rato, sentado en la sacristía.
Ildefonso no lo había condenado. Ni siquiera vio como pecado sus deseos
por aquella joven y bella mujer que sabe cómo presentar el amor y la vida
desde un corazón abierto y limpio. Un miedo ancestral se le apoderó.
Fue a su cuarto y el sueño se le enemistó. Entre despertares y letargos, su
inhibida sexualidad vino a gritarle. Sarita en la secundaria, con aquellos
ojazos rogando por un poco de amor. Y él, mordiéndose la mano para
evitar el acto de pecado. Los baños de agua fría que tuvo que darse
para inhibir aquellas hormonas en tropel que le urgían a ser hombre.
Despojarse de aquellos mandamientos de castidad, liberarse de la cárcel
de su espíritu, no le iba a ser fácil. Pues Leonor era la personificación de
la lujuria. El amor que debía sentir por su Dios, aquella chiquilla se lo
estaba incautando.

Una sensación de sentirse observado lo trajo de nuevo a su cuerpo y al
mirar a la ventana un celaje pareció desvanecerse. Corrió hasta la ventana
y miró afuera. Alguien había estado ahí observándolo. Pero a la luz de la
luna vio que la ventana estaba a unos cinco metros del suelo y la pared era
lisa hasta tocar el patio de lajas allá abajo.

Domingo a las nueve y la llamada a misa del campanario hizo llenar la
nave. Las filas de asientos se llenaron de los ostentosos, los terratenientes
en sus ropas de lujo. Recibían al nuevo cura. La gente del pueblo atrás,
de pie, apiñadas, con sus caras rebosantes de curiosidad, también lo
recibía. Ildefonso les dio el saludo y Antonio dijo la misa. Durante el
sermón habló de la bendición del Cristo que lo había enviado a este lugar
a conocerlo desde sus raíces. A conocer lo que era este país. Mientras
hablaba, sintió la misma sensación de ser observado que la noche de su
llegada. Buscó entre la multitud y lo vio. Los ojos de aquel hombre que
le miraba le laceraban profundamente con una paz que no había sentido
jamás. Alto, delgado y tan leve que parecía moverse flotando. Con un
sobretodo negro que le cubría desde el cuello hasta rozar el suelo, se
movía entre la gente, que parecía no notarlo. Pero Antonio hablaba sobre

el Cristo y el hombre se movía entre la gente, flotaba entre la gente, se disolvía entre la gente. Y el Cristo del altar le pareció banal ante los ojos del extraño que nadie notaba. Dio la comunión a más de cien devotos y la mirada de aquel hombre le seguía. Al despedirse con el idos que la misa ha terminado, vio que el hombre desapareció tras una columna y no volvió a resurgir al otro lado. Ya no lo vio más ese día.

Tras la misa llegaron a la casa parroquial Antonio e Ildefonso. Aurora preparó el almuerzo y se sentaron los cuatro a la mesa. Leonor sentada al lado opuesto, con su sonrisa celestial hurgándole cada esquina del alma como buscando la chispa de humanidad que Antonio se negaba. No pudo comer. Sintió que una fiebre le iba tomando el cuerpo. Los ojos de Leonor, la mirada del hombre del sobretodo, la risa insolente de Ildefonso, Aurora trayendo comestibles, todo dando vueltas en un incontrolable vértigo. Colapsó. Las mujeres y el anciano lo llevaron a su cuarto. Entre lapsos de conciencia vio al médico que vino y a Ildefonso, que no se apartó de su lado. Y a Leonor que paso toda la noche tomándole la mano. Ya pasada la medianoche vio entrar al hombre del sobretodo. Éste le rozó la frente con un beso tenue y Antonio se perdió en la paz de su mirada. La mañana lo recibió con alegría, fuerzas y unas ganas de vivir que nunca antes había sentido.

3

La mañana le sorprendió aún sin poder dormir. Las imágenes de Tarso, de su riachuelo, donde tantas veces en su niñez se bañó y jugó con los poquísimos amigos que tuvo, se revolvían allá en su desolado interior. Recordó los bajos montes de hierba amarillosa, contrastando con el glorioso verde de los ricos arbustos de olivos que los poblaban. En los montes más altos se cosechaba la vid que plantaba inquietud en los hombres antes de darles la felicidad ficticia y el sueño bendito que borraba dolores. Tarso. Ruth. Pensaba en ella como parte del paisaje. Pensaba en ella que viviría sin sospechar que los días que le quedaban eran pocos, ya que el sufrimiento y la vergüenza de saberse despreciada le facilitarían a Saulo una salida airosa. Y no es que no fuera hermosa. Y no es que no fuera hacendosa. Y no es que no fuera deseable, si para Saulo ese deseo normal por la hembra le fuera natural. Se casó porque su destino lo requería. Un joven judío afianzaba su posición en el mundo al tener un hogar formado, tal cual la tradición lo exigía. Y la mañana le sorprende pensando en sus insanos deseos y en su futuro y en su pasado y en esta otra historia que acababa de comenzar. Salió de la cama y se fue al balcón.

El sol dibujaba la silueta del templo mientras los techos más altos comenzaban a dorarse ante el fulgor de la aurora. Jerusalén iba saliendo de su sopor y el rumor matutino de aves y hombres poco a poco fue convirtiéndose en el rugido de vida de la Ciudad de Dios. Desde su balcón Saulo miraba los techos que cual cirios se iban encendiendo hasta convertirse en una gran llamarada, que en conjura con el sol, iba borrando los detalles. Entró al salón y fue hasta el reclinatorio donde se sentó en un hermoso diván de madera muy fina. En un borde del diván pudo leer una inscripción. Era la firma del artesano. Obviamente uno de gran calidad en su trabajo. No recordaba haber visto mobiliario tan exquisito allá es su Tarso, que era famosa por sus artesanos. El ebanista que fabricó este mueble tenía que ser lo mejor de Jerusalén. *Yosef de Nazaret, Calle Principal, Jerusalén,* leía la inscripción. Ya sabría dónde buscar un fabricante de muebles si lo necesitaba. Judas se había levantado temprano y se acercó con una bandeja de uvas, higos y nueces. También traía una jarra de vino. ¿Dónde has conseguido esto? preguntó. Lo trajo muy temprano un esclavo de Yosef de Arimatea, respondió Judas.

Éste, su joven esclavo, vestía aún la misma túnica que tenía cuando lo adquirió el día antes. Saulo pensó que entre las muchas cosas que debía hacer, era comprar víveres y vestir adecuadamente a su esclavo. Saulo se dirigió hasta un escritorio que había en la sala cerca del balcón. Tomó una varita de escribir, la mojó en tinta y preparó una lista de órdenes y se las leyó al muchacho para que las memorizara. Sé leer, dijo Judas. Sin demostrar su asombro, Saulo le entregó la lista. Judas tenía un largo día de tareas. Debía buscar el equipaje de Saulo que guardaban en la Puerta de Damasco, comprar víveres, y comprarse ropa presentable. Saulo le entregó dos ases para costear los mandados. Mirando a Judas salir por la puerta, pensó que le había dado suficiente dinero para que el muchacho saliera de Jerusalén sin que nadie lo notara hasta que fuera ya muy lejos hacia su libertad. Pero el muchacho regresó en la tarde y trajo todas las cosas. Buen esclavo. Honesto además.

Saulo caminó por su calle hacia el norte. Al final de la calle hizo una derecha y caminó hasta la entrada del puente de Herodes. Éste llevaba directamente al patio de los gentiles que circundaba el Monte del Templo. Desde el puente podía dominarse toda la Baja Jerusalén mirando al sur y al norte todo el sector comercial, la nueva muralla y la Puerta de Damasco. El fortín Antonia podía verse hacia el lado norte del complejo del Templo. Este puente había servido por décadas para que los ricos habitantes de la Alta Jerusalén fueran al Templo. Así evitaban pasar por las empobrecidas y peligrosas áreas donde moraba el populacho. Magnífico puente de unos mil codos de largo, todo en granito. Dos arcos al final daban al Patio de los Gentiles. Saulo pasó bajo los arcos y llegó hasta el corredor que rodeaba toda la estructura del Templo y sus patios. Caminó hasta el Pórtico de Salomón y entró al patio de las mujeres. A su izquierda, quedaba la puerta de Nicanor que conducía al patio de los hombres y a la entrada del Templo mismo donde moraba Dios y donde se ofrecían los sacrificios. Se cubrió la cabeza con el manto y cruzó la puerta de Nicanor para entrar al patio de los hombres. El olor a carne quemada llenaba todo el recinto. El chirriar del fuego continuo, que los sacerdotes debían mantener, se escuchaba desde este patio. Nadie, excepto los sacerdotes, podía entrar al Templo y mucho menos ver el fuego del altar dedicado a Dios.

Gamaliel se encontraría aquí, en este patio y desde aquí se conducirían las lecciones. El estudio de La Ley era muy arduo y conllevaba no sólo los libros de Moisés y sus leyes, sino toda la interpretación acumulada durante el secuestro de Babilonia y la vida de la Diáspora. Las adaptaciones regionales que los judíos debieron hacer, fieramente condenadas por los esenios, eran generalmente seguidas por los fariseos. El desprecio a la ley de los saduceos y samaritanos había despertado la ira de Dios tantas veces, y ellos aún no querían entenderlo. Preguntó y le indicaron hacia la puerta sur donde había dos hombres conversando. Se acercó a ellos y les saludó. Soy Saulo de Tarso y me espera Gamaliel. Un hombre de mediana edad, con barba espesa y vestiduras sencillas, le dio la bienvenida. Vestía túnica blanca, manto bermejo, sandalias. En fin, un hombre que no manifestaba su importancia con sus ropajes.

-Soy Gamaliel. Este es Yeshua, hijo de Yosef de Nazaret. Será tu compañero de estudios por los próximos seis años, dijo.

Saulo miró con extrañeza e incomodidad a aquel hombre que estudiaría con él. No vestía túnica o manto. Vestía ropas semejantes a las de aquellos dignatarios de oriente, que llegaban de vez en cuando a Tarso con su piel oscura y su pelo negrísimo. El que tenía de frente tenía la piel clara y su pelo era castaño. Vestía pantalón de seda roja con bordados, que le llegaban a la rodilla. Sus zapatillas eran de seda con suela de cuero, rojas y bordadas también. Una pieza ceñida y complicada, le cubría el torso y los brazos. Su pelo no estaba suelto ni bajo un turbante sino muy estirado y terminando en una trenza. Sobre su cabeza un velo a visa de manto, muy transparente. Gamaliel explicó que Yeshua acababa de regresar de la India y que no había tenido tiempo de comprar ropa en la ciudad. Que allá en la India se vestía de esta manera, pero que Yeshua era tan judío como el que más. Yeshua le habló en arameo, pero Saulo no le entendió. Entonces le dijo en griego que le daba mucho placer conocerlo.

Aparte de la extrañeza que sintió, Saulo se sintió sacudido por otra emoción mucho más interna y profunda. Con toda la fuerza de que era capaz, arrinconó en algún punto de su pecho el terremoto que le sacudía. Yeshua le inspiraba ira, desconfianza. También le producía una atracción que no había sentido por persona alguna antes. Aquellos ojos profundos, la serenidad que proyectaba, la suavidad de la voz. Y detrás de aquella ropa lujosa se notaba un cuerpo duro de hombre trabajador. Recordó en ese instante el mueble de su reclinatorio. Yosef de Nazaret. Este era el hijo del magnífico artesano. Para empujarse a salir de su aturdimiento le dijo a Yeshua, conozco el trabajo de tu padre, tengo un mueble fabricado por él. Ahora los fabrico yo, dijo Yeshua. Papá murió hace unos meses allá en la India.

-Yosef era un ebanista muy codiciado aquí en Jerusalén, dijo Gamaliel. Un rajá de oriente vino hasta esta ciudad a buscarlo para que le amueblara su palacio. Por eso Yeshua vivió allá en la India con sus padres y hermanos.

Extraño hombre este Yeshua, hijo del Nazareno. Poco sabía Saulo que su vida habría de girar alrededor de este hombre, tanto en sus pensamientos malsanos, como en sus crímenes, como en su redención. Los eventos lo irían cercando y llevando por el único camino posible para su lugar en la historia. Un simple carpintero dominaría su vida.

Saulo aceptó la invitación a cenar en casa del rabino. La casa de Gamaliel no era lujosa como la suya. Gamaliel les dijo que una jornada de camaradería les permitiría conocerse más a fondo y así poder enfrentar mejor los dificultosos estudios que enfrentaban. Estableció ese primer día la diferencia entre lo que estudiarían y lo que enseñarían. El vulgo no siempre estaba preparado para conocer toda la verdad de la ley divina y era deber del rabino darle sólo lo asimilable. Con estas palabras todavía resonando en su cerebro, tocó a la puerta. Lo recibió una jovencita de unos doce años, una esclava pensó. La niña lo condujo hasta una sala pequeña con una mesa muy baja y tapetes para sentarse colocados alrededor. En el centro de la mesa reposaba una tazón con agua salada y varios vegetales picados y tostados a su alrededor. Una jarra de vino y varios vasos acompañaban el conjunto. Ya Gamaliel y Yeshua estaban sentados en el suelo, conversando y comiendo. Saulo se sentó opuesto a Yeshua, para poder escudriñarlo. Esta vez Yeshua vestía túnica y manto, el pelo suelto y sandalias. Debía tener al menos tres o cuatro años más que Saulo. Se imaginó que la vida de este hombre allá en la India, le había retrasado sus planes de hacerse doctor de la Ley. Reía mucho, parecía que todo en la vida le sonreía, pero su padre había muerto hacía tan poco. ¿Cómo era posible que este hombre pareciera tan feliz? Sabía qué iba a preguntarle y sospechaba la respuesta pues su falta de felicidad le indicaba que lo que a él le faltaba, el otro tenía de sobra. Le envidiaba. Le producía un tirón en el abdomen aquel hombre feliz que tomaba su vino, reía y comentaba de la vida. Tomó un pedazo de apio tostado y lo mojó en el agua con sal de la fuente. El gusto fresco de la espiga crujiente, salada, algo amarga, algo agria, le hizo salivar. Se limpió la boca pasando la manga sobre su boca, y disimulando tomó un vegetal carnoso y blanco que desconocía. Lo mojó en el agua salada y lo puso en su boca. La sintió suave como piel sudada, como la piel de aquel primer niño que le enseñó la verdad sobre el sexo con *malikaos*. Se percató de que estaba mirando fijamente a Yeshua mientras pensaba en el sexo enfermizo y se sonrojó. Sabía que se estaba sonrojando. Sabía que lo estaban mirando. De seguro sabían de su pecado. Cerró los ojos, respiró muy hondo y sintió que la sangre abandonaba su rostro. Y la piel sudada en su boca se negaba a dejarse tragar. Tomó un vaso y se sirvió vino de la jarra. Tomó largamente como intentando apagar una sed antigua.

-¿Qué piensas de las leyes dadas a Moisés, Saulo? preguntó Gamaliel. Antes que llegaras, Yeshua me dio una opinión muy interesante.

-Las leyes son para ser obedecidas. Saulo casi vomitó esa respuesta.

-Las leyes no son absolutas, dijo Yeshua. Hay que recordar que en Egipto, en el desierto, la convivencia es muy incómoda. Las leyes facilitaban la convivencia en comunidad. El mundo cambia y las leyes se van revisando. Yahvé no puede ser tan rígido como para imponer leyes dictadas para una ocasión en otra no relacionada. Yeshua hablaba mientras Saulo lo miraba con ira y admiración. Pretende violar la ley de Dios, pretende poder cambiar la necesidad de las leyes. Este profano se cree hombre libre y es esclavo de su maldad. Odió a Yeshua desde esa noche. Amó a Yeshua desde esa noche. Deseó a Yeshua desde esa noche. Una nueva vergüenza lo hostigó desde esa noche. En realidad, la flexibilidad de las leyes le harían sentir mejor, pero la ley no podía ser flexible, no podía haber perdón del Dios que daba y quitaba según juzgaba.

El ruido de platos y cuchillos lo regresó a la estancia. El agradable llamado de una mujer vino desde el comedor.

-La cena está lista, caballeros.

Se irguieron y caminaron hasta el comedor, el cual tenía una mesa larga de unas doce sillas. No eran tantos, pero había platos en todos los sitios. ¿Viene alguien más? apenas balbuceó Saulo. Dos mujeres y cuatro niñas comenzaron a traer los alimentos. Sopa de lentejas y pan. Cordero asado llenando el aire con el aroma de la carne cocida y sus especias. Legumbres. Y una gran fuente de uvas, higos y dátiles mojados con miel.

Las mujeres se sentaron a la mesa para horror de Saulo. Aun la que lo
recibió en la puerta. Yeshua presentó a su mujer, Miriam. Gamaliel a su
mujer Prisca y sus hijas. Di las gracias, Saulo. La voz de Gamaliel pareció
ordenar en vez de pedir. Cerrando los ojos, el tarsino invocó la presencia
de Yahvé y dio gracias por la abundancia prodigada en aquella mesa.
Saulo tomó su tazón de sopa y sin mirar a los otros sorbió el brebaje
milagroso de lentejas, leche de cabra y especias. Las lentejas molidas,
en minúsculos pedazos le llenaban la boca con un sabor a divinidad y
a cuerpo. Otra vez la piel de un hombre le llenaba la boca. Sin mirar a
los otros la bebió toda. Esa invocación estuvo hermosa, dijo Yeshua. Y
prosiguió a tomarse su sopa a sorbos pequeños. Las mujeres y los hombres
hicieron lo mismo. Luego el cordero se fue desmenuzando, pasando a ser
parte de la esencia de cada cual. Saulo sintió jengibre y perejil en la carne.
Otra vez carne. Otra vez sabor a sexo en la comida ofrecida a Yahvé. Otra
vez el pecar sólo al pensar. Y la risa de Yeshua atormentándolo.

La cena transcurrió como una condena para Saulo. Tuvo que tolerar
a Miriam, que parlanchina y tenaz, daba opiniones sobre temas que
sólo concernían a los hombres. Y este Yeshua parecía complacido por
las tonterías que chachareaba esa mujer, que debía ser callada de un
manotazo. Y lo peor es que Gamaliel le respondía, conversaba con ella,
le daba importancia. ¿A dónde había venido a estudiar? ¿Quiénes eran
estos herejes que hablaban de las escrituras como de cualquier libro?
¿Cómo osaban analizar la palabra de Dios? Estos, que trataban las mujeres
como iguales de los hombres. Estos destructores del judaísmo. Estos
traidores de Dios. Cerró los ojos y sintió como una vergüenza de algún
punto de sus adentros que le indicaba que su reacción era exagerada y
que estaba cerrando puertas a su aprendizaje. Respiró muy profundo
y verdaderamente, dentro de su rigidez, trató de escuchar a aquellas
personas que habían tenido otras vivencias en otras regiones del mundo.
Fuera de Tarso y de sus dos viajes a Jerusalén, Saulo conocía muy poco del
mundo y de su gente. La única diáspora que conocía era la de Tarso. La
conversación de la cena le abrió los ojos a visiones que sostenían judíos
en lugares tan próximos como las comunidades ascetas a orillas del Mar
Muerto. Oyó sobre las comunidades de Babilonia, de Alejandría, de
Roma, de Hispania. Más allá de los confines del Imperio, la diáspora
seguía echando raíces. Supo que en las diásporas más orientales las
mujeres tenían tal prominencia, que las igualaba a los hombres en muchas
cosas. Aunque nunca en su vida aceptaría la igualdad de la mujer, usaría
muchas veces la hospitalidad de éstas. Extendieron la cena y la sobremesa

por varias horas y parecían dispuestos a seguir conversando en el salón principal de la casa. Pero al terminar la cena, Saulo se despidió presuroso dando excusas de que al amanecer, comprar víveres, conseguir quién mantuviera la casa, lo que se le ocurrió para salir de allí rápido. Tenía la mente abrumada. Necesitaba pensar.

Caminó hasta su casa despacio, con el frescor de la noche aliviando su infierno interno. Pero su infierno apenas comenzaba. Llegó a la casa y entró muy callado, pensando que Judas dormía, pero éste lo esperaba con ropa limpia y un lienzo. Le señaló hacia la piscina incrustada en el suelo y llena de agua espumosa. Saulo no se resistió y se dejó llevar hasta el agua tibia que Judas le había preparado. Se dejó bañar y pronto sintió que su cuerpo gritaba exaltación. Tomó a Judas de un brazo, lo haló hacia sí y lo besó ardientemente como preámbulo a su primera noche durmiendo juntos. Perpetraron el sexo hasta el cansancio. La mente de Saulo recreaba al Calígula de su niñez y el rostro de Yeshua le miraba amoroso, sereno, feliz.

4

Estando ya para retirarse a su cuarto, dos golpes en la puerta llamaron su atención. Esperó y se repitieron los golpes, esta vez más fuertes. Antonio miró la hora, diez treinta de la noche, y varios golpes muy seguidos, muy fuertes, sonando a desesperación retumbaban en la puerta de la casa parroquial. Se puso la camiseta sudada que acababa de quitarse mientras los golpes seguían insistiendo en que fuera hasta la puerta. Afuera estaba un indio. Como siempre pensaba en su prejuicio, seguro era uno de estos ignorantes que se acogían a la evangelización sin entenderla en nada y luego mezclaban sus dioses con los santos y practicaban rituales ajenos a la fe. Se está muriendo Jacinto. Pidió al cura para la exhumación, dijo el lugareño. Ya hasta le cambió el sacramento al moribundo, pensó Antonio. Unción de los enfermos, corrigió. Espera unos minutos en lo que me preparo. Fue hasta su escritorio y sacó su maletín con los santos óleos, agua bendita, los algodones y la estola para la ocasión. En su cuarto se puso una camisa blanca y un saco negro. La premura del llamado ni siquiera le permitió bañarse. Debía oler a mil demonios luego de un día laborioso, arreglando su habitación, despidiendo a Ildefonso y organizando la casa parroquial.

El viejo se fue en el mismo autobús destartalado que trajo a Antonio. Aurora lloró como si estuviera de velorio, quizás dejando ver su profundo amor por el viejo que se iba y a quién a lo mejor jamás volvería a ver. Aurora fue algo más que servidumbre en la vida de Ildefonso. Antonio miraba tratando de entender. Imposible entender que el celibato se rompiera así. Las leyes de la Iglesia definían su estructura. Los ritos, su forma. La unción de los enfermos. El indio esperaba. Se llegó hasta la puerta y le dijo al hombre, vamos.

Cruzaron la plaza del Fundador a pasos largos mientras las sombras se le iban adelantando para difuminarse en las sombras de la próxima farola. Desierta está la plaza a estas horas en que San Alejo se va quedando dormido en la honestidad de las camas matrimoniales y tapando los pecados de algunos que se esconden entre sabanas que no son las suyas. Las damas de noche abiertas a esta hora despedían un aroma penetrante, como presagiando la soledad del último instante. El claroscuro de las calles les ve pasar sigilosos caminando hacia la realidad del acto postrero. Su segunda noche y ya comenzó su ronda la muerte. Dar los últimos ritos no era una de las aficiones de Antonio. Sentir la vida abandonando un cuerpo, e imaginar un alma que se eleva hacia el infinito. Muchas veces se preguntó cómo era el alma. ¿Sentía el alma? ¿Pensaba el alma? ¿Sufría el alma? ¿Espíritu y alma eran lo mismo? El misterio de la muerte era quizás el más inaccesible de todos los misterios. Pudiendo Dios hacer las cosas diferentes, nos dio este tormento de enfrentar el final de la vida con esta incertidumbre. ¿Cuántas veces pensó que Dios era insensible? La oscuridad de sus pensamientos se iba amoldando a la oscuridad creciente de las calles. Cada vez menos luz al alejarse de la plaza. Las puertas coloniales de las casonas del centro se iban tornando simples puertas. El aroma de las flores se iba sustituyendo por olores a vida laboriosa. Y al final de esta calle una luz y varios curiosos señalaban la morada del agonizante. Una tela rustica tapaba la entrada de la casucha miserable de Jacinto. A varios pasos de la casa lo vio salir. El mismo hombre de la iglesia. Alto. Capa oscura. El hombre le clavó los ojos antes de voltearse y perderse en la oscuridad. Una tenue perturbación le embargó y un escalofrío le corrió la espalda cuando los curiosos le abrieron paso para entrar al cobijo. Entre los fuertes olores que sintió, distinguió pacholí, eucalipto, cera de los cirios, y un incienso que creyó recordar de su niñez, cuando vio por primera vez un santiguo. Lo llevaron a una esquina de la única pieza donde estaba la cama. Ya el olor de las pócimas y linimentos no podía ocultar el olor a miseria de las sábanas. La muerte y sus pestes se burlan de la dignidad del humano. Morir debiera ser en paz y en alegría. La limpieza no era una de las virtudes de la casa de Jacinto. Dos mujeres vestidas de negro rezaban su versión casi pagana del rosario y un hombre de unos cincuenta años, vestido con chaqueta y corbata y un estetoscopio al cuello se doblaba sobre la cama para cubrir el cuerpo que acababa de expirar. Era el médico. Lo recordó de su noche febril en la que vio al hombre del sobretodo al lado de su cama. El médico, al ver llegar al cura, se hizo a un lado.

   Pensó que había dado las buenas noches, o tal vez sólo las balbuceó. Sacó la estola y se la colocó. Luego los óleos, agua bendita y los algodones. Mojó los algodones en el aceite e hizo la señal de la cruz sobre la frente del desdichado. Luego tomó las manos y en sus palmas volvió a repetir la cruz con el algodón empapado en aceite. Tus pecados te han sido perdonados y Dios te recibirá en su seno, dijo, tratando de recordar en ese momento todo el rito que se le escapaba de su agitada mente. Hizo la señal de la cruz rociando el bendecido líquido sobre el muerto. Para Dios las intenciones cuentan. Este hombre lo requirió en su lecho de muerte y él lo ungió. Eso era suficiente para salvar esta alma. El hombre del estetoscopio cubrió con la sabana la cara del difunto. Éste ya no verá la luz del sol, dijo. Dirigiéndose a Antonio le dijo, soy Joseph Finkelstein, el único médico en San Alejo. Nos encontraremos muchas veces en estos trámites. Es mejor encontrarse en las tertulias. Supongo que Ildefonso le habrá hablado de las tertulias. Fueron esas tertulias las que me ayudaron a integrarme a la vida de San Alejo. Antonio lo escuchó sin demostrar interés y guardó la estola, los algodones, el envase del agua y los oleos. Trató de sonreír recordando que Ildefonso le había dicho algo de la tertulia de los viernes. Lo más granado de la sociedad de San Alejo. El alcalde, el médico, el boticario, el abogado, el maestro y claro, el cura.

Así que éste era el médico de este pueblucho. ¿Qué hacía un judío metido en este rincón del mundo? ¿Qué entuertos de la vida lo trajeron aquí? Mucho llegaría a conocer del galeno. Dio las buenas noches y salió a la calle desolada y caminó por la oscuridad hacia la plaza. No oyó pasos ni voces, pero supo que lo seguían. Y supo que lo seguía el hombre misterioso de piel corácea. Y supo que tenía que saber quién era ese hombre. ¿Por qué me sigue? ¿Qué quiere de mí? ¿Por qué los demás no lo notan?

Las luces de la plaza le parecieron fúnebres. Las damas de noche se henchían de orgullo ante su profecía cumplida. La soledad del espacio vacío de gente, lleno de árboles y bancos, le pareció tan familiar como el de su espíritu. Miró hacia atrás y lo vio. No intentó llamarlo porque algo le decía que no contestaría. No sintió miedo. Tornó su mirada hacia la iglesia y caminó hacia ella. La rodeó y entró a la casa parroquial. La luz del crepúsculo lo sorprendió dormido en el sillón, con el maletín a su lado. La voz de Leonor llamando a la puerta le trajo completamente a su realidad. Abrió la puerta y la vio a la luz del día. En un instante absorbió cada detalle de aquella mujer, sacerdotisa de la tentación. Su frente quedaba a la altura de los labios de Antonio. El pelo oscuro, casi negro, lustroso, con ondas que en cascada le caía sobre los hombros. La piel de los hombros estaba expuesta por la blusa blanca de adornos bordados en hilo rojo y verde. Flores bordadas que el olor de Leonor traía a la vida. Falda en campana de arabescos multicolores, dejando adivinar unas caderas expandiéndose sensualmente hacia las líneas de su silueta. Y las piernas blancas, estilizadas, finas y fuertes, sosteniendo esta estatua viviente de semidiosa griega. Y aquel rostro que se le adentraba y se iba cincelando en su memoria. Grabó el color único de los ojos, dulces, de mirada directa, honesta. Ojos enmarcados por unas cejas finas y unos pómulos altos que denunciaban su europeísmo étnico. Su nariz recta, fina, y algo respingada, señalaba hacia los labios medianamente abultados, brillosos con el pintalabios usado para atraerlo tenazmente. Bajó la vista y la invitó a entrar.

-Vine a sustituir a mi madre en lo que se repone de la pena, dijo.

Luego que ella entró, Antonio fue a ducharse y prepararse para la misa de la mañana. La misa de algunas piadosas. La misa de un martes cualquiera como eran todos los martes de San Alejo. Desde la cocina Leonor hacía sonar la música de las ollas y las sartenes. El picotear del cuchillo sobre la madera. El olor a tomillo, a nuez moscada, a cilantro. Al salir de su cuarto el desayuno estaba listo. La sonrisa de Leonor le dio calidez a su glaciar interno. Los huevos fritos en el plato le semejaron los pechos de ella. Y la carne asada tendría el sabor de su piel. Sacudió de su mente tal lujuria, y tomó un panecillo. Aún caliente como debía ser una mejilla de Leonor. Recitó en su mente un acto de contrición, bajó la cabeza y engulló los alimentos.

Esto de que la mujer viniera sola no le gustó para nada. Ayer, luego que el viejo se marchó, también se quedó sola a preparar la cena. ¿Y su trabajo? Pensó por un momento y vio la fecha en el calendario de la pared. Era verano. No hay escuelas abiertas. Leonor tenía todo el tiempo del mundo para dedicarse a seducirlo. Un centellazo de sospecha le estalló en el pecho, pero se negó la terrible posibilidad que fuera con un propósito ulterior que Leonor viniera hoy sola a la casa parroquial. Decidió que de alguna forma debía traer otras personas. Alguien que hiciera los otros trabajos, pintar, jardinería, lo que fuera, alguien que se quedara como testigo y control. Era necesario detener el pecado antes de que la tentación domine. Por mi culpa, por mi culpa, por mi grandísima culpa. . .

Dijo la misa para una veintena de beatas con sus negros trajes y hasta usando mantillas. ¡En esta época! Mucho trabajo por hacer para traer a estas personas al presente. Repartió la eucaristía entre las presentes y despidió al monaguillo. Ya en la sacristía se despojó del alba y el cintillo, se quitó la sotana y se puso el saco negro. En vez de ir a la casa parroquial salió hacia la plaza atravesando la iglesia. Había visto unas grietas en una de las paredes de la sala y esa era buena excusa para traer gente a la casa y mantener el demonio de la tentación a raya. No quería darse cuenta de que ya había sucumbido a la tentación y no podría resistir sus sentimientos por Leonor. Caminó por la plaza mirando cada esquina, buscando en cada banco, buscando donde quiera que pudiese encontrar algún peón que fuera a hacer las tareas de la casa parroquial. Se dirigió hacia la calle que entraba al pueblo y caminó hasta llegar a la casa que el ministro estaba convirtiendo en iglesia. Frente a la estructura vio varios hombres trabajando y uno que sólo miraba. ¡Oye tú! le grito. Cuando el hombre miró, se le acercó y le ofreció trabajar en la casa parroquial. El hombre lo miró de arriba abajo.

-¿Piensas tú que yo voy a trabajar para un cura? le increpó con tono furioso y con fuerte acento inglés. Ni lo piense, que mi labor para El Señor es aquí en su casa sin que Él tenga que pagarme. A los idolatras católicos no les trabajaré nunca. Aunque el hombre hablaba con acento anglo, su uso del idioma español era adecuado. El acento se le pareció a los de aquellos muchachos que llegaban a su pueblo desde Nueva York. Estos fundamentalistas cada vez más llenos de odio, pensó Antonio. Se alejó del grupo y luego de una media hora caminando por las calles de San Alejo, llegó a la conclusión de que allí nadie, excepto el grupo de pentecostales, quería trabajar. Los que trabajaban estaban en los campos. Los que se quedaban, sólo estaban interesados en pasar los días borrachos. Regresó a la iglesia al filo de las once. Subió la escalinata y entró a la nave. Caminó hasta el altar y se arrodilló mirando al magnifico crucifijo que presidía el altar. Pidió con todo el fervor que pudo aglutinar en su corazón. Pidió que su fe se mantuviera, que su fidelidad se mantuviera. Decidió que Leonor tenía que irse. No podía esperar hasta que Aurora regresara. De alguna forma encontraría servidumbre para la casa. Pondría un anuncio en el tablón de edictos. Lo que fuera para no ceder ante el demonio que se había apoderado de él. Este demonio de la concupiscencia que amenazaba con destruir lo poco que le quedaba de su carrera sacerdotal. Le pareció absurdo haber llegado a este pueblo que nadie conocía, para perder con una seductriz el sueño de santidad que había acumulado. Recordó una vez en secundaria que se enamoró perdidamente de una muñeca pecosa y espigada que solía hacerle ojitos y que en una ocasión lo acorraló en un pasillo y lo besó. Claro, él se dejó besar, respondió al beso y lo disfrutó. Rosarios y novenas por centenas fueron necesarios para borrar la culpa de aquel desliz. Luego de aquel incidente y su redención, pensó que no era ya posible caer, que aquella fue la tentación que al vencerla aseguraba su vida consagrada a Cristo.

Se levantó resuelto a echar a Leonor de la casa en aquel mismo instante. Cruzó el altar tan de prisa que olvidó hacer la genuflexión, pasó por la sacristía y entró a la casa parroquial. La puerta de la sacristía comunicaba con el comedor de la casa. Cuando abrió la puerta el olor de un caldo de gallina le tiró un agarre de gladiador a su alma. Esta mujer tiene al diablo de aliado, cocina como un ángel, como un ángel decidido a perderle el alma. Se sentó a la mesa y como hipnotizado, fue saboreando cada manjar que la joven mujer le iba presentando. El caldo claro sirvió para abrirle el apetito. Fricasé de gallina sobre arroz, tiernamente delicioso. Cada pedazo de ave, casi disolviéndose en la boca, con aquellos destellos de albahaca y salvia, pimentón y nuez moscada acariciándole cada matiz del gusto y el olfato, mientras los ojos decididos a complacerle le contemplaban desde el otro lado de la mesa. Se preguntó cómo era que Ildefonso se mantenía tan flaco si, según suponía, Aurora le cocinaba tan sabroso como esta enviada del infierno. La respuesta que le vino a la mente fue tan vulgar como ofensiva, pero sólo una vida muy secretamente activa podría mantener la salud del cuerpo ante aquella dieta tan exuberante. El vino que acompañaba el almuerzo era cristalino y frío. Miro la botella de albariño y sintió culpa de todo aquel lujo al que se le sometía. Pero cedió ante los manjares. Como decía su abuelo, una vez se da el resbalón no se para de rodar hasta llegar al fondo. Se alegró de comenzar a rodar y se horrorizó de sentir esa alegría.

Pasó el resto de la semana como pudo. Se llevaba la comida hasta la sacristía, para no compartir con Leonor. Apenas le hablaba, apenas la miraba. Maldijo una y otra vez el haber venido a San Alejo. Pasaba todo el tiempo que podía en la iglesia, en el confesionario. Despedía a Leonor tan pronto la cena estaba lista y no compartía la cena con ella. Eran muchos los trabajos y contorsiones temporales que tuvo que hacer para evitar estar a solas con ella. Pero al menos lo logró esta semana.

Llegó el viernes y a las siete se fue al Bodegón de Beirut, uno de los pocos comederos de San Alejo. El dueño era un árabe musulmán para algunas cosas. Vendía licor, servía carne de cerdo y se arrodillaba y hacía inclinaciones a las horas de la plegaria. Racionalizaba sus desmanes alegando que tenía clientes que complacer. Decía que era tolerante con las costumbres ajenas. Mahoma era para él, solo una conveniencia para mantener el control de su mujer y sus dos hijas. Pero en realidad era el estereotipo de un comerciante árabe de esos que son blanco de cuentos y chistes pueblerinos. Pero era muy musulmán en su machismo. Su mujer y sus dos hijas sólo salían acompañadas por él. Y sólo con la cara cubierta.

Joseph Finkelstein se encontraba en una mesa grande hacia una esquina. Se fue hasta la mesa donde estaba el médico que usaba una guayabera y un pantalón oscuro casi negro.

- Toma asiento, Antonio, ya irán llegando los otros muy pronto. ¿Vino o cerveza? le preguntó el doctor.

- Cerveza, contestó. Deseó el frío paliativo del amargo brebaje para su ardiente alma que se sofocaba con la presencia de Leonor, a quien no podía dejar ir. ¿Cómo lo hizo el viejo Ildefonso? ¿Qué hace un cura que no puede ser célibe como prometió? Esta Madre Iglesia, egoísta, posesiva, despoja al hombre de su instinto básico. Algo anda mal en mi mundo, pensó. Ni siquiera escuchaba a Finkelstein mientras este trataba de mostrarle el bodegón y su fauna de clientes. Llegaron de a poco los demás. El alcalde fue el último. Se enteró de que siempre era el último en llegar, por aquello de darse importancia. El abogado llegó ya entrado en tragos, y es que no se le conocía de otra manera. Eterno ebrio y poeta, Luis Torrecillas, quien vivía mayormente de notarías cotidianas y de los recuerdos de una juventud plena de proezas y conquistas. Traje de hilo blanco, blanco los zapatos y siempre sombrero panamá. Era el único abogado de toda la comarca y venían hasta él personas de muchos pueblecitos circundantes. El único tribunal se encontraba en Santiago, la ciudad más cercana a unos ciento cincuenta kilómetros, y toda controversia legal tenía que ser llevada hasta allá. Luego llegó el boticario, Don Ramón Aquino, quien vestía como para ir a la opera. Cada viernes siempre usaba el mismo traje muy planchado y estirado. Casado con una viuda joven que muchos decían que la falta de atención del estirado boticario, era llenada por Giovanni Alberti, el maestro del pueblo, quien le mantenía sus ansias. En la botica usaba la bata blanca. Al mirarlo, Antonio sonrió ante aquel hombre vestido con un siglo de atraso. Bombín, bastón, polainas, lazo y pañuelo combinados, un maniquí de antaño caminando por el hoy.

El maestro de secundaria, Giovanni Alberti, era el único maestro varón en San Alejo y un descabezado, según sus compañeros de tertulia. Sus conocimientos de historia eran muy amplios, al igual que su reverencia por los héroes de su patria. Sus ideas marxistas y su devoción por Fidel y el Che, de quienes hablaba con una seriedad y parsimonia que Antonio encontró más afín a lo que había leído de la época de los jipis. No era casado, pero al parecer se sentía muy feliz ya que le calentaban la cama con suficiente frecuencia. Se decía que la mujer del boticario no era la única que lo visitaba.

Llegó a este pueblo huyendo de su natal Argentina de la que tuvo que salir muy de prisa cuando los militares tomaron el poder y comenzaron a acercarse demasiado. Su rodeo antes de llegar fue muy largo e incluyó correderas por Brasil, España, Cuba y finalmente llegar otra vez a Sur América entrando por Caracas. Pensaba algún día regresar a su Argentina, a sus tangos, a su folklore. Tocaba la guitarra y cantaba. Se ufanaba de haber conocido a don Atahualpa Yupanqui, de haber tocado para Horacio Guarany, de haber aprendido a tocar la guitarra con Falú. Siempre era el héroe de todos sus cuentos y siempre fue el conquistador de hembras deseadas. En San Alejo daba carne a sus cuentos. Los maridos encuernados no parecían enterarse. Cuando llegó la maestra de párvulos, Leonor de Toledo, el maestro trató de usar sus artes para seducirla. De una mirada y un dedo a la cara lo puso en su lugar. Jamás volvió a osar acercarse a ella. Claro, el cuento corrió de boca a boca en todo el pueblo, y los posibles pretendientes se esmeraron en sus cortesías y acercamientos para con ella.

Antonio, al escuchar el nombre de Leonor sintió un vuelco en el estómago. Esta mujer que sabía poner a todos en su lugar, venía a su casa a seducirlo. Y entonces se puso a pensar que había tanta posibilidad de que ella quisiera seducirlo como de que él deseara ser seducido. Trató de pensar intensamente en cada momento y pudo darse cuenta que la mujer en realidad no había hecho nada para incitarlo. Todo estaba en su cabeza. En su cabeza enferma de represión sexual, de represión de su humanidad. Pensando esto sintió admiración por ella y una llama de amor le fue creciendo dentro de su corazón.

El alcalde, Doroteo de la Madrid, venía con chaqueta de lino, camisa abierta hasta el pecho y un sombrero vaquero blanco. Tenía un bigote espeso y una mirada esquiva. Con 20 kilos de más y metro noventa de estatura, su presencia era imponente. Sentarse el alcalde y alguien que debió romper el hielo. Finkelstein brindo por el nuevo miembro y dijo tales dulzuras anecdóticas del cura que se fue, que arrancaron risotadas de los presentes. Luego en tono más sobrio expuso las reglas del grupo. Se puede hablar de todo, menos de política o religión. Y hablaron de mujeres y Antonio intentó no sonrojarse, mientras pensaba en Leonor y todos los malabares que hizo para evitar quedarse con ella a solas.

La velada terminó pasada la media noche, consumidas cuatro jarras de tinto. Camino a la iglesia ya el calor había cedido y un frescor se iba apoderando de las sombras. Al llegar a la plaza, ahí estaba. El perseguidor de otro mundo, pues en éste era desconocido. Nadie sabía de qué hablaba cuando preguntaba por este hombre. Cruzó la plaza tratando de ignorarlo y sintió el olor de muerte de días atrás. Llegó a la casa y se sentó a esperar. Estaba seguro que lo llamarían para ungir un enfermo. No paso medía hora cuando los toques en la puerta le indicaron que tenía razón. Un moribundo más para recordarle que acá estaba la vida, su nueva vida en San Alejo, sus nuevos amigos. Y Leonor.

5

Las tertulias se sucedieron durante la primavera, el verano y el soplar del otoño. Igual las misas, los bautizos, reconciliaciones, bodas y unciones de enfermos. Y tantos encuentros con el hombre del sobretodo oscuro, el cual llevaba hasta bajo el sol más recalcitrante. Un hombre que nadie veía. Ya de eso estaba seguro. Como seguro estaba de su fe. No con pocos esfuerzos pudo ir venciendo la tentación de Leonor. La incomodidad y excitación que ella le causaba le servían de señal para ponerse en alerta ante el ataque del enemigo. Aurora se reintegró a sus labores en la casa y en mucho alivió las penurias que la cercanía de Leonor le causaban. Los amigos de los viernes le servían de atenuante a la dura tarea de correr aquella parroquia extraña de gente que vivía sin preocuparse del resto del mundo. Finkelstein se convirtió en su verdadero amigo, quizá por lo de atender los moribundos juntos, o por tener unas oposiciones tan grandes en cuanto a la vida y en cuanto a Dios. Nunca había conocido una persona que no creyera en Dios. Le habían contado en el seminario que estos ateos eran extremo inteligentes y con unos argumentos que parecían granito. Lo que no le dijeron era que también eran honestos, leales, dedicados y llenos de amor por la humanidad. Llegó a pensar que Finkelstein era más cristiano que sus feligreses. Pero también pensó que precisamente era como era por no ser cristiano, ni profesar fe alguna, sólo el amor.

En los meses que siguieron, fue conociendo a este ser humano excepcional. Conoció su historia y el destino que lo trajo a este rincón del mundo, lejos de toda civilización. Se extrañó sobremanera cuando supo que Joseph Finkelstein nació en los Estados Unidos, en la ciudad de Pittsburgh. No podía entender que un estadounidense pudiera hablar el español sin acento americano. Más bien lo hablaba como un madrileño, con las zetas y todo. Le contó Finkelstein que en su ciudad natal tenían una escuela de estudios internacionales donde desde niños, aprendían al menos dos idiomas. Además de su inglés natal, Finkelstein conversaba en español y portugués. Sabía algo de francés, al menos leerlo sin problemas. Podía también leer aceptablemente el alemán y el italiano. Claro, también conocía el hebreo, que por tradición se le enseñó por inmersión en su cultura. Estudió medicina en Granada. Hizo su especialidad en psiquiatría en la Universidad de Pennsylvania. Nunca llegó a practicar su especialidad. Abandonó los Estados Unidos a los dos años de terminar esos estudios. Fue mucho más tarde que pudo averiguar por qué su amigo abandonó su país.

Después de decir misa, Antonio acostumbraba pararse en el pórtico de la iglesia a ver el autobús que llegaba. Traía unos pasajeros, se llevaba otros. A diario, menos los domingos. El camión también transportaba el correo. Una carta cada lunes de su madre y una carta cada martes que enviaba él a su vez. Antonio le contaba a su madre del aire fresco, de la gente sana, de los nuevos amigos y del mucho trabajo. Ella, claro, le contaba de las borracheras del tío Bernardo, de cómo Lourdes perdió su fortuna jugando al póker, de tanta nimiedad que. . . bueno son Las cartas de una madre y ella siempre dice lo que piensa creando tumultos en otros lugares. Todos siempre le echaban de menos pero la vocación lleva al elegido por esos caminos de Dios y el orgullo de la familia de tener un hombre santo en su seno. Antonio jamás mencionaba las condiciones del pueblo que le tocó. Pensaba que sus familiares se avergonzarían, como se había avergonzado él cuando llegó a San Alejo. Desde donde se paraba también dominaba toda la plaza y sus diarios habitantes.

Finkelstein solía sentarse en uno de los bancos cerca de la iglesia, hacia la derecha de la entrada. Podría decirse que aquel banco tenía las iniciales del médico. Antonio lo veía llegar cada mañana con su sombrero panamá y su guayabera de hilo. Pasaba las primeras horas del día mirando Los transeúntes antes de irse a su consultorio, donde los enfermos le pagaban lo que podían o le traían algún manjar preparado por una artesana culinaria del lugar. Y claro, le traían vino. Finkelstein tomaba vino en las mañanas, en las tardes, en las noches. Una copa aquí, otra más allá. Una que otra vez llegó a compartir un puro cubano con Ildefonso. Pero no se embriagaba ni fumaba cotidianamente.

La mañana del agrio debate, Antonio salió a mirar como siempre. El despojo de chatarra amarilla dejó sus pasajeros y se llevó otros, partió dispersando hollín y atonalidades metálicas hasta perderse luego de la esquina que entraba a la plaza. Finkelstein llegó puntual y fue a sentarse en su banco de siempre. Esa mañana encontró a aquel mismo hombre que había insultado a Antonio varios meses antes frente a la iglesia de los ignorantes. Sintió culpa de tratar así a aquellos pobrecillos. No tenía excusa por pensar así. Hoy la tendría.

El hombre estaba sentado en el medio del banco con los brazos extendidos sobre el respaldo dando escasa oportunidad a que cualquier otro usara el banco. Finkelstein le habló con cordialidad.

-Por favor ¿puede hacerse a un lado para yo usar el banco?

El hombre lo miró con una cara de furia y le gritó:

-En la plaza hay muchos bancos y yo no voy a compartir mi asiento con uno de los asesinos de Jesús.

Tranquilamente, Finkelstein le dijo:

-Yo no soy romano.

El hombre pareció confundido y tras unos momentos le dijo:

-No será romano pero es un sucio judío.

Aún con más calma, Finkelstein le ripostó:

-Me asombra su gran calidad humana y el despliegue de caridad cristiana que profesa.

En ese momento el hombre se puso de pie vociferando:

-Es deber de los cristianos el combatir los enemigos de Cristo.

Finkelstein le dijo:

-La historia está llena de los horribles asesinatos que han cometido los cristianos combatiendo esos enemigos.

-Los únicos asesinos son los judíos, gritaba el hombre a todo pulmón. Tenía su cara rechoncha enrojecida. Parecía que estaba a punto de agredir al doctor. La gente comenzó a arremolinarse. Finkelstein seguía manteniendo su compostura y ni siquiera se veía que respirara agitado.

-¿Por qué no se sienta y conversamos como seres civilizados? Sr. . . .

-Usted no es civilizado, seguía expresando el vozarrón de aquél hombre de estatura napoleónica y apariencia sanchezca. Sus ojos redondos y saltones parecían querer matar con la mirada al objeto de su odio.

-Sólo cinco mil años de civilización, dijo Finkelstein.

-¿Qué puede un hombre de Dios hablar con un estúpido judío? dijo el hombre.

-Pues no sé, contesto Finkelstein, pero a lo mejor logra meterme a cristiano. El rostro de Finkelstein brilló cuando dijo estas palabras. El hombre pareció pensar por algunos instantes y accedió a conversar con Finkelstein. La sonrisa socarrona del médico denunció que su acosador había mordido el anzuelo. Finkelstein sabía que ya lo tenía agarrado por las pelotas.

-¿Quiere usted oír La Palabra? el hombre bajó la voz, carraspeó y trató de disimular su acento gringo.

-¿Y por qué no? Todos podemos aprender mucho de esto. La sonrisa de Finkelstein parecía iluminar toda la plaza y los curiosos se aprestaron a presenciar el ridículo que el bocón estaba a punto de hacer.

-Dios me ha enviado a convertir a un asesino. Éste es el gran premio de mi vida, dijo jactancioso el santo varón, con voz que sonó piadosa. Hablaba volteando los ojos hacia el cielo y abriendo sus brazos con las palmas hacia arriba.

-¿Qué es eso de Dios? Finkelstein puso una cara de inocente que le sacó una pequeña carcajada a Antonio.

-Dios es el creador de todo, dijo el hombre levantando su mano derecha hacia el cielo.

-¿Qué evidencia tiene usted para hablar de una creación?

Esta vez Finkelstein cambió la expresión a una de fiscal en juicio ya gano.

-La Biblia lo dice, dijo el hombre con tono autoritario.

-¿Y quién le dijo a usted que lo que dice la Biblia es cierto? Finkelstein dejando de disimular, se preparó para el ataque.

-Es la palabra de Dios, dijo el hombre como extrañado por la pregunta.

-Dimos la vuelta a la noria. ¿Qué es eso de Dios? dijo Finkelstein.

El hombre piadoso pareció confundido y se mantuvo en silencio unos segundos.

-Ya le dije que Dios es el Creador.

-Sé lo que me dijo, pero no puede usar la premisa como prueba. Para hablar de un dios tiene primero que definir qué es eso y luego demostrar que existe, sin esos antecedentes, lo que diga la Biblia son simples cuentos de camino. El toro embistiendo la capa que el matador le presentaba y el matador frustrando y enfureciendo al toro.

-¿Va a insultar la palabra de Dios? El hombre comenzó a levantar la voz y a sacar de nuevo su furia.

-Hasta ahora no me ha demostrado siquiera que exista un dios, mucho menos que la biblia es la palabra de ese dios. Pase de pecho.

-Está la fe, dijo el hombre casi gritando.

-Creer es aceptar como cierto lo que no se puede demostrar. Y la fe es aceptar como cierto lo que va en contra de las evidencias disponibles. Llamémosle chifladura. Banderillas.

-Hay millones de testimonios. Dijo el hombre en voz muy alta y con gran convencimiento.

-Ni la fe, ni la revelación, ni las experiencias alucinatorias, son evidencia de lo que usted reclama, dijo Finkelstein. Esos son signos de ignorancia y arrogancia. Preparando la estocada.

- Yo no tengo que probar nada. Dios es real, Jesucristo es su hijo, y punto, dijo el hombre dirigiéndose a todos los presentes.

-Sólo porque usted lo dice, dijo Finkelstein, con una sonrisa burlona.

- Lo dice la Biblia, gritó el hombre.

-Que hasta ahora es sólo una colección de cuentos de camino, dijo Finkelstein con una gran sonrisa. Estocada.

El hombre pareció quedar como sin habla por algunos segundos. Se notaba en su rostro que trataba de pensar que contestar. Su cara encendida de ira. Los ojos queriendo apuñalar a su oponente. Casi pudo oírse el bip de una computadora que se funde.

-Ahora ya se con quién estoy hablando. Usted es Satanás en persona, y te reprendo en nombre de nuestro Señor. Ya en este momento el hombre estaba gritando de nuevo y dirigiéndose a los curiosos que les rodeaban. El diablo se ha apoderado de este mortal y juro por mi Dios que he de salvar esa alma que Satanás se ha incautado.

El hombre se alejó presuroso dejando tras de sí una estela de murmullos y risitas. Finkelstein, casi enseñando las orejas del toro muerto, se sentó en su banco mostrando un rostro de triunfo al reconquistar su lugar en la plaza. Antonio preguntó a uno de los presentes si conocía al hombre que tuvo en enfrentamiento con el doctor. Es el ministro de la iglesia pentecostal de calle abajo. Buen pastor de Jesús, sonrió para sí Antonio. Soltó una risotada cuando le dijeron el nombre. Es el Reverendo Elmo Ron de Jesús.

Antonio se acercó a Finkelstein y le dio los buenos días.

-Adelante Antonio, comparte mi banco, hoy me siento generoso, dijo Finkelstein con una amplia sonrisa que daba la impresión de ser satírica.

-¿Desde cuándo eres ateo? preguntó Antonio.

Finkelstein puso una cara más seria y miro fijamente a Antonio.

-En mi adolescencia y mis años universitarios tuve la oportunidad de leer sobre muchas cosas y muchos autores. Kant, Spinoza, Descartes, Unamuno, Sartre, Nietszche. Me estuvo muy claro la insensatez que resulta pensar en un ser supremo creador de todo. Perseguí más estudios en esa área. Estudié filosofía por mi cuenta. El vocablo Dios dejó de tener sentido para mí.

-Pero con tantos estudios que has tenido, tu inteligencia, y tus capacidades, deberías estar trabajando en los Estados Unidos, haciendo un dineral. Según Finkelstein hablaba, Antonio escuchaba tratando de no adquirir para sí la lógica impecable del galeno. Su fe nunca fue muy sólida, pero descartar todo el propósito de su vida, le resultaba absurdo. Tan absurdo como le resultaba la Biblia.

-¿Cómo llegaste a San Alejo? preguntó Antonio.

-Anduve perdido en mi tristeza por mucho tiempo. Una tarde manejando hacia Santiago vi el letrero que decía San Alejo. Por curiosidad subí ese sendero. No tenía en realidad un lugar para llegar. Visitar este pueblo resultaba igual que visitar cualquier otro.

-Pero, ¿Qué hacías viajando por acá tan lejos de tu país, de tu familia?

-¡Ay, amigo! Fue una etapa muy dura para mí. ¿Qué puedo decirte? Había perdido todo el rumbo de mi vida. Se llamaba Esther.

-¿Tu esposa?

-Nunca llegué a casarme con ella.

Los ojos de Finkelstein se tornaron grisáceos y Antonio sintió en ellos una tristeza antigua.

-San Alejo y Martinha han logrado aliviar este vacío que dejó la perdida de Esther. Antonio sintió que había tocado un punto en extremo álgido en el alma de su amigo.

-Cuando quieras podrás contarme, José, dijo Antonio. He aprendido a escuchar y espero alguna vez lograr entender el dolor de la gente. Quizá pueda entender el tuyo.

Finkelstein tenía un consuelo en la brasileira, de la que casi nunca hablaba. Pero Antonio, tenía muy cerca, visitando su casa a diario, a aquella mujer hermosa y deseable a la que sus dudosas convicciones no le permitían tocar. Finkelstein tenía una mujer en la casa. Antonio tenía una mujer en la casa. Uno la disfrutaba, el otro la sufría. Leonor venía a la casa parroquial a compartir la cena con él y con su madre. De sólo pensar en sus sentimientos se agobiaba hasta muy adentro. Leonor era parte de su vida aunque lo negara. Al menos estaba ahí aunque no en su cama.

Una mañana nublada y fría llegó el autobús, como siempre sorprendiendo a Antonio que el armatoste aquel todavía funcionara. No podía creer lo que sus ojos le demostraban, pero del viejo trasto se bajó el Padre Ildefonso. Se veía aún más flaco que cuando partió y se movía apoyado por un bastón y sin la agilidad de cuando partió. De un lado de la iglesia surgió la figura de Aurora empujando un sillón de ruedas. Ella sabía que él vendría y lo estaba esperando. También sabía que estaba muy enfermo. Ildefonso la abrazó muy fuerte, por largo rato. Se instaló en el sillón de ruedas y cruzó el bastón sobre sus rodillas. Rodearon la iglesia y se dirigieron a la casa parroquial. Antonio entró en la iglesia a velocidad de vuelo, cruzó la nave, el altar y la sacristía, llegando al comedor a la misma vez que Aurora e Ildefonso entraban por la puerta. Leonor estaba preparando almuerzo para todos. Ella también estaba en esta intriga. A nadie se le ocurrió contarle lo que ocurría, aunque si lo hubiese sabido no lo hubiera permitido. Imaginaba que podía haber otras personas envueltas en la conspiración, y le vino a la mente Finkelstein casi al instante que tocaron a la puerta. Abrió para saludar a quien ya sabía que iba a estar allí. El buen doctor.

Luego de su retiro la salud de Ildefonso se había deteriorado. Le diagnosticaron un cáncer terminal que habría de acabar con su vida muy pronto. Se vino a morir en San Alejo, su hogar de tantos años y el cual jamás debió abandonar. Aquí sería velado y enterrado y aquí sería llorado y recordado. También habló de unos secretos que debía trasmitirle a Antonio, estuviera éste listo o no para recibirlos. Antonio ni se atrevió a preguntar cosa alguna. Con este cura uno podía esperar cualquier cosa. Se había escapado de la égida donde lo tenían, y se había comunicado con sus amigos en San Alejo para venir a morir entre los suyos. Con su única y verdadera familia. Quería en el poco tiempo que le quedaba, visitar los lugares de su amado pueblo y sus alrededores; los viñedos, dar al menos una pisada en el lagar, recorrer las calles, saludar los viejos que bautizó, confesó, comulgó, confirmó y casó. Quería visitar las tumbas de los que despidió. Quería inhalar el perfume de lo que le había dado vida. Sabía que se iría con la próxima primavera. Y se llevaría la maleta cargada del amor de los que recordaría por toda la eternidad, si es que había una eternidad. Antonio se dispuso a rebatir este último comentario pero cuando miró a todos nadie pareció sorprenderse de lo dicho. Obviamente, había muchas cosas que Antonio debía aprender sobre el catolicismo de Ildefonso y de San Alejo.

Las mañanas que podían salir, las que no tenían lluvia fría, caminaban por las calles y los campos de San Alejo. Las misas de esos días eran cortas para poder salir con un buen sol matutino que aliviara el espectro del invierno que se iba avecinando. En las caminatas, Antonio se sintió seguro y pudo conversar con Leonor cada vez que ella venía. La sintió tierna, cariñosa, dulce, bella. Bella y sensual como no quería verla. La presencia de los demás servía de dique para contener pasiones. También notó que ya sus sentimientos no le producían tanto malestar.

Una noche Ildefonso lo llamó y le dijo: Vamos hasta el altar, que es hora de que conozcas unas cosas que para mí cambiaron mi vida. Los documentos que vas a ver son muy antiguos y muy secretos. Te los voy a confiar como me fueron confiados. Si Roma toma posesión de estos rollos los destruirá. Sé que estudiaste arameo, y que pensabas ir al vaticano como traductor. He sabido de ti desde hace mucho tiempo. Tardé en encontrarte, pero sabía que te encontraría. Yo fui quien pidió que te trajeran a San Alejo, como ves tengo conexiones que te libraron de la enajenación de Roma y te trajeron donde puedes ser un ser humano y no un cura de supersticiones. Verás que hay un cristianismo muy humano que la iglesia y los pseudocristianos han perseguido. El humanismo cristiano es liberador. Pero eso lo veras por ti mismo.

Tras una puertecilla disimulada en una esquina del altar había una losa suelta en el suelo bajo la cual se escondía un ánfora que una vez estuvo sellada en cera, según mostraban los residuos. Dentro del ánfora había un rollo de papiro amarillento. También había otro rollo que según Ildefonso, contenía una copia de otro pergamino. Estos escritos llevaban trescientos años en San Alejo y fueron traídos por uno de los monjes que fundaron el monasterio que se ve arriba en el cerro y que fueron ellos quienes construyeron esta iglesia. Se nos dijo que el papiro tiene casi dos mil años y narra una boda real allá en Israel entre un descendiente de David y una princesa, prima suya. Se ha buscado este documento por siglos. Indica que Jesús sí estuvo casado, que no era un campesino de Nazaret, que tenía una gran educación y que esta boda era lo que lo iba a preparar para dirigir el futuro de su pueblo.

La copia era en arameo y tenía fecha del año 204 del Imperio. Antonio pasó la noche leyendo.

En ese tiempo cuando Yeshua, hijo de Yoseph y Miriam, llegó a la edad de tomar esposa, sus padres pactaron con unos primos de Magdala para unir las familias. Miriam sería la desposada de Yeshua y sus hijos serían los herederos directos al trono que Herodes y sus hijos habían usurpado en connivencia con los romanos. La boda se llevaría a cabo en Canaán, lejos de las grandes ciudades y donde los romanos o sus lacayos no podrían impedir esa consolidación. Hasta su muerte, Herodes el Grande estuvo persiguiendo a los descendientes de David pues sabía que estos aspiraban a reconquistar el trono de la nación. Ahora que sólo queda Antipas allá en Galilea, y los romanos han tomado las riendas de todo el país, esta boda se hace tan necesaria para mantener la esperanza de volver a tener nuestra nación en nuestras manos.

Los invitados fueron seleccionados muy cuidadosamente entre los nobles de todas las tribus que entendían la necesidad de encauzar al país hacia una soberanía plena. Casi nadie entre los oficialistas recordaba o siquiera conocía a Yeshua, pues éste residía en la India con su familia, ya que su padre había sido contratado por un rajá para amueblar su palacio. Vendrían a la boda y mantendrían los esposos el anonimato en el país hasta el momento oportuno de tomar el poder. Con todos esos secretos y cuidadosos planes se alquiló en Canaán un gran salón de mucho lujo para la celebración que duraría tres días.

El día de la boda Yeshua preparó su contrato jurando honrar a Miriam por el resto de sus días, defenderla de todo mal, cuidarla, consolarla, mantenerla y engendrarle hijos. Luego se reunieron los familiares de Miriam con ella y los familiares de Yeshua con él para la entrega de regalos y golosinas y para mirar sus rostros libres de pecado. Entonces Yeshua fue hasta su novia y le cubrió el rostro con el velo. Una vez velada la novia, los novios fueron llevados a preparar por sus respectivas familias. Yeshua fue investido con la túnica blanca y se le indicó que debía arrepentirse de sus pecados si ya no lo había hecho. Se le untó la frente de ceniza antes de dirigirse a la carpa. Miriam iba acompañada de su padre y el tío de Yeshua, sustituyendo a Yosef, quienes portaban cirios. Yeshua acompañado por su madre y la madre de Miriam quienes también portaban cirios. Yeshua entró a la carpa primero para esperar a Miriam que le fuera traída como Eva le fue traída a Adán. El cantor entonó: Bendecido es el que llega en nombre de Dios. . . Los escoltas de Yeshua se apartaron y Miriam dio las siete vueltas alrededor de la carpa con su madre delante y su suegra detrás. Cuando entró Miriam, el cantor vocalizó: Bendecida es la que llega en nombre de Dios. . .

Luego el rabino los consagró el uno para el otro recitando las bendiciones. De ahí a tomar el vino. Primero tomó el rabino antes de ofrecerle al novio y la madre de Miriam le dio de beber a la novia. El rabino leyó entonces el contrato matrimonial antes de proceder a casarlos. Continuó con las siete bendiciones para certificar la unión y volvieron a tomar el vino. Yeshua rompió el vaso en el suelo. De ahí fueron a la sala del festín. Tanto fue el vino que se trajo que alguien comentó que el novio había convertido el agua del pozo en vino. Los novios fueron enclaustrados para tomar su primera comida

juntos y después reunirse con los celebrantes. Más tarde los novios partieron y
los celebrantes comieron y bebieron durante tres días.

Antonio releyó el manuscrito varias veces tratando de buscar alguna forma que negara que Yeshua y María de Magdala estuvieran casados. Entonces leyó el otro manuscrito que era una carta. Esta carta le habría de causar aún más malestar que el manuscrito anterior.

Roma, día 12 de noviembre del año27 del duodécimo siglo del Señor

A todos los cardenales, arzobispos y obispos:

Nuestra Madre Iglesia está pasando por unas penurias económicas de gran
magnitud, tras las cruzadas y el fiasco de los Templares. Nuestros sacerdotes
al morir legan todos sus bienes a sus familias, bienes que han acumulado
utilizando el poder que nuestra Iglesia les da. He consultado con Dios y éste
me ha inspirado la ley del celibato. De esta manera los bienes que acumulen
pasarán a la Iglesia, ya que no tendrán familia que los herede. Es necesario
que se sigan estas reglas que voy a pronunciar ya que el futuro económico de
la iglesia depende de ellas. Adjunto la bula que ordena el celibato de todos los
sacerdotes. Con todo el amor de Cristo. . . Firma Inocencio II representante
infalible de Dios en la Tierra.

Antonio no tuvo que releer esta carta. Su propósito era obvio. Establecer el celibato como medida económica para mantener la iglesia. Con el estómago revolcado fue al baño donde vomitó la cena y los engaños. Ildefonso sabía muy bien que amar a una mujer no era pecado alguno. Jesús lo hizo y millares de sacerdotes lo hicieron en público antes del siglo doce, y en secreto desde entonces. Dios no era tan insensible como sus agentes terrenales. Y su fe se fue trasformando.

6

El frío de *shevat* y la oscuridad de la mañana temprana dificultaban para Saulo su llegada hasta el Templo. No importaban las mantas ni las cobijas que usara, el frío le calaba penetrando la piel hasta llegarle a los huesos. La caminata hasta el Templo tomaba al menos media hora, y lo peor venía al cruzar el puente. El viento aquí se hacía canallesco, queriendo romper la lana de las mantas y empujando sin piedad a los transeúntes. Solía llegar al patio de los gentiles cuando el sol rayaba tras Getsemaní dibujando los olivares. El verde se iba encendiendo hasta tomar la intensidad de plena vida. Ese verdor le indicaba que en realidad el frío no era tan intenso como lo sentía, pero el frío no fue jamás su amigo. Prefería los largos días estivales con el sol cenital queriéndole quemar hasta los pensamientos. Entonces la manta de lino era una bendición. En esos veranos casi deseaba el invierno.

Las puertas del patio de los hombres no abrían hasta que llegaba el gran sacerdote. Éste sacaba una gran llave para entrar primero al patio de las mujeres y luego abría la puerta de Nicanor para entrar al patio de los hombres. El gran sacerdote subía entonces la escalinata que llevaba al Templo en sí, donde estaba el fuego y se hacían los sacrificios. Ya en el patio de los hombres la temperatura era más agradable. Casi siempre llegaba antes que Yeshua y Gamaliel. Las lecciones no comenzaban hasta que tomaban la comida de la mañana. Dátiles, higos, leche agria y nueces. A veces en otoño los fervientes traían manzanas y duraznos de Galilea. Tan pronto comían comenzaban las lecciones.

Siempre se reunían en un saloncito que quedaba hacia la esquina noroeste del patio. Yeshua llegó junto con Gamaliel, como casi siempre hacían, causando una ira en Saulo que le era difícil explicar. Se sentía excluido de aquella relación especial que se había establecido entre estos dos hombres. Pensaba que él era tan inteligente como Yeshua y aún más ferviente en observar las leyes de la Tora. La lección de ese día trataría de la importancia de la Tora para mantener la unidad e identidad nacional del pueblo hebreo. Saulo sabía desde el fondo de su corazón lo que significaba ser judío. Sabía lo que era tener a Yahvé de su lado. Conocía bien todos los mandamientos y leyes de pureza y alimentación de su raza. También sabía que las había violado al sentarse a la mesa con dignatarios romanos. Pero el negocio de su padre dependía de atender a esos poderosos clientes. Por ellos le otorgaron la ciudadanía romana que él había heredado. En este imperio era un gran privilegio tener esa ciudadanía.

El Tarso de su niñez le llegaba a la memoria como el murmullo del río y los niños jugando entre las piedras y los pequeños remolinos que se formaban cuando las claras aguas brincaban y espumaban al correr su fuga hacia el mar. Recordaba los días de grandes lluvias y el río que se tornaba rojizo y amenazante con su furor cubriendo todas las piedras y las orillas perdiéndose en los nuevos límites que la creciente marcaba. Se paraba a mirar como a veces ovejas y terneras eran arrastradas por las aguas enfurecidas. Pensaba en Yahvé y todo el poder que tenía. La furia de las aguas representaba en su mente la furia con la cual Dios castigaba a los pecadores. Recordaba también las legiones romanas que pasaban marchando por la ciudad, derrochado su poderío mortal. Los pueblos se rendían de tan sólo ver venir aquellos guerreros implacables. Su padre le contaba que esas tropas, sus generales, hicieron posible que ellos, judíos de nacimiento, fueran provistos de la ciudadanía romana. Estos generales que otrora le ordenaron fabricarles tiendas, en agradecimiento le habían conseguido la ciudadanía, la cual pasó como herencia a su hijo. Le enseñó a estar orgulloso de esa ciudadanía. Saulo notó desde muy temprano que cuando llegaban generales y mandatarios, las reglas de exclusión de gentiles se abolían en la casa. Había que mantener siempre el favor de los poderosos. De ellos dependía que el negocio floreciera. La importancia del privilegio de esa ciudadanía la entendería en toda su magnitud años más tarde, en su peregrinar por el mundo.

Se sentó junto a Yeshua en un banco que bordeaba dos paredes contiguas del salón y Gamaliel permaneció de pie.

-La historia de nuestro pueblo se inició con Abraham y su hijo Isaac, comenzó a disertar Gamaliel.

¿Qué puede decir este hombre de Abraham? Todo está en las escrituras. Los judíos conocemos nuestro origen, ¿a qué traer algo tan banal a estas alturas?

-Ur de Caldea, continuó Gamaliel, patria de Abraham. Nadie piensa que el mito de Abraham es tan vulnerable, pero lo estudiaremos para poder responder a nuestros enemigos sobre las inconsistencias del mito.

¿Mito? Saulo por poco salta del banco, pero pudo esperar a que Gamaliel presentara su argumento.

-Es importante que cuando les pregunten cómo es que Abraham nace en una ciudad que fue fundada mil seiscientos años después de su muerte, puedan dar una respuesta satisfactoria, prosiguió Gamaliel.

-¡Eso es mentira!, gritó Saulo, poniéndose de pie. Gamaliel lo miró y con un tono compasivo le dijo:

- Esa actitud no te acuñará el respeto de tus fervientes. Si alguien trae esa pregunta y no la contestas racionalmente, perdiste tu audiencia.

Saulo se sentó, con el corazón lleno de ira. El origen de su pueblo un mito. ¡Ja! Gamaliel siguió su exposición tratando de ser delicado con el estado de ánimo de Saulo.

-Es imperante que sin inmutarse le digan que esas tierras donde está Ur, ya estaban habitadas por nuestros antepasados. Que se utiliza la ciudad de Ur como referencia por su localización. Abraham nació donde luego fundaron Ur. Eso no es debatible, es cierto que en esas tierras habitaba gente y elimina el conflicto que nuestros enemigos puedan traer.

Saulo sintió que la explicación era pueril, pero tenía la historia abofeteándole la realidad. Era menester ubicar a Abraham naciendo en las tierras mismas donde está Ur. Gamaliel continuó sus lecciones trayendo la historia de los libros de Moisés.

-Estos libros fueron milagrosamente encontrados en el primer Templo, para el tiempo del Rey Josías. Por más de tres siglos sacerdotes y sus descendientes trabajaron en ese templo y de simple casualidad encontraron el arca con los escritos. Fue en un momento en que Asiria y Egipto estaban en guerra y el dominio de ambos imperios desapareció de nuestro territorio. A la carrera ungieron rey a Josías, que tenía entonces ocho años, y demostraron a todas las personas del territorio que tenían un linaje común. Tras unas cuantas escaramuzas establecieron el reino de Judea incluyendo el antiguo reino de Israel al norte, hasta los confines de Galilea. Les dieron a las personas una memoria de milenios, recién fabricada, disertaba el rabino.

-Usted implica que los libros de Moisés son ficticios, dijo Saulo.

-La implicación, Saulo, la estás poniendo tú. Yo he dado los datos.

-Pero es inaceptable que se ponga en duda la autenticidad de esos libros.

-Nosotros, Saulo, sabemos lo que fue necesario hacer para forjar nuestra nación y nuestra fe. Ellos sólo conocerán lo necesario para mantener sus creencias y su identidad.

- Todos esos escritos fueron guardados y traídos desde Egipto por nuestra gente, eso es historia.

-No hay un sólo dato que respalde esa historia, Saulo. En Egipto no hay nada que indique que fuimos esclavos allí.

-Usted está destruyendo nuestra fe.

-Al contrario, Saulo. Preparo gente que mantenga nuestra fe. Gente que tengan el conocimiento para guiar estas tribus y a los dispersos.

-No puedo simplemente rechazar lo que siempre he creído.

-No lo rechazas, conoces los datos y conocerás como explicar lo que algunos dirán conocer. No puedes dirigir una sinagoga si hay personas que han oído de datos que contradicen nuestras escrituras. Te derrumbarán si no estás preparado.

-Nada ni nadie derrumbara mi fe.

-¿Qué vas a hacer cuando encuentres judíos comiendo alimentos no especificados en la Tora? No es posible seguir las leyes donde no hay esos alimentos.

-En la India comíamos garzas y otras aves, dijo Yeshua. Las limpiábamos y purificábamos como ordenan nuestros ritos, pero eran nuestra fuente de carne.

-Eres un impuro, Yeshua, me das asco.

-Saulo, la realidad de nuestra gente, viviendo en tierras muy lejanas, indica que han de adaptarse para sobrevivir, dijo Yeshua. -No les puedes decir que no coman esto o aquello sólo porque las escrituras lo dicen.

-¿También cerdos?

-La prohibición sobre los cerdos tiene que ver con las enfermedades que producen, Saulo.

-El elevar su prohibición a mandamiento y ley nos protege de enfermedades, dijo Gamaliel.

-¿Me está diciendo que las leyes de preparación y de limpieza son inventadas?

- Tienen una función, Saulo.

-Juro por las luminarias del cielo que Yahvé puso ahí. . .

-Saulo, ya en muchas culturas se habla de una Tierra esférica, lo que dicen hace mucho sentido. Tienes que modificar lo que predicas.

Saulo se levantó en ira incontenible y salió del saloncito y del patio de los hombres por una de las puertas laterales. Iba maldiciendo a Gamaliel, a Yeshua y estos estudios de La Ley que lo que hacían era destruirle su fe. Las lágrimas nublaban de rabia los ojos de Saulo. Todo lo que conocía sobre su amado Yahvé se iba haciendo cada vez más confuso. La gran farsa presentada por Gamaliel le oprimía el pecho como si tuviera una camisa de cuero mojada secándose al sol. Pensó en irse a Tarso, en abandonar Jerusalén para siempre y volver a su ciudad natal. Pero el orgullo le pateó el alma. Sus padres esperaban que regresara graduado. Jeromo, el rabino lo esperaba como aprendiz para que dirigiera la diáspora de Tarso. Tenía que terminar sus estudios. No podía llegar a Tarso con las manos vacías. Vio en su mente la cara decepcionada de su padre, de Jeromo, y pensó en que tendría que asumir rápidamente su función de marido. Se vio fabricante de tiendas, sentado encorvado en el suelo, dando las puntadas que iban uniendo las piezas. Se vio ridiculizado por sus pares. No podría dar la cara en la sinagoga. Estaba atrapado aquí, en Jerusalén, con estos dos imbéciles herejes. Se sentó un rato en las escalinatas y fue tomando unas decisiones. Terminaría sus estudios. Aceptaría como cierto el engaño de Gamaliel y luego, junto con su rabino allá en Tarso, vería las cosas a través de un vidrio de otro color.

Respiró profundamente y regresó al patio de los hombres, donde Gamaliel lo recibió diciéndole, sabía que volverías, no es fácil desaprender la mitología y pasar de creyente a conocedor. Según vayas conociendo nuestros mitos, irás entendiendo su utilidad para el mantenimiento de nuestra nacionalidad aún frente a las invasiones y esclavitud que hemos sufrido. Saulo no podía, no quería entender que su fe, su modo de vida, era un espejismo inventado por unos antiguos para crear una nación. Una nación de a mentiras. Una nación que él mismo ampliaría y dejaría como una nueva creencia para el mundo.

En las noches le enseñaba a Judas lo que aprendía durante el día. Experimentaba con su esclavo la siembra de los mitos e iba convirtiendo a Judas en un judío conocedor de La Ley. Una que otra noche de pasión culminaba la mentira diaria. Si no fuera por el zagal, sus noches serían interminables, insomnes, angustiantes. El muchacho le cocinaba, lo bañaba, hacía las compras. Hasta le ayudó a escoger los otros esclavos para correr la casa, Alieb y Jinera. Todo lo necesario para mantener la casa corriendo. Era tan hacendoso como Ruth, la piadosa, la humilde, la desprendida. Era tan buena Ruth. Y fue tan singularmente buena, que un día quiso morirse y la culpa le llegó en forma de carta de sus padres. Murió de tristeza, Saulo. No entendió jamás tu partida a Jerusalén sin ella. Nosotros tampoco lo entendimos. Ni siquiera llegó a vivir para esperar que regresaras en tus días de descanso. Ya cuando vengas te llevaremos a su tumba. Es una tumba muy bella, digna de una mujer santa y sacrificada. Jamás expresó una queja. Hacía todo el trabajo de la casa, cocinaba, hacia las compras. La amábamos mucho y te enviamos esta carta con el corazón saturado de tristeza y luto.

Ya no tendría que explicar que no tenía mujer. Era viudo. Llenaba los requisitos para rabino, y no tenía mujer. Que para poco servían por su poco seso, sus caprichos. Quizá su única redención era que parían los hijos que continuaban con las familias. Pero la de Saulo terminaba con él, ignorando que el futuro le deparaba un rol de padre de multitudes por los siglos de los siglos. Por su esfuerzo fundó una creencia que si bien la propuso por interés propio y de Roma, llegó ser la principal ceguera de la humanidad. Si le hubiesen contado no hubiera creído jamás que el centro de su vida sería Yeshua. Pero la vida toma rumbos insospechados. Tu obra, Saulo, no te será revelada aún.

Una mañana primaveral, para el día 15 de *iyar*, época en que las madrugadas daban paso a días soleados y la ciudad refrescaba su hedor con el aroma de las flores que traían del norte y de los llanos costeros. Cruzar el puente ya no era en la oscuridad. El paso de los meses iba llegando al año y al tiempo de visitar su Tarso, sus padres y la tumba de Ruth, la mártir. Ya en un mes partiría hacia Tarso a visitar su familia. Un distanciamiento del Templo le serviría para tomar perspectiva de tantos asuntos que allí se planteaban. Su fe se tambaleaba ante lo estudiado. Allá en Tarso, con sus antiguos maestros recuperaría su base. Aquellos maestros sí sabían de las escrituras, y de historia.

Dejó a Judas cuidando la casa casi finalizando *sivan* y se unió a una caravana rumbo a Damasco, y de allí era fácil encontrar otra hacia Tarso. El desierto reflejaba el calor del sol multiplicándolo. Los camellos caminaban pausados y las raciones de agua no parecían alcanzar para los largos tramos entre un oasis y otro. Luego de tres días ya el paisaje iba cambiando, los montes de Galilea, su mar, Tiberia, los árboles frutales y el verdor, iban reclamando su dominio sobre la aridez del sur. Luego de Damasco, el viaje sería más rápido por el clima y la vegetación.

Llegaron a Damasco el día 30 de *sivan* y pernoctó en los acomodos de la sinagoga que quedaba en la calle principal. Se identificó como judío pero no quiso entrar en conversación con el rabino que le recibió. Dio excusas de sentirse muy cansado y luego de purificarse se fue a dormir sin cenar. Despuntando el día salió apresurado de la sinagoga y se fue a buscar una caravana para seguir viaje. Casi a la salida de la Calle Recta avistó una caravana de caballos. Preguntó. Sí, iban hacia Tarso. Alquiló un caballo de uno de los mercaderes y se unió al grupo. En seis días llegaron y se presentó a su casa. Casi un año había pasado. Sólo un año y su proceder ya no era el mismo. Saulo ya no era el mismo. Sus padres le abrazaron y los sintió como extraños. Por un instante presintió que Ruth vendría también a abrazarlo antes que lo alcanzara la realidad de su muerte.

Se fue al baño a purificarse y sintió el vacío de no tener su esclavo a su lado. Extrañó a Judas frotándole la espalda, despojándolo del dolor de vivir. Y sintió rabia pensando en el pecado que siempre lo apresaba. La unión malsana entre dos hombres le perseguiría siempre. Su debilidad eran estos hombres que fungían de mujer. Estos que podían satisfacerlo con la intimidad que no conseguía con esos otros seres inferiores sin alma. La tristeza, la culpa, el alivio de que Ruth no estuviera y la falta de Judas le envolvían en un torbellino que le zarandeaba su mente por los confines de su conciencia.

Su atribulado corazón, necesitado de un reposo, seguiría sufriendo por muchos años antes de encontrar lo que consideró su paz en el camino a Damasco. Se mantuvo en el baño por largo rato, evitando enfrentarse a sus padres. Evitando enfrentarse a los reproches, quizá los suyos propios. La voz de su madre le avisó de la cena. Purificado, fue a reunirse con ellos en el comedor. Miró la comida y le pareció extraña. Allá en Jerusalén perdió el recuerdo de los alimentos de Tarso. Recordó los argumentos de Yeshua y de Gamaliel diciéndole cómo las diásporas se iban adaptando a los ambientes. La sonriente cara de Yeshua le causó ira. Esa cara se burlaba de que Saulo tuviera que aceptar unas verdades. La comida pura de Jerusalén no era la comida pura de Tarso. Ni sería la comida pura de la India, ni de Roma, ni de Atenas. El concepto de pureza se lo iban carcomiendo. Y su fe que estaba muy pronta a desquebrajarse, le pareció tronco flotante en el río de la incertidumbre.

Según fue comiendo su extrañeza fue aumentando. Echó de menos la mesa en Jerusalén, a Judas, sus esclavos, Alieb y Jinera, a Gamaliel y a Yeshua. ¿Cómo podía echar de menos a esos dos? Pero ellos formaban parte del cotidiano, del propósito de su vida en Jerusalén. Y no se imaginaba cuánto habría de significar Yeshua. La comida de Tarso no le evocaba sexualidad. Le pareció inane. Le pareció vacía. Comida somera que sólo alimentaba el cuerpo. Allá la comida le alimentaba su ser. Sintió con asombro más que con horror que su pecaminosa vida con Judas, sus fantasías sexuales con Yeshua, su concupiscencia, le hacían sentir vivo. Acá en Tarso estaba muerto. Muerto de su humanidad. El no sentir horror por sus pecados le alejó más, mucho más del Saulo de Tarso que conoció en su niñez. El golpe de la próxima mañana pondría el ingrediente que faltaba para sellar su recién hallado cinismo. Durmió muy poco esa noche, entre pesadillas y desvelos, entre iras y llantos. Su alma comenzaba el descenso hacia su degradación.

En la mañana fue a visitar la tumba de Ruth. Su cara compungida era por la culpa que sentía, ya que amor nunca le tuvo. Sus padres y sus primos le abrazaron en condolencia, pero Saulo sabía, sentía que le juzgaban en cada abrazo. Que no le decían que había sido él con su abandono quien mató a Ruth. No le reprochaban, no era necesario. Sentía el frío de las acusaciones silenciosas. Sentía el frío de las acusaciones que él mismo se hacía. Juez severo de sí mismo, implacable para condenarse por esa muerte.

Luego que comenzaron el regreso a la casa, pidió quedarse solo y se fue a caminar. Cruzó la ciudad y se fue hasta el riachuelo, el que recordaba de su niñez. El agua cantarina se revolcaba entre las piedras y fugaces reflejos del sol parecían jugar como niños corriendo y chapoteando por las cristalinas corrientes. Se vio con los pies en el agua, con unos quince años y el niño *malikao* romano cerca de él. La vergüenza de entonces permeó cada músculo y vena de su cuerpo. Vergüenza y culpa de entonces y de ahora reflejándose en una esposa abandonada y muerta y en un chiquillo romano que le ofrecía las delicias de la felación. Cometió con Calígula el horrible pecado de la carne. Ese pecado habría de perseguirlo durante su vida. Quizá si hubiese sido una niña quien lo inició, Ruth estuviera viva. La tumba de Ruth le recordaría siempre de sus aborrecibles pecados.

Llegó a la casa a tiempo para la cena. No tenía hambre. La carne cocida con especias aromáticas le trajo a la mente los sacrificios. Le trajo a la mente el cuerpo muerto de Ruth. Se comía un cuerpo en aquella carne, se tomaba una sangre en aquel vino. Era la sangre y el cuerpo del pecado. Era la sangre y el cuerpo de la culpa. Era la sangre y el cuerpo de la vergüenza. Masticó la carne pensando que estaba viva, que mataba a Ruth comiendo de ella. La utilizó para lograr sus metas y la abandonó sin explicación. Pidió por alguna forma de aliviar su culpa. La cara de Yeshua se le dibujó sonriendo en su imaginación. Le deseó la muerte. Le deseó La muerte a Gamaliel. En su pecho se fue plasmando el odio que se venía fraguando desde que llegó a Jerusalén.

El *shabat* fue a la sinagoga y corrió directo a su maestro, Jeromo. Quería contarle de sus experiencias en Jerusalén. Quería confirmar su fe. Quería buscar en Yahvé el consuelo que su atormentada alma necesitaba. Jeromo lo recibió sonriente, con los brazos abiertos. Se abrazaron. Sintió un alivio al mirar a su rabino. El rabino que lo había identificado como el sucesor de su dirección en la sinagoga. El rabino que modificó su vida al recomendarlo para estudiar las leyes allá en el Templo. Se miraron unos momentos como recuperando el año de distancia y luego fueron hasta uno de los bancos laterales para hablar privadamente. El rito de lectura no comenzaba hasta las nueve. Tenían tiempo de decir y contar.

-¿Cómo toleraste las lecciones del primer año, mi querido Saulo? Dijo Jeromo mostrando su amplia sonrisa. -¡Qué muchas cosas tan diferentes a las que enseñamos! Continuó. La historia y el mito. ¿Qué te pareció? Saulo miró incrédulo a Jeromo. Sintió la herida del desengaño honda, muy honda. Vino a buscar consuelo y recibió este brutal golpe a su fe. Su mentor era parte de la gran conspiración. Su alma se le arrugó como una uva al sol. La soledad que le cobijó fue la más intolerable de las maldiciones que había sufrido. Las lágrimas que no quería derramar se fueron agolpando en sus ojos. Miró a Jeromo con la mirada del dolor que lo anegaba. Salió corriendo de la sinagoga con la mente desgarrada. Pasarían cinco años antes de regresar a Tarso y a esta sinagoga. Ya para ese tiempo el desengaño había progresado al cinismo total. La vergüenza a dureza de corazón. La culpa a una sagacidad mortífera la cual dirigiría siempre hacia los que consideraba sus enemigos.

7

La primavera se desbordaba exuberante de flores silvestres, de mil colores y aromas, mariposas de matices insospechados y las lluvias intermitentes alimentaban la bonanza de aquel suelo pródigo en bendiciones, haciendo que el mar verde de la hierba, con su olor de humedad, se extendiera orgulloso hasta los confines que marcaba la vista. Sinsontes, alondras y turpiales aportaban a la sinfonía de luz y sonido que adornaban los campos de San Alejo. Caminar los montes, sus veredas y los viñedos se convirtió en ejercicio diario que pareció por el momento, alivio para Ildefonso. Los manjares que Aurora preparaba le habían engordado las mejillas y las posaderas. El rostro se le había llenado de color y ya pensaban que les habían ganado esta partida a la muerte. El viejo rebosaba de felicidad con esta vida cerca de sus amigos, los amigos de siempre y Antonio, su nuevo amigo, su preguntón amigo, su rebelde improvisado que ya no le daba tanta importancia a Roma como a la vida. Caminar por la hierba descalzo parecía uno de los placeres de Ildefonso. Antonio se quitó los zapatos un día y junto con Leonor corrieron por un verde prado rodeado de arces, robles y uno que otro nogal. Antonio se negaba, pero sabía que Leonor era para él algo más que la hija de la que atendía la casa parroquial. La joven maestra de párvulos de San Alejo era conocida por su dulzura para con todos, especialmente para con los chiquilines que atendía en la escuela. Todos la saludaban por doquiera que fuera en San Alejo. Chiquillos le gritaban profesora, Señorita Leonor. Y ella le sonreía. Siempre sonreía. Ya Antonio no sentía el mismo miedo de antes cuando estaba cerca de ella. El sentirse tan cómodo cuando ella estaba cerca, cuando le hablaba, parecía no entrar en conflicto con su decisión muy clara de no ceder ante la belleza, inteligencia y personalidad de Leonor. Cuando se veían, ella lo abrazaba y Antonio temblaba. Nunca pensó que su caída, o su salvación, dependiendo del punto de vista, estuvieran tan cerca. El acostumbrarse a la cercanía de ella y a los estremecimientos que le producía su aroma, hicieron que fuera bajando aquellas defensas que pensó férreas. También pensaba que Leonor no tenía interés real en él. Se aseguraba que cualquier coquetería que percibía era de su propia fabricación. Pero Leonor fue siendo poco a poco más parte suya que de San Alejo. No le sorprendió por eso, cuando descubrió que la amaba. La amaba por su belleza, por su dulzura, por su inteligencia, por su sencillez, por su amor a la vida. La amaba porque ella tenía lo que a él le faltaba. Ella era libre. Él quería ser libre.

Noviembre entraba con el mismo encanto que mayo en Paris o con la misma fuerza que los cerezos rosas de Virginia. Tomaron el camino hacia el monasterio que parecía protegido por las ramas de los árboles que desde ambos lados del camino entrelazaban sus ramas, como en las bodas las arcadas de flores, en su pompa, invitan a pasar por su señorío. Leonor y Antonio corriendo como locos y a veces sentándose a la vera. Aurora e Ildefonso caminaban con la energía que el recuerdo les daba. Finkelstein caminaba lento, mirando hacia arriba, abrazando uno que otro árbol. Antonio lo miró en una ocasión con una mueca de interrogación. Puedo sentir la energía de la naturaleza, a ver, prueba. Antonio abrazo el árbol y una sensación de bienestar le fue llenando y sintió que conectaba con unas fuerzas de muy lejos. Supo que Dios moraba en los árboles. Llegaron a un prado hacia un lado del camino donde un gran arce dominaba una gran sombra. Más allá un denso pinar. Se sentaron y Aurora sacó pan, queso y vino de una canasta que llevaba. Sacó las copas, descorcho y sirvió el tinto, queso de la tierra y pan duro. Comieron y conversaron. Rieron y filosofaron. La vida de allá del mundo se sentía muy remota. Antonio y Leonor se alejaron de los caminantes de esa mañana, Aurora, Finkelstein e Ildefonso. Como sin querer se fueron adentrando en el soto que se avistaba y tras el cual se escuchaba el rumor del riachuelo de San Alejo. La hojarasca húmeda que cubría el suelo fresco les invitó a sentarse. Y hablaron de la familia, de la vida, de Dios y del amor. Del amor al beso fue corto el trecho. *Miro tus ojos y tus labios, mujer que supe amor y que sé deseo. Mujer que hace arder el flujo de mi sangre llevándome al primal instinto de un te amo. Te amo y te deseo y siento tu aliento que al acercarte se va confundiendo con el mío, y es tu alma que se adentra en la mía, aliento de vida divina que me hace estar vivo. Vivo de amor y de ternura por ti, Leonor, mi Leonor. Quiero sentir ya el roce de tus labios en los míos y la distancia que se va haciendo corta parece interminable y quiero llegar a ti como este beso que al contacto de nuestras húmedas bocas salivantes me estremecen.* Del beso al lecho improvisado fue más corto aún el trecho. Este beso no produjo culpa en Antonio. La chispa de siglos saltó de un labio al otro adivinando la mezcla de humedades. El sabor mojado de aquellos labios y aquella lengua le semejaron ostras, babosas, delicias. Su virilidad se estremeció y sus manos se hicieron hábiles sobre el cuerpo soñado que se le acercaba a la distancia de un suspiro. Cuando sintió la piel de los muslos, suave como seda que resbalaba entre sus dedos torpes con ansias de Quijote, supo muy claramente, que el amor era divino. Las ropas fueron cediendo al fuego de la pasión. Los ojales de la blusa dejaron pasar los botones y el pecho de porcelana se fue asomando para mostrar el ensueño de sus senos. Antonio fue de besar un lóbulo a bajar por el cuello y llegar hasta los montecillos deliciosos con sabor a manzanas, duraznos, a miel. El aroma de las flores palideció ante el aroma de ella, y los jadeos de ambos preparándose para la divina profanación de las virginidades, guardadas hasta ese momento para un compromiso de vida. La falda cedió débilmente y el abdomen ondulante erizose al tacto. La boca de Antonio fue recorriendo el cuerpo hermoso que le ofrecía su destino. Una mujer y un hombre uniendo sus cuerpos y sus almas en un abrazo de amor erótico y jurando sin decirlo la eternidad de ese lazo. Entró en su reino como quien entra en su casa que le esperaba desde siempre. Le regaló su elixir de vida y ella lo recibió en un éxtasis climático que pareció durar hasta el mañana. Se miraron luego sin vergüenza, sin culpas, sin pecados. Las ropas regresaron a los cuerpos y el amor se rió a carcajadas cubriendo de felicidad los montes de San Alejo. Regresaron a los otros calados por una tierna llovizna y riendo desde sus espíritus plenos y sus ojos libres de pecado.

Se llegaron al trío que esperaba y ninguno hizo preguntas. Caminaron hasta la casa con ratos de sol y ratos de lluvia, como si los duendes de las cosas hicieran travesuras derramando con sus correderas, tinas de agua por los suelos del infinito. Ildefonso reía también, Y a veces una pequeña tos denunciaba inciertos que nadie quería notar. Entraron al pueblo por la calle lateral que daba a la casa parroquial. Tan pronto llegaron a la casa se cambiaron la ropa empapada y las mujeres comenzaron a preparar el manjar de la tarde. Rieron viendo cuan grande le quedaba la camisa de Antonio a Finkelstein. En un cuarto de atrás las mujeres tenían sus ropas. Las cabezas livianas de vino y libertad pensaban la amistad del conjunto. El jengibre y la albahaca fueron impregnando el aire de la casa. Pizca de nuez moscada, pimienta negra y aceite de oliva fueron tomando poco a poco la sartén donde unas chuletas de cordero se dorarían como en ara de sacrificio.

El dolor en el pecho fue abrupto y tras una mueca Ildefonso se desplomó. Su piel se tornó color ceniza y dejó de respirar. Finkelstein palpó el pecho, tomó pulso y comenzó la resucitación. Golpeó el pecho de Ildefonso con más desesperación que fuerza. Un, dos, tres, cuatro, cinco depresiones esternales y un aliento de intento de vida. Una y otra vez repitiendo y maldiciendo, y llamando a su amigo. En lid desigual con la muerte se batió el médico, pero la guadaña certera iba segando. Antonio fue a buscar su maletín y Leonor comenzó a llorar sobre el pecho de su madre. Antonio regresó a la sala justo cuando por la puerta entró el hombre que sólo él veía. Un olor a dama de noche anunciaba el desenlace. Este pájaro de mal agüero venía como siempre, con toques de muerte. ¿Acaso era la Parca antigua de la Grecia homérica? Un alma que se despedía pedía su atención. Se arrodilló junto a Ildefonso y Finkelstein se hizo a un lado con ademán derrumbado. Antonio ungió la frente y las palmas de Ildefonso y el hombre del sobretodo oscuro se acercó y doblándose sobre el rostro del anciano le besó levemente los labios.

Finkelstein dijo: se nos fue.

Una lágrima rodó casi imperceptible por su mejilla. Se nos fue. Las mujeres lloraron. Antonio no pudo. El hombre del sobretodo en vez de salir por la puerta de la calle, se dirigió hacia la puerta de la sacristía y desapareció. Finkelstein salió a buscar al director fúnebre y las mujeres pusieron el cuerpo de Ildefonso sobre la cama para bañarlo y cambiarlo de ropa. El funeral sería en la mañana, que en San Alejo los muertos no se exponen por mucho. Lo velarían en la sala tan pronto el embalsamador hiciera su trabajo.

Antonio musitó algo de querer estar solo y se fue a la sacristía. Tiró la puerta tras de sí al entrar y al mirar hacia la mesa, allí estaba. El ente misterioso. El perseguidor. Se asombró de no sentir miedo. ¿Y qué miedo iba a sentir, si tanto lo había visto y lo había sentido seguirle en las muchas noches de ir a servirle a los moribundos? Pensó que quizá este hombre era la mismísima personificación de la muerte, o del demonio. Quizá un ángel, llegó a presentir. Pero no. Un ángel era de otra forma, de grandes alas blancas. Un ángel. Como si alguna vez hubiese visto uno. Ángel, diablo, espectro, aparición o ánima en pena. No sabía. Pero había llegado la hora de saber quién era. La hora de descifrar el misterio que probablemente su mente construía. Tenía que saber. Caminó hasta el extremo de la mesa donde estaba sentado el espectro y haló una silla. Se sentó bordeando La esquina y le miró fijamente. La negritud de aquellos ojos le pareció inmensa, insondable.

-¿Quién eres? preguntó sin rodeos.

8

Hizo el viaje de regreso a Jerusalén con lentitud, como si no quisiera llegar. Desde la fertilidad del norte hasta la aridez del desierto, el paisaje iba marcando en su alma el proceso de desengaño. Sus montañas de culpa, la acritud de su espíritu y su resentimiento, le iban secando sus adentros. Las pocas plantas de luz que le quedaban en el alma se fueron marchitando durante este viaje. Ya las noches del desierto comenzaban a refrescar. Los camellos rebajando su joroba en el camino, seguían su faena sin conciencia. Esas bestias del desierto, útiles para la carga y la travesía, le semejaban creyentes. Eran pobres víctimas, cuyas mentes eran sacrificadas por los sacerdotes y rabinos en aras de una unificación nacional tan artificial como las creencias. De un golpe el mundo mágico de la Tora se había hecho pedazos. La ira que le causaban la mentira y el engaño eran colosales. Pero le quedaba su Yahvé. De alguna forma el Dios eterno le quedaba como refugio. El Dios compasivo y amoroso, vengativo y despiadado con los enemigos, todopoderoso, omnisciente. Ese Dios era su ancla a la realidad. La verdad que tenía que encontrar, era preciso encontrarla. Era necesario saber cuál era la verdad de Dios y de su pueblo. Tenía que conocer porqué su pueblo era tan diferente de los demás. Si el pueblo fue unido con propósitos políticos, ¿cómo puede uno pensar que este pueblo haya sido el escogido por Yahvé? ¿Dónde está la verdad? La verdad, esa elusiva seductora que se disfrazaba de ángeles o demonios para darle al hombre la perdición de su alma.

El oasis anunciando la llegada a Jerusalén le pareció frívolo, como una burla en medio del desierto. Casi oyó al oasis decirle: te doy un poco más de tiempo para que vayas muriendo desde el fondo de tu corazón. A una edad tan temprana ya la carga de esta pobre ánima desarraigada, lo iba convirtiendo en el hombre errante que jamás llegaría a aquel lugar que pudiera llamar hogar. Su soledad incipiente y en constante expansión, abrumaba no sólo su espacio interior, sino su mundo externo. El despreciable mundo externo de hombres inermes sin dirección. Y él, que también vivía sin dirección, necesitaba una. Le llegaría. Pero le habría de llegar por caminos extraños y por el hombre más odiado y amado. Se bajó del camello y se acercó al pozo con paso incierto, casi arrastrando los pies. Su reflejo en el agua le presentó un joven avejentado, amargado, triste y cargado de los pecados del mundo. El futuro le deparaba una redención a esos sufrimientos. Otro sería el oasis de Saulo.

Las murallas de Jerusalén emergieron del horizonte sin el resplandor de la vez anterior. La magia de la divina ciudad parecía desvanecida ante el derrumbe espiritual de Saulo el viudo. Saulo el desterrado. Saulo el hombre. Saulo el niño. La tristeza, la angustia, la ira y la decepción ahogándole poco a poco su atormentada alma. Su alma que en constante batalla con su cuerpo pedía sobrevivir. El cuerpo pecado, el cuerpo deseo, el cuerpo depravación, el cuerpo concupiscencia, el pobre cuerpo de Saulo, amarrado al abominable vicio del placer desordenado de copular ofendiendo a Dios y a su creación. Al llegar a la Puerta de Damasco se bajó del camello y tomó las pocas pertenencias que había traído. Cruzó la puerta de la ciudad pensando si Judas estaría todavía en la casa. Le había dejado dinero y no había nadie que lo supervisara durante este pasado mes. Su refugio inmundo, Judas. Su paz inquieta, Judas. Su muerte y su única vida, Judas. Caminó por la calle principal perdido en un mar de gente que se movía presurosa para llegar a ningún lugar. El colorido de los bazares y tiendas le pareció opaco, el bullicio semejó un aullido de dolor y el olor a sangre, un presagio. Siguió el camino por la calle principal de Betesda hacia la Alta Jerusalén, cruzó frente al palacio de Herodes el Grande, bajó por las escalinatas cubiertas de arcos y llegó a su calle. Aun con el sol la calle le pareció sombría. Entró a la casa y Judas vino a recibirlo. Sin saludarlo, se fue hasta el balcón y miró la ciudad que ya no tenía el resplandor del primer día.

Judas se le acercó por la espalda y le abrazó diciendo, todo estará bien, amo Saulo. Las penas que trajiste de tu hogar se aliviarán. Pero las penurias de Saulo apenas comenzaban. Su guerra interna, con sus demonios, con sus adherencias a leyes arcaicas, con su tendencia al pecado abominable de la homosexualidad, con su rigidez que le impedía adaptarse y con su antagonismo hacia Yeshua, apenas comenzaba. El sexo vacío de amor y lleno de tortura mental era el oasis oscuro del alma desértica de este hombre destinado a cambiar la historia hacia el camino de la fe ciega y la sangre y la espada que sostuvieron esa fe. Por un momento se dejó acariciar por Judas. En ese pequeño instante sintió un alivio profundo hasta que el gusano de la culpa le sacudió. Empujó a Judas y le increpó,

-Eres parte de mi infierno. Salió corriendo de la casa y se fue hasta el puente de Herodes. Sólo se detuvo cuando llegó al medio, sobre la Baja Jerusalén, el punto más alto del puente. Miró por largo rato el fondo lleno de una tanática atracción prometiéndole el alivio permanente a su conflicto interno. Pensó saltar hacia allá abajo y dejar que todos se quedaran cargando con la incertidumbre y la culpa que le habían delegado. Sintió unos pasos que se acercaban. Judas lo abrazó y Saulo comenzó a llorar. Sintió que las lágrimas brotaban desde una fuente insondable y que su tristeza no tendría paliativo. Sintió que ni siquiera tenía fuerzas para terminar su propia vida. Se hundió en el hoyo profundo de su desesperación. Se dejó llevar hasta la casa, hasta el baño y hasta la cama del amor prohibido.

La mañana de volver al Templo, a La Ley, a Gamaliel y a Yeshua llegó de forma subrepticia. Judas lo levantó temprano ese día y le vistió como de costumbre. Comieron frutas, nueces y leche agria. Con un trago largo de vino apagó un poco el fuego del retorno al Templo. Aceptó el beso de Judas y salió a caminar calle arriba, hasta el puente, hasta las puertas arqueadas, hasta el patio de los gentiles. Cruzó la puerta de Salomón, la puerta de Nicanor y llegó hasta el pequeño saloncito donde ya lo esperaban Yeshua y Gamaliel, que desayunaban frutas y queso. El tema del día no pudo venir más a propósito para Saulo y sus dudas y confusiones. Dios y el concepto de la divinidad fue el tema. El Dios que ellos contemplarían y el que le trasmitirían a sus fieles. Dos conceptos de Dios, uno para la mente y otro para el consumo público. Su Dios era Yahvé. No quería en realidad escuchar aquel análisis del Inanalizable, del Incognoscible, del Insondable. Solo quería ver su eterno Dios, su omnipotente Dios, su omnisciente Dios, su omnibenévolo Dios, su misericordioso Dios, su vengativo Dios.

Gamaliel habló del Dios que está presente en todo lugar, de las fuerzas de la naturaleza que todo lo pueden y de nuestra conciencia que es parte de la conciencia del universo. Ese Dios era el Dios que dependía de que un hombre lo conceptualizara para ser. El otro Dios era el de las masas. El Dios personal que hablaba con el hombre. Yeshua trajo que en la India, los budistas presentaban una visión parecida, pero no le llamaban

Dios. La cabeza de Saulo daba vueltas en su desesperación al ver a su Yahvé disiparse como humo. Pensó que no importaba lo que dijeran estos dos, Yahvé seguiría siendo el Dios verdadero. Se aferró a su fe. Y dejó de escuchar. Su rostro sonreía mientras desatendía a su maestro. Veía los brazos de Gamaliel moverse, los labios moverse, pero no le importaba para nada. Sus verdades aprendidas negaban toda esta insensatez que se enseñaba hoy. La mañana transcurrió llena de oscuros pensamientos y batallas internas para Saulo, quien respiró con alivio cuando se anunció la hora de almorzar.

Bajaron al aposento debajo del patio de los hombres que servía para reuniones y también de comedor. Durante el almuerzo conversaron. Yeshua habló de la India y de las costumbres y creencias de aquel pueblo. Pueblo maldito, balbuceó Saulo. Pensaba que aquellos pueblos idólatras como los romanos sólo merecían la aniquilación. Gamaliel trajo el concepto de resurrección a otra vida luego de un juicio. Este concepto, decía, era nuevo en el judaísmo. Utilizó este ejemplo para demostrar que las creencias han de adaptarse para sobrevivir. Saulo argumentó que Dios no puede estar sujeto a cambios entre los humanos, que Dios era una verdad absoluta. Yeshua le salió al paso.

-Si miras a Dios como un Ser Supremo, no saldrás del concepto del Dios tribal de nuestros antepasados, dijo Yeshua con su voz apacible y cálida.

-¿Qué tiene de malo el Dios de nuestros mayores? Dijo Saulo levantando la voz, empujando su plato y dejando su silla.

-Es un concepto formulado durante las épocas nómadas. No es practico ni funcional para el mundo en el cual vivimos, dijo Yeshua sin cambiar su ademán o el tono de voz.

-Sigues tronando contra nuestras raíces. Reniegas de tu judaísmo. Saulo se acercó a Yeshua y le puso el dedo índice de su diestra casi en la cara.

-Soy judío, con mi cultura y mi historia. Pero soy un humano racional y entiendo que apenas comenzamos a entender el concepto de la divinidad. Yeshua continuaba hablando sin perder su aplomo.

-Dios no es para entenderlo, es para aceptarlo con fe, dijo Saulo mientras se estiraba señalando con el dedo hacia el cielo.

-La fe es para los fieles, no es el instrumento del maestro. Es la venda sobre los ojos del hombre común, dijo Yeshua luego de sorber un poco de vino.

-¿Te atreves rebajar al hombre creyente y su santidad? Saulo gritaba, enseñaba los dientes en una mueca de ira mientras golpeaba la mesa con su mano abierta.

-No rebajo a nadie. Pienso en lo que se nos enseña y en las consecuencias de ese conocimiento. Yeshua seguía sentado manteniendo su gesto sereno y el mismo tono en su voz.

-¿Y lo que nos enseñaron en la Tora? Según dijo esto, Saulo se dio vuelta hacia Gamaliel y le miró con los ojos muy abiertos. Gamaliel lo miró y luego siguió comiendo.

-Representa la mitología que explica nuestro origen. Es lo que nos aglutina como pueblo. Pero es necesario revisar la visión que la Tora tiene sobre la mujer y sobre muchas otras cosas, dijo Yeshua.

-¿Revisar? Dios no es revisable. Esta vez Saulo gritaba a todo pulmón sin mirar a Yeshua y golpeaba su siniestra con el puño de la diestra.

-Dios no, pero nuestros conceptos sí. Al decir esto, le brillaron los ojos a Yeshua.

Gamaliel se limitaba a comer bajando los ojos y aplacando un gesto leve que amenazaba volverse sonrisa.

-No se puede cambiar cada creencia según estimemos conveniente. El mundo se vendría abajo. Ahora Saulo se viró para enfrentar a Yeshua.

-Hemos estado cambiando creencias por miles de años, dijo Yeshua sin inmutarse.

-Nuestras creencias representan la depuración de todos esos demonios que plagaban la humanidad. Yahvé nos ha dado las reglas que necesitamos para vivir. La voz estridente de Saulo llenaba todo el salón comedor.

- La Tora dice eso, pero no sabemos cuál es la realidad detrás de las historias de la Tora.

Yeshua y Gamaliel intercambiaron miradas furtivas.

-La Tora es la palabra de Dios. Saulo dijo esto irguiéndose, poniendo su mano sobre el pecho y señalando con su siniestra hacia lo alto. Su voz bajó de tono.

-La Tora es la interpretación del mundo a través de ojos de hombres nómadas y primitivos, contesto Yeshua.

-¡Blasfemas! Mereces que te lapiden. Saulo de un salto quedó frente a Yeshua con sus manos extendidas de forma amenazante y con fuerza haló la túnica del otro y levantó el puño listo para descargarlo.

-¿Hasta cuándo seguiremos con la violencia, Saulo? ¿Hasta cuándo?, dijo Yeshua mirando compasivamente a Saulo quien se paralizó en la pose que tenía. Saulo calló. Gamaliel dejó su silla y se acercó a Saulo y le indicó que se sentara. Ya sin fuerzas, el tarsino se dejó caer pesadamente sobre la silla, sintiendo que Yeshua lo juzgaba y lo condenaba. Le había señalado delante de Gamaliel su violencia. Y pensó en todas las veces que le habían dicho de su maltrato verbal de los demás. Como les gritaba a los demás, como insultaba, como amenazaba, como incluso agredía a otros. Yeshua le abofeteó el rostro con aquella verdad innegable, Saulo supo que era un hombre violento. Peleaba con sus compañeros de juego. Les pegaba si no estaban de acuerdo con él. Llegó a pegarle a Ruth cuando ella osó reclamarle su deber de esposo. Era un hombre violento, con su lengua y con sus manos. Y que se lo dijera Yeshua era aún más ofensivo y doloroso. Este Yeshua que se cree la virtud personificada. Pero lo dijera Yeshua o no, éste era otro de los fantasmas que perseguirían a Saulo a través de la vida. Excusándose de la sesión de la tarde, Saulo se fue a caminar sin rumbo. Salió por la puerta que daba al sur de la ciudad y caminó hacia el desierto. Se detuvo a mirar el rojo de la tierra. Miró el azul celestial sin una nube y se sentó en pirámide sobre las áridas areniscas. La noche le sorprendió febril, insolado y cuestionando la razón de su vida. Pidió a Dios que le mostrara una salida. Luego el mundo se nubló y perdió la noción del tiempo.

9

Un frescor en los labios le hizo querer abrir los ojos. Pero no podía. Se llevó las manos a la cara y notó que tenía los ojos hinchados y era imposible abrirlos. La piel de toda la cara, la cabeza y el cuello le ardían como si un fuego la estuviera abrasando. Estaba recostado en algún tipo de camilla que no le era familiar. Una mano suave le estaba echando agua fresca en sus labios y por toda su piel insolada. Oía voces de mujer y la mano que aplacaba su dolor parecía también de mujer. Más lejos, en otro cuarto oyó voces que le parecieron familiares. ¿Yeshua? ¿Gamaliel? Aguzó el oído para distinguir esas voces lejanas. ¿Dónde estaba? ¿Qué había pasado? Con gran esfuerzo trató de recordar, de rescatar imágenes que parecían flotar, acercarse y desaparecer mágicamente. El rojizo del desierto le fue llenando el recuerdo. La arena cargada por el viento dándole en la cara. El sol, traspasando con sus rayos el infinito, llegando hasta su cuerpo cansado, le semejó alfileres candentes perforándole los parpados. Como chivo expiatorio cargado de los pecados del mundo, se había ido al desierto. Y la muerte no llegó para librarlo de su horrible carga. El alivio que venía ahora era inmerecido. Pero sólo en su piel se acallaba el dolor. Aquel otro dolor de adentro quemaba aún más que el sol del desierto.

Presintió la llegada de Yeshua. Ahora sin mirarlo supo que desde el primer día podía intuirlo aunque no lo viera. La energía que emanaba aquel hombre le era inconfundible. También el olor. Un extraño perfume de alguna flor desconocida se desprendía de Yeshua. Obviamente no era de una flor. Pero sí emanaba de Yeshua aquel olor inconfundible que volvería a sentir una noche en el camino a Damasco. Oyó la voz calcinando su cerebro con los ecos del reconocimiento. Saulo, amado Saulo. Este aprendizaje es doloroso, pero lo haremos juntos. ¿Amado Saulo? ¿Escuchó bien que Yeshua le dijera amado? Amado. Amado.

Yeshua le decía amado. Sintió lagrimas quemarle las mejillas. ¿Qué más podía querer? ¿Qué más podía aborrecer? Este Yeshua le tocaba su alma, y le hacía sentir ágape y odio a la vez. Pudo despegar los parpados y mirar la hiriente luz de las velas penetrar la oscuridad de su alma. La figura de Yeshua se fue cuajando de entre los resplandores mientras la intensidad de las velas disminuía. Tuvimos suerte, dijo Yeshua. Llegó hasta nosotros un hombre alto, de caminar muy pausado, muy blanco de piel y con ojos muy negros y nos dijo que te había visto salir hacia el desierto. Nos indicó el camino y te encontramos. Te trajimos aquí a la casa de Gamaliel. En par de semanas estarás bien. Vendré en las noches a repasar las lecciones del día contigo.

¡Judas! ¿Cuánto tiempo había pasado? Judas lo estaría buscando. Llévenme a mi casa, gritó. Luego bajó la voz y dijo, allí tengo mis esclavos que me pueden cuidar. No quiero molestar. Le explicaron que no molestaba, que él sabía que La Ley ordenaba que un judío velara por otro. Agradeció pero pidió ir a su casa. ¡Judas! De seguro que lo andaba buscando. ¿Cuánto tiempo llevo aquí? ¿Cuatro días? Quiero ir a mi casa ahora mismo. Intentó levantarse y ponerse de pie, pero sus piernas no sostuvieron su cuerpo. Alguien debe avisarles a mis esclavos dónde estoy. Ya enviamos un mensajero a tu casa, Saulo. Ellos saben, dijo Gamaliel. Saulo trató de mirar hacia dónde provenía la voz, pero la luz de las velas le parecía demasiado fuerte y la figura de Gamaliel se veía distorsionada por las halos refractarios a su alrededor. ¿Cuándo podré ir a mi casa? preguntó tímidamente Saulo. Esperamos que estés fuerte para irte en una semana o dos. Te trajimos a casa de Gamaliel y aquí te cuidaran sus hijas. Cuando estés listo, podremos repasar las lecciones aquí hasta que puedas ir a tu casa. Luego continuaremos allá hasta que puedas volver al Templo. ¡Judas! Yeshua vería a Judas. Debía enviar a Judas a otro lugar. Yeshua no debía ver a Judas. Podría leer fácilmente lo que ocurría. Sería el colmo de la desgracia. Enviaría un mensajero. Eso haría tan pronto pudiera valerse mejor.

Judas recibió la nota, muy breve. Toma dinero y ve hasta Tarso y dile a mis padres que estuve enfermo pero que ya estoy bien. Quédate un mes allá ayudándoles, Judas no cuestionó nada. En la mañana ya estaba en la puerta de Damasco buscando acomodo en la próxima caravana. Ni siquiera osaba preguntarse por qué Saulo lo enviaba tan lejos. Judas jamás cuestionaría a Saulo. Ni aun cuando Saulo le otorgara su libertad, dejó de serle incondicionalmente fiel.

– Los mitos de los hombres me han llamado Miguel. Soy una de las conciencias originales, dijo el hombre de piel translúcida y ojos profundamente negros.

Antonio se echó a reír. Lo que acababa de oír era lo más descabellado que había escuchado en toda su vida. Aunque aceptar la Biblia le pareció en ese momento, tan descabellado como lo que escuchaba.

-Somos cinco conciencias originales que surgimos de la singularidad que formó este universo. Yo soy una de esas conciencias. Ustedes nos han llamado mensajeros a lo largo de la historia. Antonio no podía dejar de reírse ante el cuento que le hacía el hombre.

-Cuando puedas escuchar seriamente volveré, dijo Miguel. Y se desvaneció. Antonio dejó de reír y se dijo que de seguro su mente le estaba fallando, necesitaría ayuda pues todos estos eventos le habían afectado la mente. Llevaba casi un año alucinando este personaje. El golpe de venir a San Alejo en vez del Vaticano había sido mucho más devastador que lo que había pensado. Y ahora la fábula que su imaginación creaba le hablaba. Jamás pensó que terminaría loco. Acababa de hacer el amor con una mujer y no se sentía culpable. Había tomado como genuinos unos pergaminos y no se los había cuestionado. ¿Qué estaba pasando? Ahora se le aparecía un fantasma diciéndole que es un ángel. ¿Y el catolicismo? Como siempre funcionando a todo vapor con sus cánones, su eucaristía, sus historias descabelladas que le daban vueltas en la cabeza.

Saulo fue mejorando rápidamente. Yeshua venía a diario a discutir con él las barbaridades en contra del judaísmo que iban aprendiendo. Y claro, las ideas tan modernas de Yeshua. Su defensa de la variedad entre los humanos. Y su actitud anti apocalíptica. Se fue guardando dentro de sí el odio por este hombre. Como también se fue guardando su admiración y su amor erótico que le confundía. Odiaba lo que amaba. Igual con Judas. Lo despreciaba tanto como lo requería en las noches. Alma atormentada por sus creencias batallando contra su humanidad. El dolor era insoportable. Sentía que iba en dirección de volverse loco. ¿El judaísmo? Funcionando como siempre, con sus cánones, sus lecturas de la Tora y sus historias que le daban vueltas en la cabeza.

Antonio se quedó sentado largo rato en la sacristía. No quería volver a la casa a enfrentar la muerte de Ildefonso, a enfrentar a su amada, a enfrentar su batallar entre sus creencias y su humanidad. El dolor era insoportable. *¿Cómo* iba a poder sobrevivir esto? Usando la razón, le respondió una voz desde la otra esquina de la mesa. No quería volver a ver su alucinación. Era necesario buscar algún tipo de tratamiento. Hablar con Finkelstein. El sabría qué hacer para ayudarlo. Toda ayuda ha de venir desde adentro, Antonio, dijo la voz. Has venido hasta aquí para encontrar un rumbo nuevo. No te cierres a él, no repitas la historia. ¿De qué habla este engendro? Pensaba Antonio. ¿Qué era lo que su mente enferma trataba de decirle con este invento? Se volteó y decidió enfrentar su locura cara a cara. Usaría la razón. El hombre lo miró sonriendo. No estás loco, no temas. Si estás listo para conversar, lo haremos.

-Tienes que ser producto de mi imaginación, dijo Antonio, sintiendo que su corazón latía acelerado, golpeándole el pecho como prisionero acosado en un calabozo.

-No importa si soy tu imaginación o no, dijo Miguel sin inflexión alguna en la voz.

-¿Nada importa si estoy loco? ¿Es eso lo que dices? La pregunta vino como si esperara una respuesta paliativa.

-Mientras sigas descarrilando el asunto a mano hacia tus pequeñas dudas narcisistas, no podrás mirar el panorama que se te está ofreciendo. Esta vez la voz no pareció venir de lugar alguno, ya que la boca de Miguel no se movía.

-¿Esperas que crea que eres un ángel, un arcángel o algo así? dijo Antonio sintiéndose aún más desesperado.

-No espero que creas nada. Ni siquiera has querido escuchar, investigar, cuestionar, preguntar. Todavía estás en esa etapa primitiva de simplemente creer o no creer. Así no se consiguen respuestas. Miguel seguía inmutable. Ni siquiera respiraba.

- Todo me lo estoy cuestionando, aseguró Antonio.

-Sólo cuestionas tus sensaciones. Has abandonado las ideas, la razón, dijo Miguel.

-¿Cómo piensas que puedo razonar con estas circunstancias de enajenación? Antonio se levantó de la silla y caminó hasta el otro extremo de la mesa, acercándose a Miguel. Haló la silla cerca de la esquina y se sentó muy cerca de la quimera que llenaba la otra silla. Ni siquiera sé que preguntas hacer. No sé cuál es la realidad o la fantasía. No sé ya ni qué creer.

-Empecemos porque no creas en nada, ¿Te parece? Dijo Miguel, esta vez moviendo los labios.

-Primero, ¿cómo puedo saber que eres quien dices ser? ¿Cómo no pensar si eres real o no? Antonio comenzó a respirar con más regularidad y tomó dos grandes inspiraciones, cerró los ojos y decidió no huir más.

-¿Qué tendría yo que hacer para que aceptaras mi identidad? Preguntó Miguel.

-¡Un milagro! Podrías hacer un milagro, dijo Antonio levantando la voz.

-¿Vas a regresar a las fantasías fundamentalistas de los cristianos? ¿Cuándo vas a comprender que no existen los milagros?

Como si no escuchara, Antonio continuó, -Devuélvenos a Ildefonso.

-Eso no es posible, Antonio. La resurrección es un mito más.

-¡Cristo resucito! Gritó Antonio.

-La resurrección es un mito más. Incluyendo la del Cristo.

Antonio no pudo contener la ira y se abalanzó sobre Miguel, gritando:

-Eres el demonio, eso es lo que eres. Vienes a destruir la fe que sostiene al mundo. Sus manos atravesaron el cuerpo de Miguel y fueron a chocar contra la silla. Espantado, Antonio dio un salto atrás y se desplomo en su silla. Miró a Miguel cuestionando sin preguntar. Miguel le dijo que él no tenía sustancia material como la conocía Antonio. Pero que sí estaba sujeto a las leyes de la física como el resto del universo.

- Tienes que ser un enviado de Satanás, no hay otra explicación, dijo Antonio casi en murmullo.

-Antonio, Antonio. Las creencias son inventos de los humanos. Tienes que levantarte sobre ellas para poder comenzar a buscar la verdad.

-¿Cómo puedo saber que eres la verdad? preguntó Antonio levantando sus ojos hasta hacer contacto con los ojos profundos.

-Soy un mensajero, recuerda. Buscar la verdad es tu tarea, dijo Miguel. Verás, cada vez que quieras mirar, que el mundo es distinto a lo que percibes. Que el Reino está aquí, dentro y fuera de ti, donde siempre ha estado. La verdad está tan cerca que te ciega, Antonio. Diciendo esto, Miguel se fue desvaneciendo hasta dejar la sacristía vacía y con un olor de azucenas permeando la estancia.

Pasadas dos semanas, Saulo pudo al fin incorporarse. Las hijas de Gamaliel le estuvieron untando el tuétano de unas hojas suculentas y espinosas que según decían, provenían de África y eran muy sanadoras para las quemaduras de sol. Por cierto, Saulo había sanado sin cicatriz alguna. Pidió ir a su casa, pero le dijeron que tenía que fortalecerse un poco más. Tuvo que esperar dos semanas más y regresar a su casa al mismo tiempo que Judas.

El velorio pasó entre llantos y cuentos de color subido, con las risas y las lágrimas de los que veneraban a quien fue su norte por tantos años. El cuerpo de Ildefonso descansaba en un ataúd de madera, de la madera de los bosques de San Alejo. Los cirios remendaban las sombras de los dolientes. Miguel estuvo todo el tiempo parado en una esquina sin que nadie, excepto Antonio pudiera verlo. En la mañana lo enterraron. Cantaron. Lo despidieron. Finkelstein despidió al difunto sin que nadie protestara por la falta de mención de Dios. Regresaron al mediodía a la casa. Aurora se marchó junto a Finkelstein y Leonor se quedó para preparar la cena de esa noche. Antonio la abrazó tan pronto quedaron solos, y la faena del amor no permitió que se culminara la faena de la cocina. Comieron frutas, queso, pan y vino y se despidieron con grandes besos antes de abrir la puerta.

Saulo dormía con bastante inquietud. Se había despertado varias veces y había tenido sueños imprecisos, los cuales no recordaba bien, hasta el último. Antonio dormía con bastante inquietud. Se había despertado varias veces y había tenido sueños imprecisos, los cuales no recordaba bien, hasta el último. Se encontraron en una gruta Saulo, Antonio y Yeshua. El paisaje onírico les pareció pacífico y Yeshua se sentó junto a ellos, formando un triángulo. El amor de los siglos nos reúne de esta forma dijo Yeshua. Ya nos encontraremos luego, cuando la verdad pueda ser revelada y demostrada. Saulo despertó agitado. De alguna forma reconoció al otro, que pareció venir de muy lejos en el tiempo. Igual Antonio reconoció a Yeshua y a Saulo y no podía entender cómo pudo identificarlos.

10

-¿Qué dijeron de mí cuando llegué? preguntó Antonio.

-Mira. La gente habló mucho. Les era muy difícil dejar ir a Ildefonso. Cuando dijeron que era un cura joven, muchos se quejaron. Tan pronto te bajaste del autobús, la noticia se regó por todo el pueblo con más rapidez que a través de la radio. Si te hubieses detenido afuera de la iglesia por unos minutos más, hubieras visto la plaza llena. No te pudieron ver ese día, pero vinieron el domingo a llenar la iglesia. Los comentarios que escuchaba a mi alrededor iban desde ¡qué guapo! hasta ¿y este muchacho es quien va a dirigir la iglesia? Yo los observaba y te observaba. Estabas tan nervioso, mirando a todos lados como un ratoncillo enjaulado.

Yo no voy mucho a la iglesia, no porque no crea, pero siempre hay cosas más importantes que hacer. Ese domingo fui luego de par de años sin ir. Creo que tenía curiosidad de ver qué decía la gente o de verte como cura en el altar. Estar allí me recordó los días de mi niñez cuando mi madre me llevaba a misa. Entonces la iglesia me parecía tan grande. Y las estatuas de los santos me daban mucho miedo (risitas). El catecismo fue muy difícil para mí. El preguntar y cuestionar todo lo debo de haber heredado de mi padre. Él no iba nunca a la iglesia porque decía que él no creía en esas chifladuras. Mi madre se persignaba y volteaba los ojos al cielo cada vez que mi padre hablaba así. Una mujer llamada Rosario era quien daba las clases de catecismo. Ella también limpiaba y cocinaba en la casa parroquial. Luego supe que también dormía allí. En la primera clase de catecismo cuando ella dijo que los que no iban a misa iban para el infierno, le pregunté si mi papá iba para el infierno. Ella me miró con mucha ira y me dijo que sí. Yo le dije entonces que yo quería ir al infierno con papá. Me echó a gritos de la clase y salí corriendo y llorando. No sabía qué hacer, y me fui a sentar y a llorar en uno de los bancos de la iglesia. Ildefonso me vio, se me acercó y me preguntó que qué me pasaba. Le conté y se echó a reír. Me dijo que no le hiciera caso a Rosario, que ella no sabía lo que decía. Me aseguró que no existe infierno alguno. Que Dios no era un tirano cruel, que era todo amor. Me dijo que papá se había ganado el cielo hacía tiempo con su bondad. Hice la comunión sin tener que volver a las clases.

Antonio escuchó atento la historia que Leonor le contaba. Comenzaba a saber cosas de ella y a conocer mejor al viejo Ildefonso y su forma de creer.

-Dime más de ti. Quiero saber, dijo Antonio.

-Ya sabes que fui a estudiar a Santiago y que hice la licenciatura en la capital.

-¿Y tu vida sentimental?

-Tuve pretendientes, hasta hijos de comerciantes que mi madre aprobaba.

-¿Pero, amaste a alguien?

-¿Amar? No. Amar no. Me gustó alguien una vez, pero sus actitudes me hicieron que lo alejara muy rápidamente. Sólo buscaba jugar conmigo, como jugaba y juega con las que se rinden a sus pies.

-No es fácil aceptar que una mujer como tú no haya tenido una relación íntima antes.

-Me valoro mucho Antonio. Siempre pensé que si no estaba totalmente enamorada, no me acercaría a nadie.

-¿Y por qué yo?

-Tuve la oportunidad de verte en la primera cena en la casa parroquial, y la verdad que me estremecí. Jamás pensé que iba a seguir los pasos de mi madre en eso de buscarme un cura de amante, pero cuando te vi, sabía que llenarías mi corazón. Te amé y supe que me amaste desde esa primera noche.

El amor y las visitas de Leonor seguían su curso natural en la casa parroquial. Ella se quedaba casi todas las noches luego de la cena. Aurora, luego de cocinar se marchaba a su casa y los dejaba solos. Los nacimientos y las muertes, los bautizos y las bodas, las misas diarias y las de guardar, mantenían ocupado, muy ocupado a Antonio. Y también mantenían ocupado a su amigo el doctor, quien atendía moribundos y recién nacidos, vacunaba y daba certificados. Se podía decir que el cura y el médico compartían la misma clientela.

Ese viernes Antonio y Finkelstein llegaron con una hora de atraso a la tertulia. Un nuevo muerto los detuvo. Giovanni comentó que estos dos amigos iban siempre caminando juntos tras los muertos.

-Joseph les ayuda a morir en su cuerpo y yo les encamino el alma, dijo Antonio.

Finkelstein se volteó dando la espalda a Antonio e hizo una mueca que pareció burlona sacando risas de los presentes. Antonio asintió dando a entender que sabía de la broma de su amigo. Dio la vuelta hasta donde había una silla vacía y tomó asiento.

-Creyendo cosas diferentes hacemos lo mismo con los moribundos, dijo Antonio.

-Atienden las personas en los mismos lugares y para lo mismo, dijo el profesor.

Finkelstein se quedó pensativo mientras fue a sentarse opuesto a Antonio. Todos conocían esa actitud del médico que presentaba cuando quería decir algo. Estaba rumiando y digiriendo antes de soltarlo. Cuando tenía que decir algo que consideraba importante y quizá controvertible, Joseph Finkelstein pensaba y ponderaba para decirlas sin alienar a nadie. El alcalde ordenó una jarra de tinto y en silencio todos libaron y esperaron.

-Antonio y yo compartimos una clientela, pero muchos aquí comparte la misma clientela o parte de ella, dijo el médico.

-Los niños en la escuela, en la iglesia y en el consultorio, dijo Giovanni. Ahí participo yo también.

-Los que van al ayuntamiento a pedir ayuda y servicios, los atiendo yo, dijo el alcalde.

-Yo en la botica, cada cual por su lado.

-Se pierde mucho tiempo y energía con el modo que tenemos de hacer las cosas, dijo Giovanni. A nadie se le ha ocurrido que podemos organizarnos para hacer las cosas con más eficiencia. Me parece que uniendo los diferentes esfuerzos en uno podemos beneficiar a la gente de este pueblo.

-Sin ideas comunistas, por favor, dijo el alcalde echándose hacia atrás en la silla y ocultando su rostro detrás de una bocanada de humo.

-Recuerden las reglas, dijo Finkelstein. Nada de política.

-Carajo que no se trata de política, se trata de eficiencia, dijo Giovanni.

Joseph Finkelstein, muy serio, arrastró su silla y se sentó muy pegado a la mesa. Todos se voltearon y para escucharlo. La cara del doctor les decía que debía ser escuchado.

-Es muy cierto que todos aquí ofrecemos servicios muy desintegrados. Cada cual obra por su lado sin mirar qué es lo que está haciendo el otro.

Los viejos se mueren sin cuidado médico adecuado porque nadie los trae al consultorio. Muchos niños se quedan sin vacunar y no vienen a verme a menos que se enfermen. Hay muchos sin trabajo. Escuchamos tras las puertas a los maridos borrachos golpeando sus mujeres y miramos en otra dirección. La escuela enseña a leer a los que en realidad no tiene motivación ni futuro alguno. Las arcas de los ricos están llenas de ganancias de lo que invierten en empresas de otros lugares. Y no hacen nada para establecer fuentes de empleo aquí en San Alejo. Este pueblo es pobre en más de una forma. Y todos contribuimos a mantener esa pobreza.

Todos comenzaron a hacer comentarios tratando de digerir lo que Finkelstein había dicho. El profesor Giovanni Alberti pidió hablar y dijo que con permiso del Alcalde podrían reunirse en el ayuntamiento para formar un comité para trazar un plan para lidiar con la penosa situación de San Alejo. Nuestra gente necesita que actuemos, dijo.

-Ésta no es tu gente. Eres argentino, dijo el boticario.

-No jodas. Éste es mi pueblo. Mi vida es aquí. Ésta es mi gente. Ésta es la gente de todos nosotros pues la vida de alguna forma nos puso aquí y no nos estamos yendo a lugar alguno. Yo soy tan de aquí como lo es cada uno de ustedes.

-No nos apartemos del asunto, dijo Finkelstein. Tenemos una idea que me parece formidable. Vamos a desarrollarla que no somos trogloditas. ¿Qué dice, alcalde? ¿Cuándo nos reunimos para algo más edificante que filosofar y tomar vino?

De la reunión con el alcalde el lunes surgió un comité compuesto por el cura, el médico, el profesor y el abogado. Para la próxima tertulia, presentaron el plan de desarrollo para San Alejo.

PLAN DE DESARROLLO DE SAN ALEJO

1) Identificar recursos y contribuyentes

   a- Terratenientes

   b- Iglesia

   c- Alcaldía

d- Tierras

e- Médico

f- Profesores

g- Trabajadores

2) Programa de vacunación y prevención en las escuelas

    a- Origen de las vacunas

    b- Ayudante de enfermería para administrar las vacunas

    c- Programa de exámenes médico rutinarios para niños

3) Servicios médicos a ancianos

    a- Exámenes médico rutinarios para envejecientes

4) Grupo de apoyo a mujeres

    a- Reunión con Leonor semanalmente

5) Grupos de alcohólicos (comenzado por el abogado)

6) Reclutamiento de los terratenientes

    a- Hijos de terratenientes

7) Comienzo de la empresa agrícola con participación de ganancias

- Eso luce demasiado ambicioso, dijo el boticario. Para cuando se logre una fracción de eso, ya todos estaremos muertos.
- El pesimismo no puede ser nuestra actitud ahora. Todas las cosas en el plan son posibles con bastante prontitud, dijo Giovanni.
- Es mucho trabajo, pero entiendo que somos gente capaz, dijo Finkelstein.

La tertulia se extendió por par de horas más de lo acostumbrado pero al fin estuvieron de acuerdo en que el plan era implementable. Antonio caminó hasta la casa parroquial y se extrañó de no sentirse perseguido. Salió de la reunión con muchas dudas y preguntas. Se sentía feliz de participar en un proyecto como el de San Alejo, y a la misma vez se cuestionaba si ese era el trabajo de un sacerdote. Si tan sólo Miguel lo guiara. ¿Era esto lo que Dios quería para él? Tan pronto entró a la casa, vio por la luz en la rendija de la puerta que había alguien en la sacristía. Cuando abrió la puerta, sentado en la silla del extremo más lejano de la mesa, vio al ángel. Se asombró de no sorprenderse. Pero ya nada lo sorprendía, a menos así pensó.

- Aquí estoy como pediste, dijo Miguel.

- Tengo tantas incógnitas, es tanto lo que dudo y debo preguntar, dijo Antonio sentándose cerca de Miguel.

- Son muy pocas las cosas que puedo decirte acerca de lo que buscas.

- Pero hay cosas que yo necesito conocer y que tú debes saber.

- Lo que vas a preguntar nada tiene que ver con tu verdad. Veo que tienes la necesidad de iniciar la búsqueda fuera y lejos de ti, dijo Miguel con un tono de voz que pareció juzgarlo.

- Debes saber cosas que sirvan de ancla. Háblame de Dios, dijo Antonio como suplicando.

- Antonio, tantos siglos y sigues buscando al elusivo Dios. Y lo buscas tan lejos.

- No me evadas y háblame de Dios, dijo Antonio.

- No sé qué decirte. Ni yo, ni los otros cuatro hemos visto o conocemos eso que llaman Dios.

- ¿Me quieres decir que Dios no existe? dijo sobresaltado Antonio.

- No dije eso. Nunca he visto a Dios. Ni Gabriel, ni Uriel, ni Rafael ni Luzbel le han visto o conocido. Tenemos nuestras opiniones, pero son sólo opiniones.

- ¡Ustedes son ángeles y no conocen a Dios! Dijo Antonio ya francamente desesperado.

- Luzbel y Uriel piensan que tuvo que haber un creador. Los demás pensamos que es imposible saber eso.

- Luzbel es Satanás, el ángel caído.

- Sigues con tus mitos. No existen tales cosas. Los humanos viven con sus mitologías personales y eso no es problema hasta que piensan que esas mitologías son la verdad absoluta.

- No hay Dios, no hay Satanás; puede que ni tú seas real. ¿Cómo sé que no eres un invento de mi imaginación?

- No lo sabes. Tienes que buscar la verdad que necesitas dentro de ti. Tu memoria heredada de siglos está disponible para cuando la quieras abrir. Diciendo esto, Miguel se desvaneció.

- No puedes dejarme así. Espera. Explícame más, dijo gritando Antonio.

11

Antonio caminaba por la Plaza del Fundador una mañana. Tras una misa de beatas y tres confesiones, salió a tomar el sol de la mañana. De la casa del médico salió la negra, la mujer de Finkelstein, según la gente. Antonio para sus adentros le decía la culona, pero eso no lo compartía con nadie. Se preguntaba cómo un hombre blanco, judío, de otra cultura, tuviera una mujer negra como amante. También trataba de entender sus actitudes racistas aprendidas en las faldas de una familia rica de su país. Su realidad fue que había compartido muy poco con negros en un país como el suyo donde la negritud y la mulatería son una parte considerable de la población y una influencia enorme en la cultura. Según la miraba caminar hacia el mercado, iban sus pensamientos (que nunca descansaban) cuestionando las acciones ajenas. Quizá era esa la manera que de esa manera evitaba cuestionar las suyas. La vida lo trajo a San Alejo. La vida lo familiarizó con la amistad en San Alejo. Y la vida le cuestionaba su propósito en san Alejo.

El reloj del ayuntamiento marcó las doce, concurriendo con su estómago que gritaba, ¡hambre, hambre! ¿Qué sorpresa culinaria le esperaba hoy en casa? Las dos mujeres se esmeraban en preparar manjares que hacían que Antonio salivara en exceso. Dejó de pensar en la negra y se dirigió a la casa parroquial. Entró a través de la iglesia, siguiendo la nave lateral izquierda hasta llegar a la sacristía. Dejó su abrigo allí y entró a la casa para ser recibido por aromas de delicias amorosamente preparadas por Leonor y su madre. Una sopa de cacahuete abrió el festín. Cremosa, humeante, deliciosa como su mujer. Luego un antipasto de aceitunas encebolladas que le recordaron el agridulce cunnilingus con su amada. Aceituna que semejaba clítoris hinchado y apetecible. Aceite y vinagre como el vino que surgía de ella. Antonio se perdía en el cuerpo de Leonor cuando hacía el amor y cuando comía. Unas chuletas de cordero como plato fuerte, ennegrecidas con pimienta. Y le vino la imagen de la negra de su amigo. Al romperse la burbuja mágica que lo envolvía, quiso preguntar. Debía preguntar. Tenía necesidad de saber. ¿Cómo llegó Martinha a San Alejo?

Se cuenta que cuando la trajo hace 5 años, el escándalo fue mayúsculo. Casi nadie en San Alejo había visto un negro en su vida. La gente de San Alejo entre otras cosas no tiene la delicadeza de disimular. En cosa de minutos la plaza se llenó de averiguados. Hubo curiosidad, preguntas, comentarios, especulaciones.

-Parece mujer, pero tiene la piel negra, como los changos.

-Pero no le tiene un arnés, ¿será peligrosa?

-Es una mujer. Cuando fui a Cañuelas en la costa, vi gente así, de piel negra.

-A mí no me parece gente. ¿Sabe hablar?

-¿No la escuchas que no cesa de hablar? Pero no se le entiende nada.

-¡Bah! Es un chango vestido de gente.

-No dejen que los niños la vean.

La pregunta de si sabía hablar se aclaró con bastante rapidez, pues la mujer era parlanchina en extremo. Aprendió rápidamente a hablar español, aunque siempre mezclaba una que otra palabra en portugués. Rumoraban que era bruja y que tenía un altar de santos africanos en su cuarto. Por lo bajo decían muchas otras cosas. Aseguraban que era mucho más que la sirvienta del médico. Martinha era una mujer bella, con una sonrisa blanca mostrando dientes perfectos. Mostraba también una alegría de vivir envidiable. Sus encantos pronto se ganaron el afecto de San Alejo y pasó a ser parte del cotidiano como todo lo demás. Los hombres la miraban cuando salía para ir a mercado. Las mujeres le envidiaban las soberanas nalgas que los hombres codiciaban. Y no vestía recatada, como lo hacían las otras mujeres del pueblo. Quizá lo de aceptación era más era más por parte de los hombres que de las mujeres. Pero éstas no iban a mostrar sus celos por una negra y mucho menos en público. Finkelstein siempre salía solo. Ella jamás lo acompañaba. Para toda noción oficial, el galeno era tan célibe como el cura, del que todos sabían y nadie hablaba abiertamente. Lo que se escuchaba en la casa del médico no dejaba lugar a dudas. "O meu amorcinho, você é tão bom commigo. Sim, faça mais, eu gosto muito do que você fais." "Quieta mujer que nos oyen los vecinos. A mí también me gusta, pero calladito". "Calado meu amor? Sim , sim, calado, muito perto a você. Ai! Ai! que gostoso!" Chismeaban y luego en la mañana todos muy serios y aquí no ocurre nada. No se hablaba de Finkelstein y su mujer ni del cura y su mujer. Antonio dejaba ir los pensamientos en elucubraciones larguísimas que parecían evadir aquello de buscar la verdad.

La semana y los meses que siguieron fueron una de una actividad tal que no dejó oportunidad para pensar en otras cosas que no fuera el proyecto para San Alejo. Antonio le pidió ayuda y apoyo a su diócesis y para su sorpresa le asignaron unos fondos recurrentes para la clínica. El municipio aportó el edificio. Las vacunaciones de los niños las hizo Aurora en la misma escuela. Usó su experiencia como mujer de médico que hacía esas rutinas cuando su marido vivía. Antonio desde el púlpito, y Finkelstein desde su banco en la plaza fueron identificando los más necesitados. En menos de un año se vacunaron todos los niños porque el gobierno de la capital tras un pedido del alcalde proveyó todas las vacunas necesarias. Leonor comenzó a reunir a las mujeres en la clínica para hablar de cómo mejorar su vida hogareña. El abogado dejó de beber y organizó un grupo de alcohólicos. El plan de desarrollo tomó a San Alejo como un huracán.

Giovanni Alberti comenzó a reunirse con dos hijos de un terrateniente que decían que eran unos cabeza huecas. Les habló de las oportunidades de hacer mucho dinero con el proyecto de San Alejo. Los convenció de las tendencias modernas sobre la participación de ganancias para los trabajadores que hacía que fueran más productivos. Los jóvenes fundaron una industria agrícola que explotó las tierras dormidas hasta entonces. San Alejo comenzó a exportar y una bonanza económica se añadió a los cambios sociales del pueblo, que muy pronto fue su nombre cambiado a Ciudad de San Alejo. El proyecto de una tertulia pasó a ser el aglutinador de un pueblo.

No todos estaban contentos en San Alejo. Los pocos adeptos que el Reverendo De Jesús había acumulado, se fueron uniendo a la avalancha que la renovada sociedad de San Alejo había forjado. Desde su púlpito, y con par de docenas de feligreses que le quedaban, el Pastor Elmo Ronald De Jesús, chillaba contra el catolicismo. Pero a esa congregación se le pasó la oportunidad de montarse en el tren comunista, como lo llamaba el ministro. La ira y frustración del reverendo se concentraba también en atacar al judío que tenía una negra en su casa, demonio de la fornicación, ese doctor que pretendía saber más que Dios. Juró que Jehová tomaría venganza con los poseídos por Satanás.

Antonio se sentía feliz. Pensaba que su vida había tomado un significado que no tenía antes. El trabajo se le triplico pero la energía de la paz del alma lo empujaba a continuar con el maravilloso mundo de un cristianismo práctico. Finkelstein trabajaba como bestia de carga, pero se le vio rejuvenecido, lleno de bríos. Su humanismo se veía completado por aquella gran tarea que surgió de una noche de tertulias.

Un domingo de junio, con el frio del otoño, las lluvias, el gris del encapotado, Antonio dijo la misa, con la mente en su pueblo de San Alejo. El sermón fue corto y se basó en la importancia de lo que este pueblo había logrado. Entró a la sacristía y allí estaba Miguel, luego de un año desde su última visita, pues ni en las unciones lo veía. Volvía esta alucinación del pasado, la que ya había delegado a un casi olvido.

-Así que has comenzado a vivir, Antonio, dijo el mensajero.

-Al menos he sido muy feliz, al menos hasta ahora que te presentas. ¿Qué malas noticias traes? Dijo Antonio con algo de aprensión.

-De eso se trata, Antonio, de buscar dentro de ti, y veo que lo estás haciendo, dijo Miguel.

-Ni siquiera he tenido tiempo para ocuparme de buscar esa verdad de la que me hablaste. Antonio se quitó el alba y la túnica. Fue a sentarse a la mesa cerca de Miguel.

-¿Piensas que el trabajo que estás haciendo no tiene nada que ver con la verdad?

-Estoy hablando de la verdad divina, de esa que ni alardeas. Arcángel. Demonio. Lo que seas, dijo Antonio acomodando la silla.

-Lo que yo sea no es importante, pero si lo que tú eres. Dijiste misa sin pensar en divino, pero pensando en humano. ¿Acaso todavía no ves el Reino?

-¿Reino? El Reino vendrá con Jesús, ¿acaso no sabes eso? Dijo Antonio en tono retante.

-¿Cuándo llegarás a ver que el Reino está aquí? Lo que vives es el Reino.

-Lo único que he hecho es hacer mi trabajo con mucho amor, dijo Antonio.

-Y esa es la clave, dijo Miguel sonriendo mientras se desvanecía.

Antonio se quedó un rato pensando. La felicidad que sentía provenía de sus actos, de contagiarse con la felicidad de los demás. Provenía del bien que hacía a San Alejo y a esta gente que había hecho su gente. Vivió la amistad que no había vivido antes. Sintió que la familia no es lo que uno hereda con la madre, los tíos, los hermanos, primos y allegados. Familia era esto. Lo que San Alejo llegó a ser para él. Un trabajo de amor transformó a San Alejo de villa en decadencia a una pequeña ciudad progresiva, rica.

La mañana había amanecido soleada, y menos fría. Antonio se puso un abrigo y salió a las escalinatas de la Iglesia a respirar hondo. La conversación con Miguel le había dejado una sensación consciente de paz. Finkelstein, con un abrigo de cuero ya se había instalado en su banco. La plaza se estaba llenando para aprovechar el sol y el interludio de éste, quizá el último día antes de la llegada del tiempo inclemente. Bajó las escalinatas y se acercó a su amigo. Era la primera vez en un año que interrumpía la mañana del banco de doctor.

-¡Qué sorpresa, Antonio! ¡Siéntate! Dijo Finkelstein con una amplia sonrisa.

-He estado pensando muchas cosas, amigo, dijo Antonio mientras se subía el cuello del abrigo y se sentaba.

-Pensar siempre es bueno aunque le resulte peligroso a personas en tu línea de trabajo, dijo el médico con una sonrisa picaresca. A veces no podía contenerse de hacer comentarios sobre las creencias de los demás y aunque reconocía que era un defecto, se lo disfrutaba tanto que se daba la indulgencia para esas pequeñas travesuras.

-Mi profesión necesita repensarse. Lo que hemos hecho aquí es un trabajo importante. Yo lo considero una manifestación clara de lo que debe ser el cristianismo, dijo Antonio sin fijar la vista y rastreando a los que caminaban por la plaza.

-Yo lo considero humanismo, Antonio, dijo Finkelstein. Las cosas que pueden hacerse cuando decidimos poner a funcionar nuestra humanidad, nuestros valores, son admirables.

-Humanismo, cristianismo, ¿acaso hay diferencia? ¿Quieres caminar? El estar sentado me está dando frío.

Se pusieron de pie y caminaron por el lateral de la iglesia y subieron el camino del monasterio. El suelo estaba cubierto de hojas de diferentes colores. Una brisa leve silbaba entre los árboles mientras los despojaba de las caducas fábricas de alimentos que serían renovadas en la primavera.

-Cristianismo es lo que hace el pastor Ron. Humanismo es lo que hacemos los demás en este pueblo para beneficio de todos. Dijo Finkelstein.

-¿Cómo es posible que puedas dar todo lo que das sin una creencia en Dios?

-Antonio, tengo grandes problemas con un concepto que nadie puede siquiera definir coherentemente.

-Dios no es incoherente, y sí se ha definido.

-Hasta ahora, todas las definiciones que se han dado sobre ese Dios han tenido conceptos contradictorios e irreconciliables.

-Pero debes tener un guía, algo que te muestre hacia dónde vas.

-Tengo mi moral, mi visión de la vida y el mundo.

-Y el bien y el mal ¿cómo lo defines?

-No los defino. Mido mis acciones en términos del beneficio de todos. Mi única moral se reduce a evitar lo dañino y hacer lo que es beneficioso.

Pero eso deja fuera tantos comportamientos del hombre, el pecado. . .

-Para hablar del pecado hay que hablar de Dios. Vestirse de cierta manera, amar eróticamente tener preferencias sexuales diferentes, controlar la natalidad. A esas acciones se les da un aspecto moral que no tienen.

-¿Y qué nos queda entonces?

- Te diría que la única clave es el amor.

-Eso mismo me dijo Miguel hace un rato.

-¿Miguel?

-Miguel es una alucinación que he tenido desde que llegué a San Alejo.

-Explícate, amigo.

Antonio le narró todos los incidentes sobre Miguel y sus apariciones desde que llegó a San Alejo. Trató de no omitir detalles, según su memoria se lo permitía. Finkelstein lo escuchó sin interrumpir por más de media hora mientras Antonio le contaba.

-Es la misma alucinación del viejo, dijo el galeno sin excitación en la voz.

-¿Ildefonso también lo veía? Preguntó Antonio abriendo los ojos sorprendido.

-Me contó de las visitas de ese personaje que me hablas, replicó Finkelstein. El viejo no estaba loco, ni tú lo estás. Me pregunto de donde sale una visión de esa naturaleza y que la tengan dos personas en momentos distintos.

-Entonces, Miguel es real, dijo Antonio con un suspiro.

-No tan rápido mi amigo, dijo Finkelstein. Recuerda que ambos tienen las mismas tradiciones religiosas y que las alucinaciones de ese tipo pueden ser similares, como las de los que sufren experiencias cercanas a la muerte.

-¿Quieres decir que estoy loco? Antonio sonó preocupado con esta pregunta.

-Alucinar no es estar loco, hace falta mucho más que eso para un diagnóstico de tal naturaleza.

-Pero estoy teniendo visiones. . .

-Puede ser la forma en que te estés diciendo a ti mismo cosas que necesitas escuchar.

-¿Y qué piensas que necesito escuchar?

-Desde tu llegada a San Alejo has ido cambiando. Tu catolicismo es diferente. Tienes mujer.

-¿Cómo sabes eso? Antonio gritó como espantado.

-En este pueblo, los curas siempre han tenido mujer. No es nada que le extrañe a nadie. Y es fácil ver que Leonor se queda a dormir en la casa parroquial. Finkelstein sonrió sutilmente al hablar. Antonio se quedó callado por largo rato mientras caminaban bajo el tenue sol del otoño tardío. Sus pensamientos iban escudriñando todos esos cambios en sí, que al parecer todos veían y que ahora de golpe se le hacían conscientes. Finkelstein también calló dejando que Antonio pudiera asimilar el momento.

-Me ha dicho Miguel que tengo que ser yo quien busque la verdad, dijo al fin Antonio.

-Tu verdad, respondió Finkelstein.

-Así es. Mi verdad, sea cual fuere. Hablaré con Miguel, o conmigo mismo, lo que sea, para poder buscar o comenzar a buscar esa verdad.

-Pastor, se nos está quedando la iglesia vacía, dijo el anciano, el único que le quedaba al Reverendo de Jesús.

-Es por culpa de esos endemoniados y su comunismo, dijo de Jesús.

-Pastor, perdone que le contradiga. Nos hemos quedado fuera del movimiento que arropa este lugar. La gente va donde le ofrecen servicios para su bienestar. Estamos solos.

-El Demonio quiere que nos rindamos. Satanás se adueñó de ese judío ateo y no podemos unirnos al Diablo, dijo de Jesús.

-Me parece que su posición es muy extrema, reverendo. Estas personas han logrado cambiar muchas cosas en San Alejo. Ahora hay trabajo, los ancianos reciben servicios de salud, los niños se vacunan y se educan bien, hay menos borrachos. La gente se ve más feliz.

-Mire que por el respeto que le tengo no lo hecho a patadas de la iglesia, dijo Elmo Ron. Esa es la forma en que el Demonio obra para que los incautos caigan en sus garras.

-Reverendo, ahórrese sus patadas. Yo me voy ahora mismo que tengo cita con el médico y se me hace tarde, dijo el anciano. Buenas tardes.

El Reverendo De Jesús abrió los ojos y la boca, arqueó las cejas y no pudo decir otra palabra. No podía ver que sus pocos adeptos se iban uniendo a la avalancha que la renovada sociedad de San Alejo estaba forjando.

Desde su púlpito y ante las dos docenas de feligreses que le quedaban, el ministro tronaba contra los católicos, los ateos y los comunistas. A esta congregación se le fue la oportunidad de montarse en el tren del progreso. La ira y frustración de Elmo Ron se concentraban en atacar al judío que tenía una negra en la casa, demonio de la fornicación y la concupiscencia.

-Ese doctor se cree que sabe más que Dios. Juro por Jehová que tomaré venganza con este poseído de Satanás.

12

Saulo caminó custodiado de cerca por Yeshua. Protestó a viva voz que le acompañasen, pues sentía que podía hacerlo solo. Además no sabía si ya Judas había llegado y no quería que Yeshua viera su esclavo.

-Lo que sea que tengas en tu hogar es asunto tuyo, Saulo, dijo Yeshua. Mi único interés es asegurarme que llegues bien hasta tu puerta.

¡Maldito! ¡Maldito Yeshua que parece ya adivinador y brujo! ¿Cómo puede saber que estoy escondiendo algo? De todas formas lo mandaré a la mierda tan pronto lleguemos a la puerta de la casa. En momentos así sentía el impulso de tomar un garrote y romperle la cabeza a este Yeshua. El otoño apenas comenzaba y una tenue brisa rondaba por las calles de la Alta Jerusalén. Según iban subiendo las escalinatas la opulencia de las viviendas se iba manifestando en sus fachadas, en su tamaño y en la limpieza y buen olor del vecindario. Hasta acá arriba no llegaban las pestes de los pobres. Hasta acá no llegaba la fetidez de la sangre y la carne quemada. Según se fueron acercando a la casa, Saulo comenzó a esperar los comentarios de Yeshua. Que si mira que amplia tu casa. Tu familia debe ser muy rica. Mantener esta casa conlleva por lo menos tres esclavos y tantas otras cosas que Saulo iba poniendo imaginariamente en boca de Yeshua. Tan pronto llegó a la puerta dio tres golpes y salió Jinera. Le abrió la puerta y miró como preguntando si el visitante iba a entrar. Saulo se viró hacia Yeshua y le dijo, gracias por todo, nos veremos mañana en el Templo.

Al cerrar la puerta se sintió aliviado. Nada le fue preguntado y no hubo comentarios. Preguntó por Judas y la esclava le dijo que llegaría en dos días, según había dejado dicho. Caminó por la casa como queriendo reconocerla, restablecer en su mente los rincones que los días de ausencia y aturdimiento hicieron borrosos. La casa carecía del cuidado esmerado que Judas le daba. Estaba limpia pero no inmaculada. Los rayos del sol que entraban desde el balcón mostraban el polvo flotando en el aire. La brillantez de la luz solar oscurecía la parte ensombrecida de la casa. En el sol cegaba la luz, en la sombra cegaba la falta de luz. No estaba perfumada. Y un olor a una silenciosa humedad iba filtrándose por entre las paredes, como si esperase que la compañía de Judas llegara. La casa se sentía vacía, sin vida. Sin el rumor tenue de los pasos de Judas, sin un abrazo a su llegada, sin el leve chasquido de un beso en su mejilla. Silencio de mausoleo rebotando en las paredes y en el mármol de los pisos. Aquella casa que sólo era hogar cuando aquel despreciable *malikao* le daba su ternura. Casa que guardaba el secreto de su pecado. Casa que se empeñaba en cegarlo ya fuera con luz o con sombra. ¿No era él quien veía la casa reflejando el estado de su alma? ¿No era él quien veía en Yeshua intenciones que eran de su propiedad y no las del otro? Y su desprecio por Judas ¿No era tal vez un desprecio por sí mismo? Y estos males del alma que le aquejaban. Su lujuria, su violencia. ¿No eran parte de sí mismo? Y se estaba preparando para ser guía de almas. ¿Y la suya? ¿Quién la guiaría? ¿Quién le gritaría desde algún lugar para avisarle cuando estaba a punto de caer al abismo? ¿Habría alguna forma de reconciliarse con Dios? La muerte no llegó para aliviar su agonía. La muerte no llegaría por ahora. Faltaba mucha tarea y no se imaginaba cuanta.

Los días fueron formando semanas, y las semanas meses, y los meses años. Los veranos y los inviernos se fueron sucediendo y Saulo se fue haciendo hombre amargo. El tiempo corrió hasta llegar el punto en que ya Gamaliel no podía enseñarle más. Seis años habían pasado. El camino ahora era para recorrerlo solo. Habría de tropezar. Habría de levantarse. Cada instante de la vida le serviría como visión y aprendizaje. Al menos eso creyó hasta el día en que se aprestó a morir. Pero hasta ahora sólo había logrado tener altercados con Yeshua tras los cuales siempre se sentía juzgado o expuesto. Trataba de no perder la compostura, pero las posiciones que asumía Yeshua le indignaban, le llenaban de ira y le hacían perder el control. Y toda conversación terminaba siempre enfocada en sus defectos y no en el tema. Cuanto odiaba que ocurrieran situaciones así, se prometió que aprendería de alguna forma a debatir y dar a conocer sus puntos de vista. Sabía que jamás podría debatir pausadamente pero aprendería a hacerlo con coherencia y sin permitir que lo sacaran de tema.

La despedida sería en casa de Gamaliel, tal como fue la bienvenida. Otra vez tendría que tolerar a la parlanchina princesa judía, llena de orgullo y pedantería. Lo que no sabía Saulo era que Miriam de Magdala era una princesa de verdad, y que Yeshua también era un descendiente de la casa de David. Eso lo llegaría a saber mucho más tarde, cuando ya nada podía hacer sobre el asunto. La mañana luego de la despedida, iniciaría el viaje de regreso a Tarso. El Tarso que lo había defraudado y lo había dejado batiéndose con los estudios en El Templo, sin apoyo, sin otra fuerza que su fe inquebrantable. El uso de la divinidad como ente político le revolvía el centro de su abdomen. ¿Qué hubiese pensado entonces si de haber visto el futuro, se hubiese visto sirviendo a Calígula y a Claudio como propagador de una religión que fuera aceptable al Imperio? Presentando esa religión como mandato de un Dios. Ya Judas había empacado la mayoría de las propiedades de Saulo y las pocas que podía llamar suyas. En la mañana Saulo iría a casa de Yosef de Arimatea a entregarle la llave. En la mañana también le daría la sorpresa a Judas. Todos los papeles legales ya estaban listos. Le dejaría no sólo su libertad, sino una buena suma para que pudiera establecerse y vivir una vida honrosa. También le dejaría los otros dos esclavos. No se le ocurrió que lo que estaba haciendo era un acto de amor. El amor era una de las cosas que le tomaría siglos entender.

En la noche, casi al oscurecer salió de la casa. Algo dentro de sí, muy adentro le decía que esta no sería una buena despedida. Se obligó a ir sabiendo que no debía. Caminando por su calle, lleno de premoniciones, fue hasta la escalinata y bajó cuatro calles. Al llegar a la calle de Gamaliel, giró a la izquierda y llegó hasta la casa del rabino. Gamaliel mismo le abrió la puerta. Le extrañó que no viniera alguna de sus hijas a abrir la puerta. Cuando entró al salón de estar, vio que todavía no llegaba Yeshua. A eso se debía el silencio. La bruja parlanchina no había llegado. Le extrañó también el silencio que venía de la cocina. No pudo contener su curiosidad y preguntó por las hijas de Gamaliel.

-Saulo. Al llegar a edad de casamiento, las entregue en matrimonio. La menor se casó hace unos tres meses.

¿Así que vive solo con su mujer? Gamaliel le dijo que era posible que ya no enseñara más y que se mudaría probablemente a Petra a dirigir una sinagoga allá. Se sentaron en el piso, cerca de la fuente y los vegetales tostados. No tardó en sentir la estridente voz de la puta de Miriam acercándose desde calle abajo. Tragó su cebolla con esfuerzo mientras Yeshua, su mujer y otra mujer entraban a la casa.

Gamaliel hizo la presentación de Miriam, que también así se llamaba la madre de Yeshua. Era una mujer de unos 45 años, muy hermosa. Vestía un manto de seda celeste cubriéndole el pelo y la túnica, Su tez de porcelana enmarcaba unos ojos oscurísimos y profundísimos. Y la sonrisa. La sonrisa amplia de dientes perfectos completando el juego de atributos de aquella mujer. Le fue obvio que la mujer era de buena cuna. Sus ademanes y modales la delataban. Excusaron que Yacob, uno de los hermanos de Yeshua no hubiera venido, pero tuvo que regresar a la India siguiendo el trabajo de su padre. A ese trabajo todavía le quedaban unos años para terminarse. Habló la mujer de tener la suerte de que Yeshua se hubiera mantenido cerca y que sirviera de jefe del hogar luego que Yosef muriera. Acá había quedado otro hermano más, que ahora atendía el taller que una vez fundara su padre. Yeshua en las noches supervisaba el trabajo de su hermano menor. Durante los recesos de los estudios, Yeshua visitaba la india para supervisar a Yacob allá y saludar los muchos amigos que tenía en el Oriente. Saulo, sintió que esta señora continuaba haciendo alardes de las proezas de sus hijos y que ante sus ojos no había virtud que ellos no tuvieran. ¡Qué sofocantemente judía era esta madre! ¡Qué sofocantes le parecían estas personas con las que no parecía tener nada en común! Sintió un gran alivio cuando las mujeres se marcharon a la cocina. Sin querer, comparaba su familia judía y griega con la de Yeshua. Y se vio rígido. Pensó que a pesar de la liberalidad de pensamiento de Yeshua, éste y su familia parecían seguir la ley muy de cerca, mientras que su familia que tanto cacareaba su judaísmo, se sentaba a la mesa con gentiles sólo por la conveniencia de los negocios. Se preguntó si allá en la India estos modelos de piedad comían por sí solos o sentaban en su mesa al raja y su corte. De pensar la pregunta a vomitarla en medio del trío no hubo consideración alguna. El silencio que siguió pareció congelar a todos en la misma posición en que se hallaban. Al fin Yeshua hablo.

-Saulo. Siempre que hemos podido hemos comido siguiendo la pureza de nuestras leyes. Cuando nos invitaba a comer el rajá, el contrato con mi padre determinaba que comeríamos en mesa aparte y que una cocinera judía que trabajaba para nosotros, prepararía los alimentos. Yo sé que tus circunstancias han sido diferentes en el mundo que habitas. Entiendo que tus circunstancias te permiten ser quien eres, y tener la riqueza cultural que manifiestas, con tu conocimiento de idiomas, filosofía, ciencias y arte. Te he admirado desde que comenzamos por tu inteligencia y por tu energía. Sé que vas a darle al mundo mucho que hablar, por mucho tiempo.

Gamaliel habló entonces.

-Mucho se hablará de ti durante siglos, Saulo. Según vayas ganando en experiencia y madurez, verás que nada te sentará a vivir una vida cotidiana y fácil. Tú y Yeshua han sido los mejores estudiantes de La Ley que he tenido en toda mi carrera. Han sido el broche de oro y diamantes que cerrará mi carrera. Estoy orgulloso de ustedes dos.

Saulo sintió que se le anegaban los ojos. No quería llorar delante de estas personas. Se excusó y pidió ir a la cloaca. Allí pudo secarse las lágrimas y salvaguardar su orgullo. La mañana le deparaba muchas más lágrimas. Regresó a la sala justo cuando la Mujer de Gamaliel llamaba para cenar. Fueron a la mesa y se sentaron casi con parsimonia. Había tristeza en el ambiente. Saulo se marchaba. Gamaliel se marchaba. La amistad que algunos habían establecido se iría. Lo que Saulo había establecido, y no sabía si era amistad, cordialidad hostil, odio, o simple antagonismo, también se iba. Ya no tendría a Yeshua para debatir acaloradamente. Sabía que eso le haría mucha falta. Pensó en Judas, a quien dejaba atrás. Ya no el muchacho Judas, sino el hombre Judas que había crecido en cuerpo y en sabiduría, era quien quedaba atrás. Su compañero fiel Judas.

-¿Qué planes tienen ahora? Preguntó Gamaliel, dirigiéndose a Saulo.

-Volveré a Tarso, dijo Saulo. Ya el rabino de nuestra sinagoga está viejo y me dejará seguir dirigiéndola, Pienso que debo de hacer otras cosas. El mundo va cambiando. Roma ha unido una diversidad muy amplia dentro de su imperio. Hay tantas personas que nunca han oído hablar de Yahvé.

-Siempre han oído hablar de Dios, aunque sea por otro nombre, dijo Yeshua.

-No hay otros nombres para Yahvé, respondió Saulo levantando la voz.

-Por mi parte, los problemas que mi pueblo, mi nación, enfrenta aquí son muy importantes, dijo Yeshua. Será necesario deshelenizar y desromanizar a Israel. Volverlo el pueblo que fue, a buscar sus tradiciones y raíces.

-Eso es revolución, dijo Saulo. ¿Quieres volver al tiempo de los Macabeos? ¿Quieres otra guerra que destruya a Israel?

-Israel está siendo destruido por los romanos y sus lacayos. Los hijos de Herodes han sido un desastre en su contubernio con Roma. Por primera vez Saulo vio a Yeshua presentar exaltación al expresar lo que sentía. Es tan humano como yo, se dijo.

-Podemos conversar y expresar ideas, dijo Gamaliel en tono conciliador. Las ideas tienen fuerza, las acciones exaltadas sólo debilidad.

-El antiromanismo de Yeshua me ofende, dijo Saulo, recuerden que además de judío, soy romano.

-No puedes servirle a dos señores, Saulo, dijo Yeshua, aplacando su tono y echándose hacia atrás en la silla, porque menospreciarás uno y estimarás al otro, amarás a uno y aborrecerás al otro.

-Me siento tan cómodo como judío que como romano, dijo Saulo conteniendo su ira.

-Algún día verás que uno de tus dos amores te resultará falso, dijo Yeshua. No le des la espalda a tu gente.

Ya no pudo más Saulo. Se sentía ofendido por lo que Yeshua expresaba. Los nacionalistas judíos con tantas guerras separatistas, se habían hecho enemigos en todas partes. Mucho le había costado a la diáspora establecer una imagen diferente a la del judío belicoso. De momento todo pareció confuso. Ahora era él quien sonaba liberal frente a Yeshua. No le gustó para nada la pasión con que expresaba su pensamiento y de momento sintió que tenía mucho trabajo por delante. Trabajo para definirse como hombre. En su fe, en su sexualidad, en sus lealtades. Pronto se dio cuenta que no filtró lo que pensaba en lo que decía. Había hecho un discurso y no sabía cuánto había puesto en él.

-Ponte a crecer Saulo. El conocimiento no es lo mismo que la sabiduría, dijo Yeshua.

-¿Te atreves a sermonearme? Dijo Saulo subiendo la voz marcadamente.

-Me atrevo a señalarle al amigo que amo, las inconsistencias de sus arrebatos, dijo Yeshua

-No eres quien para esto. Sin pensarlo se levantó y abofeteó a Yeshua. Luego de hacerlo un aterrador frío de culpa y arrepentimiento le invadió su cuerpo desde los pies hasta la cabeza.

Se miraron en silencio los dos hombres. El tiempo parecía detenido con Saulo de pie y Yeshua sentado como dos estatuas. Yeshua se puso de pie y Saulo se aprestó al combate. Pero Yeshua hizo una señal a su mujer y a su madre. Los tres se levantaron y abandonaron la casa de Gamaliel. Los que quedaron permanecieron en silencio. El tarsino miró a todos con la cara enrojecida y los ojos queriéndose salir de sus orbitas. Sintió las miradas de Gamaliel y su mujer y una vergüenza lo fue invadiendo. Sin despedirse Saulo salió de la casa. Había demostrado otra vez su violencia. Su estúpida violencia que lo perseguía desde que recordaba. Había ofendido a Yeshua de una forma imperdonable. Pensó correr y pedir perdón. Pensó que ya no podía deteriorar su imagen más. ¿Cuándo aprendería a conversar pausadamente? ¿Cuándo dejaría de ser pendenciero?

13

-Hoy Jueves Santo recordamos la cena de Jesús con sus discípulos. Allí partió el pan y les dijo, éste es mi cuerpo, comed todos de él. Repartió el vino y dijo, ésta es mi sangre, bebed todos de ella. Haced esto en memoria mía. En cada misa recordamos a Jesús. En cada misa repartimos pan sin levadura y vino para recordar sus palabras. Su memoria está aquí, en el símbolo del pan y el vino. Éste es mi cuerpo. El pan que coman, el pan que compartan es el cuerpo del amor de Jesús. El vino que tomen, el vino que compartan es el símbolo de amor de Jesús. Lo dijo muy claro: Haced esto en memoria mía. Así lo haremos hoy y así recordaremos al Jesús del amor al prójimo. Y lo haremos mirando claramente que el ejemplo del amor a los demás lo hemos traducido en acción aquí en San Alejo. Por nuestra voluntad decidimos seguir el ejemplo del Hijo del Hombre.

Con estas palabras Antonio procedió a repartir pan y vino. Las beatas se persignaron y comenzaron a murmurar. Siempre se daba la hostia, pero este cura está repartiendo pan y vino. ¿Qué herejía es ésta? Antonio adivinó lo que decían las mujeres y les habló.

-Hermanas. Ya no podemos seguir con pensamientos mágicos viviendo la vida. La verdad es aquí y ahora. Hemos descubierto el Reino en nuestros patios, en nuestra sala, en nuestra plaza, en nuestros vecinos. Tenemos que pensar en ser cristianos de la acción, no de la credulidad.

La mayoría vino a compartir el pan y el vino. Esos no cuestionaron la cena simbólica. Cuando Antonio los despidió, los abrazos significaron algo más que un ritual. San Alejo se irguió sobre el ritual y se hizo pueblo de humanos.

Esa noche en la cena, Antonio dio la noticia. Se iba con Leonor a un viaje largo para buscar respuestas que iban más allá de lo que San Alejo podía brindarle.

-San Alejo y mis amigos me enseñaron lo que es el amor por los demás. Leonor me enseñó lo que es el amor de un hombre y una mujer. La pregunta del amor y la convivencia pienso que la he resuelto. Me falta buscar las respuestas a lo que la fe llama divino.

-Yo sé que vas a encontrar que te vas lejos a buscar lo que tienes de frente, dijo Finkelstein.

-Yo sé que los cambios en San Alejo han producido cambios en mí. Pero debo llegar al fondo. Las confesiones se han hecho más escasas mientras la gente ha ido aprendiendo lo que es la responsabilidad individual.

-Los nuevos líderes del pueblo han promovido esa responsabilidad individual que incluye ser productivo y aportar al bienestar de todos, no dando dádivas, sino trabajando para que la economía personal creciera con la del pueblo. Los hacendados están muy contentos. Ofrecen incentivos por producción. Esto les llenaba el bolsillo a los trabajadores y les aumentaba sus ganancias, dijo Finkelstein. Ese logro es nuestro, Antonio.

Antonio se dio cuenta mucho más tarde que el hacerse humano y humanista lo desvinculó para siempre de los dogmas incoherentes de su iglesia. Esa realización le vendría una tarde en una tasca de Triana, oyendo a dos curas debatir las sandeces de la doctrina católica y los cambios que el sumo pontífice estaba haciendo. Sería caminando por Sevilla con Leonor que podría ver todo aquel patrimonio de oscurantismo que el catolicismo y el fascismo español le habían legado al mundo.

Salieron de San Alejo y Antonio jamás volvería a ver a su amigo. Cuando regresó a San Alejo fue para la tragedia que le sacudió y le hizo ver de frente cómo las creencias bestializan al ser humano. Tomaron el avión en la Capital que los llevó hasta Panamá donde cambiaron a la nave que los llevó hasta Nueva York y luego a Roma. Leonor se quedó pensativa durante la espera del avión a Roma en JFK. Antonio se le acercó y le preguntó que qué le pasaba.

-Has hablado mucho de una búsqueda, Antonio. ¿Qué es lo que buscas?

-Todavía no sé exactamente lo que busco, dijo Antonio. Es como saber que hay una verdad diferente a la que me han enseñado y quisiera llegar a ella.

-¿Te vas por el mundo en una búsqueda sin saber qué es lo que buscas?

-Presiento que hay una dirección divina a todo esto. El mensaje se fue perdiendo a través de los siglos hasta llegar a esta distorsión que llamamos cristianismo. El amor por los demás, el amor es lo único que ha sobrevivido todo intento de ir ocultando una verdad que una vez fue obvia para los que la recibieron.

-Es como si hubiera que redefinir eso del cristianismo, comentó Leonor sonriendo. Y Antonio asintió.

-Pero encontraste una verdad en San Alejo, dijo Leonor. Todo lo que se ha hecho por el pueblo en tan poco tiempo es mucho más que asombroso. Se puso seria al decir estas palabras.

Caminando por una calle de Roma Antonio entro a una librería. Leonor se quedó haciendo compras cerca de la *Piaza de Spagna*. Quedaron de encontrarse más tarde en el hotel. Buscó por los estantes, sin meta alguna de encontrar algo. Sólo miraba los títulos. Libros de religión, comentarios bíblicos, El Papa Viajero, La historia oscura del Cristianismo, Saulo, la Llave Maestra Hacia el Jesús Histórico. Este último libro le interesó y lo compró para sentarse a leerlo sentado al borde de Trevi. Repasó las epístolas desde un punto de vista que jamás había hecho. Siguió a Saulo en sus viajes. Admiró su combativo espíritu. Sintió que el autor ponía a Saulo como el verdadero fundador del cristianismo. Se metió en cada sinagoga que Saulo piso. Viajó por mar, predicó con vehemencia. Sufrió persecución y tortura de parte de los suyos. Fue lapidado, azotado y dejado por muerto. Fue llamado embustero. Y lo más importante es que prácticamente no habló de Jesús el hombre, sino del Cristo resucitado, que fue lo que conoció. Una gran curiosidad le lleno y sintió que tenía que conocer más sobre San Pablo. Cuando ya casi no podía leer porque había caído la noche, miró su reloj y se dio cuenta que eran pasadas las diez. Leonor estaba en el hotel desde las seis. Sin medir el tiempo se había quedado sumido en el libro y ni siquiera recordó que su mujer le esperaba. Corrió hasta el hotel y cuando llegó a la habitación, encontró a Leonor llorando. ¿Qué ha pasado? ¿Por qué no llamaste al hotel? ¿Qué te entretuvo? Estuve tan preocupada. La ciudad es tan peligrosa de noche. Parecía que no iba a parar y Antonio se sentó a esperar que la angustia de Leonor cediera para entonces explicarle lo que había experimentado con el libro. En las semanas que siguieron buscó toda la información disponible sobre Saulo de Tarso.

Esa noche hicieron el amor con algo de incomodidad, la angustia de Leonor y la ansiedad de Antonio se acostaron junto con ellos irrumpiendo en sus pensamientos y desviando la atención de ambos hacia otra plaza ajena al amor. Luego Leonor preguntó si el amor se había acabado.

-Mi amor, por ti no ha cambiado en nada, Leonor. Hoy he encontrado un camino que me llevará hacia donde quiero ir.

-Nunca te había sentido ajeno a mí. Leonor puso una cara de tristeza que Antonio jamás había visto.

-Leonor, hoy encontré un libro sobre Saulo de Tarso y me puse a leerlo sentado en Trevi. Cuando la luz del día se fue, me di cuenta de la hora. No hay nada que me aleje de ti.

-No me gustaría vivir sin ti, es todo. Sé que puedo vivir sin ti, pero quiero decidir lo contrario. Compartir mi vida contigo es muy importante para mí.

-Piensa que esta vida no es para siempre. Trata de entender que la vida siempre continúa aunque los que amemos no estén, dijo Antonio. Oyendo sus propias palabras sintió que de alguna forma había comenzado a entender el amor de forma distinta. El amor por Leonor no era distinto del amor por sí mismo. El amor por San Alejo no era distinto del amor por sí mismo. El amor por la humanidad no era distinto del amor por sí mismo. "Amar al prójimo como a sí mismo" le llegó con un eco muy distinto al que había escuchado hasta entonces.

-Sabes, Antonio, dijo Leonor con voz entrecortada metiéndose en la cama y dándole una mirada de invitación a compartirla. Has cambiado tanto en estos años. Lo que he visto en ti me hace amarte cada vez más. Pero pienso que tu nueva pasión, tu gran amor por todos, puede opacar tu amor por mí.

-Leonor, mi amor es como cornucopia, mientras más doy de él, más tengo.

Apagada la luz y abrazados, durmieron hasta tarde. En dos días viajarían a Israel.

14

La terrible mañana llegó. Se sentó con sus esclavos y puso delante de ellos un cofre. Les dijo que había llegado el día de partir. Le contestaron que ellos ya estaban empacados para el viaje. Saulo no sabía cómo decirles que no viajarían con él. Sentía una gran tristeza al dejar atrás aquellas personas que le habían acompañado durante seis años. A Judas, quien le obsequió intimidad. A Alieb y Jinera, sus otros esclavos que atendían la casa. Estos jamás tuvieron una relación cercana con él pero su presencia en el hogar, como los perros falderos que forman parte del entorno, dejarían también un hueco en la nostalgia. La casa. Se estaba despidiendo también de la casa, refugio de su dolor y conflicto. Hoy se desapegaba de seres y cosas amadas. Y pensó en la palabra amor. Y pensó en eros, y pensó en ágape y sintió que había otra clase de amor que no podía definir de forma alguna. Encontrar esa forma de amar le tomaría tiempo, mucho tiempo. Siglos, milenios quizá. Búsqueda que continuaría allá en un futuro inimaginable. Les dijo que el cofre contenía documentos que cambiarían sus vidas.

-Abre el cofre, Judas, dijo, y su voz sonó como suspiro melancólico con eco de cavernas pobladas de murciélagos anímicos, de lágrimas de cal que dejaban estalagmitas y formaban estalactitas como monumento a la memoria del llanto de la tierra. Judas abrió el cofre y sacó tres pergaminos y un bolso lleno de monedas. Esa es tu libertad,

Judas, continuó Saulo. Los otros documentos pasan a Alieb y Jinera a tu propiedad y custodia. Diez mil talentos te darán para recomenzar tu vida como hombre libre.

Judas pareció comprender de un golpe el significado de aquel regalo. No se iría con su amo. Ya no lo vería jamás. Sintió también el peso de tener esclavos que atender, cosa que le causó un dolor profundo. Como niño esclavizado aborrecía la esclavitud a la que se había acostumbrado.

El sólo pensar que ahora era un amo de esclavos le causó una repugnancia terrible. Su alma se sintió dividida entre el agradecimiento y su integridad como humano. El agradecimiento y lealtad a Saulo le causarían muchos conflictos más tarde, cuando le sirviera de informante a su antiguo amo. Abrazó a Saulo con mucha fuerza y entonces dijo, usando sus primeras palabras de hombre libre.

-Te agradezco, Saulo tu trato hacia mí y hacia estos mis hermanos en el cautiverio. Has sido un amo justo y benévolo, y eso no lo olvidaré jamás. Hoy mismo iré a arreglar la libertad de estos seres, tal como tú has arreglado la mía. No quiero tener nada que ver con esto de la esclavitud.

Saulo, sorprendido, abrazó a Judas y levantándose, tomó una mochila con pertenencias para el viaje.

-Todo lo que he dejado de mi propiedad en la casa es de ustedes. Me voy casi desnudo pues los objetos me impedirán hallar lo que tengo que encontrar, les dijo. Volteándose se dirigió a la puerta para ocultar las lágrimas que le iban brotando. Salió a la calle con el sol matutino apenas comenzando a bañar las lajas de la calle. Caminó hasta las escalinatas y subió hasta la calle más alta de Jerusalén. Miró el palacio de Herodes. Detenido, su vista dio la vuelta y miró hacia el sur, hacia donde estaba la tumba de David y la puerta que daba al desierto. Miró al norte y se dirigió hacia la salida de la ciudad. Comenzaba el regreso a Tarso, después de tantos años. Llegaría hombre amargado, incapaz de enfrentar sus fortalezas y debilidades que al fin al cabo eran lo mismo, cargando una soledad infinita, equipaje de su alma perturbada. Los amores que habría de encontrar durante la vida, jamás llenarían el espacio dejado por Judas y Yeshua. Sin saberlo, llenaría este espacio con una quimera insólita que habría de venderle al mundo como remedio al sufrimiento. Sería el enajenado enajenador de seres. Sería el inventor de una religión absurda y vacía que serviría para plantar imperios, guerras, desolación, odios, destrucción, oscurantismo, asesinatos, chantajes, sobornos, y todo lo que el mundo habría de experimentar con la fe que crearía.

Cruzó frente al mercado de esclavos, donde años antes había adquirido a Judas. La imagen del jovencito endeble y triste afrentado y sin dignidad se le cuajó en la mente como espejismo. Las cartas de Judas serían un pequeño alivio para su tormento. Cartas que también le dejarían saber de Yeshua y de sus andanzas. Él y Judas, sin sospecharlo, ambos tendrían un amor conflictivo que se destilaría en sus cartas sin jamás llegar a la superficie de la conciencia. La puerta de Damasco, bulliciosa, le despidió de la Ciudad de Dios. Se unió a una caravana y con ella se fue adentrando en la aridez del camino hacia Tiberia, hacia Damasco, hacia Tarso. Las áridas lomas de los primeros días se fueron cubriendo de arbustos de olivos y de vides según incrementaban la latitud. Pasaron la pequeña villa de Nazaret, de dónde provenía el padre de Yeshua. Entre caminos bordeados ya de higueras y palmas de dátiles, de árboles frutales varios, de aves canoras que llenaban el entorno de música y colores, llegaron hasta Tiberia. Primer gran centro urbano de Galilea. Allí gobernaba Herodes Antipas, el Tetrarca, famoso por sus desvaríos, vida licenciosa, harenes de mujeres y hombres y su forma femenina de vestir y actuar.

El comercio en Tiberia era tan activo como el de Jerusalén. Allí se vendía todo. Legal o ilegal, moral o inmoral, decente o indecente. No había línea demarcadora. Seguían los patrones de su gobernante. La ciudad era próspera. Herodes no causaba mayores problemas a Roma. Las costumbres lascivas de la ciudad con prostitutas de todas las edades y géneros, para todos los gustos y perversiones, eren el atractivo que permitía su gran progreso. Allá en la cuenca del Jordán habían visto un predicador en harapos que condenaba la vida licenciosa de la ciudad. Le decían la voz que clama en el desierto. Se preguntó Saulo si era el desierto terrenal o el de las almas que poblaban este estercolero resplandeciente y presuntuoso que ahora pasaban. Pernoctaron en la ciudad y siguieron con el alba hacia Damasco, cuatro días más de viaje.

Llegó a Tarso al atardecer. Caminó un rato por la ciudad, cavilando sobre el recibimiento en casa. Ni siquiera sabían que él llegaba. No sabían de él por años. Nunca les contestó las cartas desde la última visita. No sabía Saulo que Judas sí había contestado en su nombre, y que sus padres lo esperaban con ansia. Estaban ávidos de ver no al joven que se fue un día a estudiar, sino al hombre que ahora regresaba, maduro, sabio, maestro. Judas inventó durante esos años, todas las excusas imaginables para explicar las ausencias de Saulo. Saulo leería sus pretendidas cartas y derramaría lágrimas por su compañero de entonces. No tenía forma de contactar a Judas. Se resignó a que esos lazos estaban rotos para siempre.

Judas se instaló en una modesta residencia cerca del Fortín Antonia. Allí la renta era más barata que en la Alta Jerusalén, y no había la peligrosidad de las calles de la Baja Jerusalén, Alieb y Jinera, ya libertos, se quedaron a vivir con él y con el dinero que había dejado Saulo, levantaron una venta de linimentos y perfumes que les daba para vivir y mantener la casa y a Judas. Pasaba los días el antiguo esclavo, añorando los tiempos en que vivía con Saulo. La falta de su Saulo le era insoportable. Lánguido, enflaqueciendo, sin fuerzas para llorar, dejaba que el tiempo fuera pasando sin hacer esfuerzo alguno por vivir más allá de su existencia. Un día sus ahora amigos le hablaron del Yeshua que se reunía en casa de amigos a conversar sobre Dios. Mucha gente iba a estas reuniones que no eran bien vistas por los Sacerdotes del Templo. Pero lo que hablaba el hombre parecía de mucho atractivo para los que iban. Con mucha insistencia lograron que Judas fuera a conocer a Yeshua.

Mi querido Saulo,

Esperando en la misericordia de Dios que te encuentres bien, he decidido escribirte esta carta luego de un año de nuestra separación. Ha sido un año amargo por tu ausencia. Tu pérdida ha sido muy dolorosa para mí. No pensé que podría levantarme de este desconsuelo. Quiero contarte en detalle lo que me ha sucedido. He ido a conocer a un predicador diferente. En vez de pararse a hablar, se sienta con todos a conversar. Habla de un Dios todo amor y misericordia. Habla de los mitos que forman la nación judía y de como Dios no puede ser lo mismo que Moisés predicaba. Nos decía que Dios no podía ser cruel, ni vengativo, ni caprichoso, ni destructivo. Hablaba de una esperanza humana, de una esperanza de comenzar a ser libres en nuestra mente y nuestro espíritu. Pensé en ti todo el tiempo. Pensé en que en estas ideas puedes encontrar paz para ti. Yo la estoy encontrando. Aprender a ser humano ha sido mi oculta ansia, aunque no lo supe y le di forma en mi pensamiento hasta ahora. En estas reuniones he hecho muchos amigos, hermanos quizá. He pensado en ti como la parte de mí que se ha ido. Tengo tantos deseos de compartir contigo estas nuevas experiencias que la vida me ha traído.

Me despido de ti con todo el amor que siempre te tuve. No pierdo las esperanzas de que puedas un día entender quién eres y venir a mí a vivir la vida que nos fue dada y que tus creencias han resistido. Alieb y Jinera están muy bien, viviendo de una venta de esencias orientales que comenzaron luego de tu partida. Yo en realidad vivo de lo que ellos producen. Pienso que debo buscarle rumbo a mi vida.

Te ama siempre, Judas.

Saulo arrugó el papiro entre sus manos y por largo rato lloró de rabia, de dolor, de tristeza, de desánimo, de soledad, de desamor. Supo claramente que Judas hablaba de Yeshua. Ahora Yeshua también le estaba robando a Judas. Yeshua le robaba todo. Tenía que saber más de Yeshua y lo que hacía. Tenía ahora a Judas en el círculo del hombre y podría saber y conocer sus movimientos. Dejaría que Judas fuese sin saberlo, su espía entre los allegados a Yeshua. Usaría esa información para destruirlo algún día. Esa sería la venganza. Pensando lo que podía hacer contra Yeshua, se olvidó de que se había prometido una búsqueda y la había abandonado en un oscuro rincón de su abatida alma. Su odio tan lleno de amor por aquel hombre, le nublaba el entendimiento. Su culpa y su violencia batallando en su alma no le permitían ver. Había sido tocado muy de cerca por el amor y al no estar preparado, se había deslumbrado. Se había quedado ciego de espíritu tal como se quedaría ciego un día en el camino de Damasco.

15

El avión aterrizó pasado el mediodía luego de un incómodo y turbulento viaje desde Roma. La azafata hizo malabares para que los pasajeros de primera clase no sufrieran los embates del clima del Mediterráneo. Leonor se aferraba al brazo de Antonio y él ocultaba su miedo con una cara de falsa seguridad que no engañaba a nadie. Sintieron un gran alivio cuando la nave tocó tierra. Leonor pudo expresar su alivio abiertamente.

Salieron a la terminal donde los pasajeros, empleados y tripulantes se movían en todas direcciones dando la impresión de un caos organizado de alguna mística manera. Siguieron los letreros de *Baggage Claim Area* tomándose de la mano como para aliviar angustias. Las medidas de seguridad en el aeropuerto les parecieron extremas. Antonio comentó por lo bajo que los israelitas, por su actitud para con sus vecinos, se han hecho de fuertes, astutos y numerosos enemigos. Los guardias uniformados se mezclaban con los agentes no tan secretos que vigilaban por todas partes.

-Esto me recuerda los días cuando los militares tomaron el poder y llegaban sin anunciarse, dijo Leonor bajando la vista como en introspección. Todos temblábamos cuando escuchábamos el tropel de botas taconeando en la calle. Alguna noche tocaban en una puerta y no era hasta la mañana, que sabíamos a quién se habían llevado, a quién no volveríamos a ver. Antonio sintió la gran tristeza que Leonor presentó en su voz. También pudo sentir la lucha de Leonor con su dolor. La vio con sus sentimientos detenidos en el tiempo, incapaz de borrarlos e incapaz de traerlos a la luz.

-Debe ser muy difícil vivir bajo un tirano. La dictadura fue hace mucho. Debiste haber sido muy niña cuando ocurrió. Antonio hablaba sin mirarla, como sintiendo vergüenza de alguna complicidad que lo ataba a aquellos militaretes de los países del bajo continente.

-Apenas nueve años. Cuando se llevaron a papá conocimos de primera mano el terror del hogar violado. Leonor habló con una serenidad que le puso los pelos de punta a Antonio. Así que de esa manera murió el padre de Leonor. Ahora el dolor de Leonor le fue más comprensible, más inmediato. La mujer que amaba y admiraba tenía como él, una vida dolorosa oculta. ¡Qué gran suerte que se tuvieran ambos! Allá en San Alejo no se habla de ciertas cosas. Definitivamente, no de estas tragedias.

-Siento mucho que hayas pasado algo tan terrible. No imaginaba que hubieras sido víctima de la dictadura, dijo Antonio, apretándole la mano e inclinándose para depositar un beso en su mejilla. Leonor contuvo una lágrima llegada desde un pasado remoto que nunca quería revivir.

-Aún luego de los años me da trabajo entender la maldad de las personas. Me es inaceptable esta violencia y esta actitud defensiva que presenta Israel.

-Entiende que esto es un país en guerra. Todos sus vecinos quieren destruirlo, dijo Antonio.

-¿Por qué los odian tanto?

-Las gentes de esta región vienen peleando por milenios. Estas tierras han sido hasta regaladas por Dios a un pueblo a costa del bienestar de otros pueblos. Sin tratar de parecerme a nuestro amigo Finkelstein, podría decir que las creencias de los habitantes de este país han convertido un supuesto Dios de amor en un Dios de guerra y odio.

-Pero Finkelstein no tenía casi información sobre la situación de Israel allá en su biblioteca, dijo Leonor.

-Recuerda que él es judío, y por más ateo y liberal que sea, los israelitas son su gente. Yo sé algo de la historia de este país, por mis estudios en el seminario.

- Todos tenemos nuestras limitaciones. Hasta nuestro sabio amigo. Y le tiro un guiño. Luego de recoger el equipaje salieron hacia el portal de cotejo de credenciales, donde la seguridad se mostraba más estricta. Antonio, con su pasaporte estadounidense, fue tratado de forma diferente a los pasajeros que no eran norteamericanos ni judíos. Tuvo que intervenir cuando los agentes de inmigración detuvieron a Leonor. Les explico que ella lo acompañaba, y al mostrar su pasaporte, los agentes pidieron excusas y se alejaron.

-Tienes un salvoconducto en ese pasaporte, dijo Leonor, con el rostro tenso.

- Es un pasaporte codiciado por algunos y aborrecido por otros.

Caminaron rápidamente hacia la salida a la calle. Por todos lados se apostaban los guardias uniformados y los agentes del servicio secreto con sus uniformes de traje negro y anteojos de sol muy oscuros. Los pobladores transitorios del aeropuerto parecían ser los mismos que uno encuentra en cualquier aeropuerto del mundo. La única diferencia era la cantidad de hombres usando *kippots*. A la salida los esperaba un hombre joven, muy blanco, de pelo rojizo y ojos azules. Lucía un *kippot,* tejido en azul y blanco, una roja barba espesa y un traje azul que lo delataba como empleado de hotel. Llevaba un cartelón que decía King David Hotel, y Antonio y Leonor reconocieron su contacto.

El hombre les saludó cortésmente en inglés indicándoles que lo siguieran. Los cruzó por el laberinto del edificio y sus rápidos transeúntes y salieron a la calle donde los esperaba el autobús del hotel. Subieron al vehículo en silencio, sin mirarse, manteniendo como único contacto el tomarse de la mano. Luego de pasar entre los otros turistas con el mismo destino, se llegaron al asiento asignado y no se dijeron nada hasta tanto el autobús llegó a la carretera Numero 1, que los llevaría hasta Jerusalén. El guía del autobús narraba en varias lenguas los detalles de los lugares que iban pasando. Las honorables batallas, los actos terroristas de los israelitas, asesinando inocentes en los hoteles, en los edificios públicos, en los transportes, dijo Antonio por lo bajo. La democracia en Israel es de las más perfectas del mundo, si eres judío, susurró Antonio. Hemos trasformado el desierto en tierra fértil con la construcción de diques y embalses, dejando sin agua a los países vecinos, añadió Antonio para consumo de Leonor.

Antonio le iba haciendo comentarios a Leonor señalando lo que el guía iba bochornosamente omitiendo. Le explicó que estudió en el seminario una materia de historia del Medio Oriente. De ahí su conocimiento de las barbaridades que cometieron los terroristas israelíes. No en balde los musulmanes aprendieron tan bien. Estudiantes aventajados, pensó Leonor. Tuvieron excelentes maestros. No se habló en momento alguno de la presencia ni el apoyo militar estadounidense. Se les hizo hincapié en que Israel era un país seguro a pesar de los conflictos con los países vecinos. Jerusalén, como cualquier metrópolis, presenta peligros para el turista incauto. La ciudad está dividida geográficamente según la adherencia a un credo o una etnia. Y la peligrosidad de meterse en el territorio incorrecto podía desatar escaramuzas con violencia. Pero Antonio tenía que ver la ciudad. Cada riesgo que corriera bien valdría la pena al compararlo con las posibles ganancias. Tenía que visitar los sitios por los cuales Jesús caminó, padeció y murió.

En los treinta y nueve minutos que duró el viaje hasta el hotel, miraron el casi desértico paisaje que les recordaba el de allá el de la sabana por donde subía la carretera a San Alejo. Se veía el terreno seco con algunos arbustos y bosquecillos aislados que de seguro fueron trasplantados allí desde algún bosque nórdico. Leonor sintió nostalgia y Antonio sintió urgencia de llegar. Poco a poco fueron surgiendo signos de civilización. Los edificios aislados dieron paso a la conglomeración típica de una ciudad cualquiera. Entre la densidad creciente de la ciudad moderna, pudo distinguir las paredes y ruinas de la ciudad antigua, mano a mano con edificaciones de todas las épocas, como dando testimonio del tiempo transcurrido que se detenía en cada rincón de la ciudad de Dios.

-¿Piensas que encontrarás aquí las respuestas a tu búsqueda? preguntó Leonor sin mirar a Antonio, quien sintió un sobresalto en el medio del estómago al escuchar la pregunta.

-Tengo que encontrar algo que me ayude a sostener lo que he creído toda mi vida, ante la avalancha de datos que he ido encontrando. Estos datos han ido resquebrajando mi fe. La poca fe que siempre tuve. El tono de voz de Antonio pareció cargar con un dolor de siglos hasta entonces inconsciente.

-Es extraño escucharte hablar de tu fe. Es un tema que siempre evades. Leonor se volteó para mirarlo y con delicadeza le tomó el rostro y lo atrajo hacia si hasta quedar las miradas fundidas en un puente de luz.

-Me hice sacerdote por que fue el papel que me asignó la familia, recapacitó Antonio pensando en voz alta. Nunca tuve el valor de rebelarme contra este destino hasta que San Alejo y tu amor me pusieron en conflicto insoluble con esta Madre Iglesia, que sólo sabe someter sus hijos al yugo de la ignorancia y el oscurantismo. Antonio se hablaba más a si mismo que a Leonor. Un llanto de luto por el tiempo perdido le invadió. Leonor lo abrazo y le dejó derramar las lágrimas sanadoras, que ya comenzaban a limpiar un alma con siglos de aventura y desventura acumulados en su esencia.

El vehículo entro rápidamente por la Carretera Jaffa, la cual cruza la ciudad paralela al monte donde radica la Gran Mezquita. Cuando el autobús entró a los terrenos del *King David Hotel*, Leonor no podía creer la suntuosidad de aquel edificio. Jamás pensó que hubiese un lugar de tal lujo en el mundo. En realidad le pareció un castillo de reyes de un país de fantasía. El salón de la recepción daba la impresión de ser todo de azul.

EI techo parecía estar como a diez metros del suelo, con las columnas azules adornadas por círculos morados. El piso de mármol estaba cubierto por alfombras de área que delimitaban salitas sin paredes, donde los huéspedes se sentaban a charlar o a leer el periódico.

-¿Por qué un hotel así? dijo. ¿Qué piensas sacar de venir a un lugar así? ¿Cómo se te ocurre gastar todo este dinero? Leonor sintió que una pequeña ira se iba convirtiendo en desilusión o algo parecido.

-Leonor, por favor. Nos merecemos lo mejor, ¿no crees? Antonio buscaba alguna excusa para aplacar lo que sabía que este hotel le había causado a Leonor. Pensaba que la conocía, pero no. Ella tenía mucho más profundidad de la que él le acreditaba. Pensó por momentos que había sido un arrogante tantas veces en su vida. Se quedó en el seminario, no por fe, no por vocación, sino por orgullo. Se quedó porque había una promesa de grandeza, prestigio y poder dentro de la Iglesia. Este hotel que había elegido, lo hizo con sus resabios delirantes de una grandeza que no tenía. Y sintió vergüenza. Ya Leonor conocía mucho más a Antonio. Ya pudo saber con sólo mirarlo que él sintió vergüenza. Mucho después comprendería que este tipo de privilegio debía ser para todos.

-Ya hablaremos de esto más tarde, cuando hayamos pensado y recapacitado sobre nuestras dudas, dijo Leonor. Quizá ahora puedas realizar tu búsqueda desde tu alma.

Luego de registrarse, siguieron al botones hasta la habitación en el cuarto piso. Una habitación estándar ideal para una pareja. Cuando entraron a la habitación, lo de estándar pareció una burla. Una habitación tan grande como la casa parroquial en San Alejo. Una cama de tres plazas con colchas de satín dominaba toda la estancia. Un closet que tomaba toda una pared, con sus puertas de espejo. Televisor de pantalla ancha sobre un pequeño mueble, todo impecable para los que disfrutan de la extrema ostentación. Antonio miró la habitación, miró a Leonor, ella le devolvió la mirada y soltaron un dueto de carcajadas que asustó al botones quien tomó la propina que se le ofrecía, y salió casi corriendo.

La claridad del día se fue disolviendo en la noche de miles de estrellas y luces que entraban por el ventanal. Sentados en una mesita mirando hacia las murallas de Jerusalén, libando un chianti que les trajeron, y hablaron de sus sueños, de su amor, de su recién comenzada feliz aventura. Hablaron de su dolor y de la culpa que siente el humano cuando es incapaz de cambiar los eventos. Se perdonaron mutuamente y a sí mismos. Lloraron y rieron, se abrazaron y se acariciaron, y reconocieron la profundidad de su amor, basada en el respeto, la admiración, la dedicación del uno por el otro. Allí, esa noche, redescubrieron la humanidad que les fue robada en su niñez. La inocencia de entonces se unió a la sabiduría de ahora. Una puerta se abría hacia el futuro. Risas y besos, abrazos y caricias precedieron el deseo de unirse en el éxtasis de su intimidad. Abajo en la terraza del hotel un grupo de bossa interpretaba *Eu sei que vou te amar*. El perdón de los agravios, reales e imaginarios, fue llegando en cada beso, en cada caricia, en cada jadeo de un coito dulce donde el amor se iba derramando.

La mañana los despertó con la luminosidad del domo de la mezquita repartiendo su luz reflejada por toda la habitación. Salieron temprano en la mañana a visitar la eterna Jerusalén. Iban con sus cámaras de video y de retratos, libretas para apuntar todo y un millar de preguntas. La división étnica de la ciudad, a pesar de haber leído sobre el asunto, les pareció absurda. El odio entre monoteístas era tan patente en esta ciudad. Adoradores de un mismo Dios deseaban y buscaban la eliminación del otro. Todos clamaban por la paz, el amor, la armonía, y todos odiaban. Al menos les pareció eso. Que todos odiaban. Sabía que no todos los creyentes denigraban su humanidad de ese modo, pero el que ocurriera tanto odio, tanta maldad, tanto egoísmo, le parecía barbárico, medieval. Antonio pensó que los dogmas de su iglesia promovían este oscurantismo de igual forma que los judíos y los musulmanes. Y ni se diga de los protestantes con su bibliolatría. Hombres rígidos en creencias de tribus nómadas, que no se les ocurría pensar que el mundo va cambiando, y que es necesario revisar lo que los antiguos creían; ponerlo a tono con nuestra realidad. Llegaron a la antigua Jerusalén cegados por el continuo reflejo del sol en el domo de la Mezquita creando un marco luminoso que señalaba el lugar donde Mahoma subió al cielo. En ese lugar estuvo una vez el antiguo templo de Herodes el Grande. La ciudad antigua estaba rodeada de un crecimiento desorganizado y bullicioso. Ahí estaba Jerusalén. Su Jerusalén, pensó Antonio, y se asombró de pensar esto. Caminaron por las callejuelas cubiertas de la vieja ciudad. Admiraron las puertas y murallas, los bazares, la frutería, los restaurantes escondidos en zaguanes que guardaban manjares exquisitos. Las cámaras los delataban como turistas y en el mejor de los casos los trataban con indiferencia. Entraron a la ciudad por la puerta de Damasco y Antonio supo que Saulo de Tarso había cruzado esta puerta hacia dos mil años. Y sintió una gran familiaridad al cruzarla. Como si supiera a donde se dirigía, miraba en todas direcciones y le pedía a Leonor que lo siguiera. Con

Leonor siguiéndole de cerca, fue caminando por tortuosas callejuelas, virando aquí, derecho allá, sin preguntar, como en un trance, repitiendo constantemente es por aquí, si es por aquí que se encuentra lo que vine a ver. Así llegaron hasta el Muro de los Lamentos, antigua muralla del complejo del Templo, Antonio parecía conocer cada palmo del área. Siguió hasta donde sabía que habían estado las escalinatas que daban al patio de los gentiles.

-En este lugar cruzaba el puente de Herodes, había otras dos entradas al patio de los gentiles, dijo en voz baja pero sin dirigirse a Leonor que le seguía. Cuando llegó a la plataforma que rodea la mezquita en su mente veía otro cuadro. Aquí era. Allá estaba el Templo con sus puertas. La puerta de Nicanor, el patio de las mujeres, todo en su mente como si ya hubiera vivido en esta parte del mundo. Iba nombrando los lugares y las estructuras que sólo él veía. Leonor lo seguía anonadada. Parecía un loco agitado persiguiendo una quimera. Y es que en realidad, solo él podía ver, entrar, inmiscuirse en un espacio-tiempo tan remoto. Buscaba desesperado las huellas de sangre de Jesús. La Vía Dolorosa le pareció un fraude. Supo al caminarla que Jesús no había arrastrado una cruz por aquí. Sabía tantas cosas del lugar.

Leonor le pidió ir al hotel, que estaba cansada. Caminaron de vuelta al hotel y Antonio le dijo que quería regresar a la ciudad. Se despidieron con un beso y Antonio caminó hacia el área conocida como la Ciudad de David. Allí se topó con un sonriente Miguel. Una sensación de vértigo casi le hace caer. Recordaba cosas que sabía era imposible recordar. Miguel se le acercó, le tomó de la mano y pasaron la puerta de una casa. Al pasar la puerta, Antonio notó con cierto horror que vestía túnica, manto y sandalias. También llevaba una mochila. Miguel le seguía llevando de la mano. Se dio cuenta que el panorama había cambiado. Era la misma ciudad, pero no era igual. Miguel lo llevó hasta el Fortín Antonia, el cual reconoció por sus escaleras, puertas fortificadas y legionarios apostados en las esquinas. Caminaron por una rampa que quedaba en el lado oeste del Templo. Sabía que era el Templo. Sabía que había caminado por estos lugares. Era como un sueño, pero tan real. Miguel le seguía llevando. Pasaron bajo el arco del Puente de Herodes. A su izquierda vio dos puertas que daban al sótano del Templo. ¿Cómo podía saber esto? Llegaron a unas escalinatas que recordaba bien. Subieron hasta la entrada del patio de los gentiles. La gente que caminaba vestían túnicas y mantos y algunos lucían barbas. Había otros que llevaban turbantes, otros, pelo corto y barba rasurada. Si no fuera imposible, hubiera jurado que estaba en el Templo hace dos mil años. Estaba en el Templo. Imaginaba el Templo. Nunca se había sentido tan confundido. Caminaron hasta la Puerta de Nicanor y entraron al patio de las mujeres. Allí pudo ver la puerta de Salomón y entraron al patio de los hombres. La escalinata que daba al altar de los sacrificios estaba cerrada. Tornó su vista hacia la esquina noroeste del patio y vio lo que esperaba encontrar, la puerta del saloncito donde Gamaliel daba sus lecciones. Entraron al salón y adentro encontraron a Gamaliel, Yeshua y Saulo.

-¿Nos ven ellos? preguntó Antonio susurrando hacia el oído de Miguel, como si no supiese que con sólo pensar ya el ángel sabía de su pregunta.

-Si quisieras visitar este tiempo en su totalidad, podrías, dijo Miguel. Está en tu memoria de siglos.

-¿Y cómo hago eso? Las preguntas se le agolpaban justo tras los dientes. Temía más las respuestas que no saberlas.

- Lo podrás hacer cuando puedas aceptar la realidad que te abruma.

La realidad que me abruma, pensó. Son tantas las cosas que me abruman. Miraba aquellos seres sentados en el saloncito y sentía que los conocía bien, que incluso podría reconocer hasta sus voces. ¿Hasta dónde lo estaba llevando esta búsqueda? Lo fantástico se iba mezclando con lo real hasta el punto de no reconocer una cosa de la otra. Pensó que estaba perdiendo la mente. Pensó que hacía mucho tiempo que estaba perdiendo la mente. La meta de su vida antes de San Alejo era ser sacerdote. Se había dejado llevar por esta alucinación que se llamaba a sí misma Miguel. Violó los cánones del celibato. Amaba una mujer a la cual llamaba su mujer. Se había apartado del camino que se había trazado y eso lo había llevado a la locura. Miguel le sonrió y le dijo que pronto podría entender la verdad. Antonio sintió que iba perdiendo el sentido y que todo le iba dando vueltas. No sintió su caída en el suelo. Volvió en si en la silla de un restaurante donde algunas personas le daban agua y le echaban aire. Alguien dijo hay que llevarlo al hospital, pero Antonio se puso de pie y les dijo que se encontraba bien, que quizá el calor, las emociones. . . dio las gracias y caminó hasta el hotel.

16

Tardó varios días en poder sentarse a escribir la respuesta a la carta de Judas. No podía denunciarle a Judas que Yeshua era su enemigo. Pensó que Yeshua ni se acordaría de él, metido como estaba en presentar su nueva concepción de Dios. Este enemigo de la Tora con quien había compartido tantos años, y que había mantenido en secreto para su esclavo, ahora quedaba expuesto en toda su maldad. Y con Judas allí sirviendo de espía, ignorante de su papel. Sabía que Yeshua se incriminaría de alguna forma con su herejía. Se vengaría del hombre que lo humilló, que le hizo perder ante todos su dignidad y que le había forzado a mostrase violento e incapaz de controlarse. Judas inocentemente le daría toda la información que necesitaba. Con sus conexiones en la corte Romana, movería las piezas necesarias para acabar con aquel hombre a quien tanto odiaba, a quien tanto deseaba tener cerca, quien tanto le confundía, quien le sacaba lo peor de su persona.

Lo más infame de los mensajes demoniacos de Yeshua era que parecían tan razonables, que los podía decir con tanta dulzura, que usaba palabras que podían herirte tan profundo. Aquel hombre, enemigo de la tradición judaica, lleno de mitos del oriente, era capaz de inculcar en otros unas ideas tan bizarras que no parecía posible que fueran aceptadas por hombres de fe. Y Gamaliel, quien no hizo nada en esos años por detenerlo, por sacarlo de una vez del templo y dilapidarlo como se merecía, en muchas ocasiones parecía concordar con Yeshua. Y siempre, siempre le negaba la razón a él, Saulo el fiel, el devoto, el fariseo de alma y vida. Pero ahora se presentaba la ocasión de tomar venganza en nombre de Yahvé, Con mucho cuidado escribió la carta a Judas.

Mi siempre amado Judas,

Me regocijo en contestar tu carta y de saber que has encontrado una fuente de luz para tu vida, al igual que mis amados Alieb y Jinera, que por tantos años me sirvieron con desprendimiento, al igual que lo hacías tú, mi preferido, mi paz y mi dolor de ausencia. Me ha sido muy interesante ese hombre que has conocido y espero en alguna ocasión visitar Jerusalén y conocerlo en persona. Por ahora tendré el consuelo que mi Dios me brinda de tenerte a ti para que me relates todos los preceptos y andanzas de ese maestro que tanto les ha impactado. Escribe cuantas veces sea necesario y cuéntame todo lo que hace este profeta, todo lo que dice, sus allegados. Quiero que el día en que llegue allá lo reconozca de sólo mirarlo, ya que tú me lo habrás dado a conocer. No le hables nunca de mí pues no quisiera empañar todo su mensaje con los dolores de este hombre solitario que tarda tanto en encontrarse. Cuando los visite, tendré la oportunidad de conocerle y hablarle de mi sufrimiento.

Me despido con mucho dolor de no poderte ver y con mucha alegría de saber de ti. Mantengamos en secreto estas cartas hasta que pueda ir a verlos.

Con todo mi amor,
Saulo.

Judas leyó la carta derramando lágrimas de tristeza y de alegría por el que fuera más que su amo y amante, el único amigo que tuvo hasta ahora. Yeshua parecía haberle tomado cariño y ya lo incluía entre los allegados, los que cenaban con él, los que llamaba hermanos. La próxima carta que le envió a Saulo no se hizo esperar pues narró el viaje que hicieron hasta Galilea. Allá habrían de pasar tres años. Desde allá, Judas le dejaría saber a Saulo todo lo que Yeshua compartió con aquella gente tan sometida a los terratenientes, dejando la energía de su vida en el enriquecimiento de los que ya lo tenían todo. De seguro no dejaría ni un solo detalle de su experiencia con Yeshua fuera de las cartas a Saulo. Y sabía que Saulo y Yeshua serían grandes amigos, siendo ambos hombres tan especiales. Se quedó pensativo largo rato y recordó su intimidad con Saulo. No había vuelto a tener una relación con ningún otro, ni la había deseado. Tampoco sentía deseo por mujer alguna. Es como si luego de Saulo nada más existiera en su vida erótica. Toda su energía estaba dedicada ahora a entender este nuevo mensaje de humanidad que Yeshua iba sembrando entre la gente.

Mi amado Saulo,

Ayer llegamos al pueblo de Capernaún a orillas del Mar de Galilea. Es un típico poblado de pescadores, según nos dijo Yeshua. Algunas callejuelas de arena con casas pintadas de cal. Las casas están arregladas alrededor de un patio donde grupos de familias comparten el fruto de la pesca. Alii reparan sus redes, y por frágiles escalerillas suben el pescado recién limpiado a secarse al sol. Los niños desde muy pequeños van aprendiendo las tareas del pescador. Yeshua nos explicó que este estilo de vida comunal era muy importante para el Reino del Hombre. A preguntas nuestras nos explicó que el hombre en pequeñas comunidades, compartiendo su trabajo y quedando fuera del sistema monetario del Imperio, no tendría que compartir ganancia alguna con los déspotas de la metrópoli. Organizar comunidades de esta forma las haría independientes y haría que todos los recursos se quedaran íntegros para el uso de los comunes. Para el tiempo que los romanos se dieran cuenta de que sus preciados impuestos no les llegaban, el sistema estaría implantado en toda la nación hebrea y entonces no tendrían razón para continuar colonizando nuestra gente. Gracias a todas las instrucciones que me diste he pasado por judío y nadie ha cuestionado mi origen. Me invente una familia de Iscaria y ya me llaman el Iscariote.

Al segundo día de llegar a Capernaún fuimos a la playa donde los pescadores preparaban sus barcas. Estas barcas eran rusticas, hechas de desechos de otras barcas y que flotaban más por milagro que por su construcción. Este mar se extiende amplio hasta la orilla opuesta. El verdor que le rodea, los montes cubiertos de viñedos y árboles frutales, la agradable temperatura del lugar, hacen de esto un paraíso. Si no fuera por la pobreza que embarga estas personas, podrían ser las más felices del mundo. Caminamos largo rato por la arena. Yeshua preguntaba entre la gente acerca de los pescadores más influyentes de Capernaún. Nos señalaron dos hermanos, Shimón Cefas y Andrés. Son muy respetados aquí. Yeshua se reunió con ellos en la casa de Shimón que compartía el patio central con otras seis familias. Algo extraordinario debió ocurrir en la reunión, pues los pescadores salieron decididos a unirse a Yeshua para implantar comunidades económicamente independientes por toda Galilea y luego por todo el país. Los pescadores serían fáciles de organizar ya que su estilo de vida cuadraba perfectamente con el plan. Luego organizarían los trabajadores de los viñedos. Estos son los peores tratados en la región. Si alguno posee algún pedazo de tierra, los poderosos los van forzando a través de la usura a ir cediendo esos terrenos y hacerse cada día más pobres.

Mi Saulo, me causa mucha ira, ver como tanta gente vive en la opulencia desangrando infelices, privándolos de lo poco que tienen. Sé que como eres tan justo, como nos demostraste con tu generosidad, entenderás fácilmente el trabajo que Yeshua nos ha traído a hacer. Este concepto del Reino del Hombre aquí y ahora, y el lograrlo sin las guerras y destrucciones del pasado, serán para este suelo y su gente la más grande bendición. Una noche mientras hablábamos en el patio central, Yeshua dijo unas palabras que aún resuenan en mi mente. "En realidad el Reino está en tu interior, está contigo. Solo tienes que conocerte, si no te conoces vivirás en la pobreza y serás la pobreza. Recordé que hablabas de buscarte. Es claro que estás buscando el Reino, como los que estamos acá. ¡Qué diera yo para que te nos unieras! Tienes tanto para aportar con todo lo que sabes no sólo de Dios, sino del mundo.

Te echo mucho de menos y tengo muchos deseos de volverte a ver.

Te amo, Judas.

Saulo sintió sus dientes crujir de ira mientras leía. Ya Judas se había perdido irremediablemente en el mundo del idealismo de Yeshua. Una conspiración para atacar al Imperio, eso era lo que hacían allá. Era necesario de alguna forma comenzar una estrategia para eliminar estos facinerosos que pretendían desestabilizar la Pax Romana, que tantas vidas y batallas había costado. Los judíos podían seguir siendo judíos dentro del Imperio, y algunos como él podían disfrutar de los beneficios de la ciudadanía romana. Lo que Roma no toleraba eran las conspiraciones. Pensó que tenía que acumular suficiente evidencia para convencer las autoridades romanas de la peligrosidad de lo que Yeshua estaba haciendo. Si se lograba montar con éxito un sistema de economía paralelo al monetario, Roma se vería en problemas. Otros pueblos imitarían lo que pasara en Israel. Y los romanos de seguro destruirían Israel. Destruir a Yeshua y sus allegados, era la forma de salvar a la nación y a los judíos.

Mi amado Saulo,

Anoche fuimos caminando hasta una aldea de braceros de los viñedos. Caminamos cerca de dos horas, cargados de peces para aquellas familias que según nos habían dicho, pasaban hambre. Desde que comenzamos la implantación del plan en Capernaún, nos sobra suficiente alimento para compartir con los que no tienen. Ya agricultores de aldeas cercanas canjean con nosotros sus productos, de manera tal que la dieta de Capernaún y la de ellos comienza a ser muy variada y rica. Los niños dan el ejemplo de la alegría comunal que se iba desarrollando y que estamos viviendo. Pues supimos de esta aldea algo retirada y formamos una expedición para llegar allá. Pasamos la noche con ellos y Yeshua se reunió en una casa que servía de sinagoga y presentó lo que estábamos haciendo en Capernaún y sus alrededores.

Nos recibieron aquellas pobres gentes con el mayor agradecimiento que he sentido. En la mañana mientras comíamos pan, peces y algo de vino, todos sentados en el suelo, comenzamos el conversatorio. Le llovían las preguntas a Yeshua, y en ocasiones nos dirigía la mirada para que pudiésemos ser nosotros, sus seguidores, quienes contestáramos. La base de todo es el amor a los demás. Y eso, amado Saulo, me lo enseñaste tú. Tú, que siendo un hombre de un corazón tan puro y generoso, me has dado una vida que jamás imagine vivir. Con lo que me has enseñado me ha sido fácil adaptarme a este modo de vida, en el cual vivo a diario nuestro amor de forma vicaria. Si pudieras venir algún día, tienes tanto que darnos y enseñarnos. Y tienes algunas cosas que aprender en cuanto a la tolerancia hacia los demás. Perdona mi atrevimiento al escribir esto, pero mi amor por ti me ha dado el permiso para ser franco y honesto contigo.

Mientras hablábamos, entro un hombre joven, de unos 25 años. Llegó llorando y maldiciendo. Era conocido de todos y le fueron a encontrar en la puerta y lo llevaron hasta Cerca de Yeshua y lo sentaron. Yeshua preguntó por los motivos de la pesadumbre del hombre y él contó de que un acreedor le había abofeteado caminando por la calle. Ese hombre te robó tu dignidad, le dijo Yeshua. Y tú se lo permitiste. El joven miró asombrado a Yeshua, como sin entender. Luego le dijo que los pobres no tenían recurso alguno contra estos abusadores. Yeshua le dijo, ofrece la otra mejilla. Todos gritaron casi al unísono. No entendían eso de dejarse pegar otra vez. El mensaje está claro, amigos. Ni una, ni mil bofetadas pueden quitarle la dignidad a quien tiene posesión de ella. Si no puede quitarte la dignidad, sus bofetadas no tienen efecto alguno en ti, sólo en él mismo. Por largo rato hablaron de la dignidad del hombre y el respeto y amor por sí mismo. Nos dijo también que el amor y el respeto por uno mismo, es requisito para tener amor por los demás. Más tarde hablamos del plan de cooperación y la abundancia que se crea entre los que no tienen, al no permitir que los terratenientes y el Imperio se lo arrebaten. Se dio el ejemplo de los pescadores de Capernaún y como se iba regando esa forma de vivir comunal entre la gente de la región. Yeshua se ofreció para venir cuando fuera necesario para, junto a sus compañeros, orientarlos en el proceso de formar comunas.

Se despidieron de nosotros con mucha alegría, como me despido de ti ahora con alegría en mi corazón.

Te amo siempre, Judas

Otra vez Saulo recibió la carta con gran ira y consternación. Sintió el relato de la bofetada como si estuviera dirigido a él. Cuando agredió a Yeshua, quien único sufrió fue él mismo, se denigró, se desmoralizó y perdió para siempre la oportunidad de volver a tener tipo alguno de relación con él. ¿Y para que quería relación alguna con el arrogante éste de Yeshua? Le odiaba. Le odiaba tanto que le dolía no poder ser su amigo, quizá su amante, y tenerlo tan cerca como había tenido a Judas. Se sentía dividido hondamente por este conflicto de odiar a una persona que tanto en realidad significaba para él. Y la única salida seguía siendo la violencia. Si Yeshua no existe, el conflicto no existe. No se le ocurrió que la muerte de Yeshua y la de Judas le dejarían un vació tan grande que sólo repartiendo muerte como animal sediento de sangre le producirían el alivio del que piensa tener la razón.

Amado Saulo,

Luego de tres años de trabajo con los p;pobres de Galilea, Yeshua dejó encargados a tres allegados para continuar el trabajo y en grupo salimos hacia Jerusalén. Allá la tarea sería distinta, pues los pobres vivían en otras condiciones y muchas veces vivían de limosnas o de lo que sobraba en las opíparas mesas de la Alta Jerusalén. Entiende que el trabajo con los marginados de una ciudad como Jerusalén, es muy difícil, pero serviría de modelo y ejemplo a seguir. Preguntamos por qué razón no hizo el trabajo en Tiberia, pero nos indicó que la prostitución, el contrabando y otros males sociales habían tomado esa ciudad y la moral de su gente. Pensaba que en Jerusalén, que no estaba así de corrompida, se podía hacer el trabajo. Jamás me imaginé que lo que habíamos hecho en Capernaún llegara hasta Jerusalén, pero nos recibieron con vítores y alabanzas. Yeshua dejó que le llevaran en un asno hasta el Templo. Llegamos hasta mi casa en el norte de la ciudad y allí, en el piso, como pudimos, nos acomodamos. Alieb y Jinera que ya conocían al maestro, se sintieron muy contentos de verlo y de volver a verme a mí, luego de tres años de ausencia y con escasas noticias.

Nos pasó algo a nuestra llegada. Yeshua tuvo una disputa con los sacerdotes del Templo. Salió un hombre de nombre Gamaliel, que intervino en la batalla verbal, pero los ánimos de aquellos sacerdotes no quedaron muy calmados. Decían ellos que las aportaciones de todos, ricos y pobres sostenían el funcionamiento del Templo y que la experiencia de Galilea, destruiría a Jerusalén. Yeshua les dijo que si se dedicaban a vivir con más humildad y en casas menos suntuosas, no necesitarían adueñarse de lo que a algunos apenas les daba para comer. Se formaron dos bandos, los ricos, con actitud casi violenta contra Yeshua, y los desposeídos, que parecían dispuestos a defender su nuevo paladín.

Más tarde en mi casa, cuestionamos la forma tan visible de entrar a Jerusalén. Yeshua nos dijo que la división que se produciría le daría espacio para trabajar con las comunidades. Tan pronto ocurran otros eventos, te seguiré informando. Me despido con el amor de siempre.

Tuyo, Judas.

Saulo vio de momento la oportunidad de inmiscuir a los romanos en el conflicto. Sin más envió un mensajero a Cesárea donde gobernaba un tal Pilatos, amigo del emperador. Envió credenciales y su carta alarmaba al prefecto de lo que estaba ocurriendo en Jerusalén y de lo que ya había ocurrido en Galilea. Sabía que cualquier amenaza de disturbio sería rápidamente atendida por el prefecto. Ya su espía le contaría del destino de Yeshua. Debió sentir alegría sobre lo que hacía, pero el pesar en su corazón se lo oprimió con fuerza de muerte.

17

El Pastor Elmo Ronald De Jesús, miró su escasa feligresía antes de predicar ese domingo. Le molestaba en extremo que contrario a otros pueblos donde amigos reverendos se habían ubicado, San Alejo se mostrara renuente a aceptar al Señor y dejar la vida de pecado que vivía. En este pueblo el Demonio tenía unos grandes y fuertes aliados. El diabólico Dr. Finkelstein con su razón y lógica desafiando la pureza de la fe. El maestro que se empeñaba en enseñarles a los niños el valor de cuestionar, de preguntar y de pedir evidencia. El alcalde, pendiente sólo de su carrera ascendente y dándole dinero a los católicos para sus hazañas. El cura ese que se ha ido, pero que dejó su maldad, su lujuria, sus malos ejemplos en el pueblo. Y la gente venía cada vez menos a su iglesia. Algunos venían solo una vez y luego sucumbían a las tentaciones del Enemigo que se pavoneaba por cada esquina de este pueblo de mala muerte. Maldecía a veces su misión de venir a presentar al Cristo a este pueblo tan de Satanás, y luego casi con el mismo aliento agradecer a Dios que le diera la más difícil de las misiones. Pensaba que sólo a una persona con su inquebrantable fe, Dios le confiaría una misión tan delicada. Esa mañana predicó sobre la importancia de la fe y de cómo la fe no cuestiona. Preparó su sermón para leerlo, y lo practicó varias veces la noche anterior, tratando de minimizar su acento anglo, del cual se mofaban tanto en el pueblo. Con voz calculadamente pausada comenzó:

"Amados hermanos, esta mañana estamos mirando el principio del fin, según Daniel lo había previsto. Este pueblo es el ejemplo de la iniquidad, del pecado, de la idolatría que ofenden a Jehová, nuestro Dios. Me ha extrañado grandemente que siguiendo el ejemplo de Sodoma y Gomorra, ¡Aleluya! no haya bajado desde el cielo el fuego purificador para exterminar esta partida de mujeres livianas, hombres borrachos y aborrecibles homosexuales. Toda manifestación de todos los pecados imaginables se presenta en esta ciudad con nombre de santo católico. Especialmente ese pecado, el de la idolatría. ¡Aleluya! Con ese antro de perdición que ellos tiene la osadía de llamar iglesia."

Con un leve aumento en el tono de voz prosiguió. "Se olvidan estas personas que sólo la fe ¡Aleluya! ha de salvarlos. A Jehová no le agrada que se le cuestionen sus propósitos, que sólo ÉI conoce y es deber del hombre obedecer. No tenemos los humanos el derecho a cuestionar a Dios." Elevando la voz a casi un grito continuó. "En cuestiones de fe no hay democracia, hay sólo teocracia ¡Aleluya! y el que se atreva a levantar la vista para retar cualquier mandamiento o doctrina del Señor será condenado por el peor de los pecados, el de la soberbia de creerse más que Dios. Para esos, Dios les tiene preparado el peor de los juicios cuando el Hijo del Hombre nos llegue en una nube, con sus ojos de fuego y esa lengua en forma de espada cercenando cabezas a diestra y siniestra. Sufrirán el lago de azufre que les quemará la piel por toda la eternidad. Todo el que no aproveche ahora la oportunidad que la gran misericordia de Jehová le ofrece de salvarse, quedará condenado a sufrir la ira del creador. ¡Aleluya!"

Bajó la voz para sonar comedido. "Tiene que entender el pecador de este pueblo y del mundo, que el infinito amor de Dios es tan grande como su ira. Quien se gane la salvación, morará con el Señor en el Paraíso y gozará de la dicha de tenerlo para siempre a su lado. Y entonces gritando les dijo ¡Aleluya! ¡Señor! ¡Mi Jehová! Los que se pierdan, sufrirán por su orgullo y soberbia, por su iniquidad y concupiscencia, el infierno que con mucho cuidado Dios les tiene preparado. Cuando estén en el lago de fuego sintiendo como se achicharra su piel querrán desaparecer, ¡Oh, mi Jehová! pensarán con alivio que una vez se consuman en el fuego ya no sufrirán más, pero Dios en su sabiduría hará que le salga de nuevo la piel, para volver a ser quemada, una y otra vez, repitiendo el ciclo para siempre. Nada se le escapa a Dios. Tiene todo previsto."

"Quiero hablarles también de los demonios que acechan a cada uno de nosotros los que vivimos en este mundo, pero en especial, los que hemos escogido este pueblo como nuestra morada terrenal. Ya he visto rondando por el pueblo seres poseídos por el mismo Diablo. Alguna forma hay que buscar para sacar este engendro del mal, del cuerpo y la mente de los caídos. Nuestra oración, nuestra fe combatirá al Enemigo, que habita en estos llamados intelectuales, y no dejaremos que el Diablo siga ganando almas. Me he comprometido con Jehová en perseguir al Demonio donde quiera que se esconda y sacarlo a la luz, fustigarlo y obligarlo a renunciar a su reinado sobre esta pobre gente que cede a su tentación. Quiero que oremos con mucha fuerza, hermanos, que gritemos ¡Hosanna! ¡Aleluya! Mientras vamos ganando terreno en el campo de batalla contra el mal."

Terminó su sermón casi ronco de gritar su rectitud a los escasos fieles que tenía en su Iglesia. Sintió que la inspiración divina le había dictado este mensaje y supo que de alguna manera debía echar del cuerpo del judío a Satanás, que se había adueñado de él. Cuando la rectitud de Jehová está con uno, pensaba, no hay nada que la fe no pueda lograr. Se impuso la misión de batallar al mismo Lucifer, sabiendo que contaba con legiones de ángeles de su lado, y que tenía su fe inquebrantable. Satanás y sus legiones de demonios habrían de ceder, y la batalla sería aquí mismo, en San Alejo. Dios le había dado la misión más difícil, pero la que más triunfo le traería para gloria del Señor.

Pilatos recibió la extraña carta que mencionaba sin ambages nombres importantes allá en Roma. El remitente se identificaba como Pablo, ciudadano romano de la Ciudad de Tarso. En los años que llevaba rigiendo este primitivo país tan lejos de la civilización, no había tenido grandes problemas de insurrección, pero sabía que históricamente estos judíos se habían rebelado y al menos en dos ocasiones echado fuera de su territorio fuerzas imperiales de la antigüedad. Si lo que decía la carta era cierto, no tenía mucho tiempo para hacer averiguaciones. Preparó un contingente de legionarios y partió para Jerusalén a mirar con sus propios ojos lo que allí estaba sucediendo. Por la fecha de la carta y su proveniencia, sabía que si estaban ocurriendo los eventos que allí narraba, al menos esta rebelión gestada llevaba un mes en proceso. Llegó a Jerusalén de noche y sigilosamente se instaló en el Fortín Antonia. Desplegó por toda la ciudad sus soldados y esperó la mañana. Cualquier intentona de sedición sería fácilmente controlada por sus muy capaces legionarios, adiestrados para mantener la paz, la ley y el orden en el Imperio. Le repugnaban las crucifixiones, pero sabía que también a los comunes, y usaría ese método de escarmiento cuanto fuera necesario.

En la mañana mandó buscar a Ananías, el sumo sacerdote, para cuestionarle lo que estaba ocurriendo. Se reunió también con el capitán del Antonia, quien tenía a cargo administrar la ciudad. El Capitán le contó de un predicador de Galilea que había llegado entre vítores a la ciudad. Preguntó si llegó con gente armada, si tenía un ejército numeroso, si se notaba peligroso. El capitán le dijo que parecía un campesino, que sus seguidores no traían armas, y que los pobres lo recibieron cantando y llenos de alegría. En momento alguno parecía aquel hombre mostrar peligrosidad. Luego de la exaltación de su llegada, se limitaba a ir a diferentes casas en La Baja Jerusalén. Sus espías le habían dicho que hablaban de luchar contra la pobreza, pero nunca se habló de revolución.

Pilatos se sintió decepcionado con el informe de su capitán y pensó en la falsa alarma que se le había dado, y en lo inútil de su viaje a esta ciudad de salvajes que todavía ofrecían sacrificios de animales a sus dioses. Se reunió con el sumo sacerdote para el almuerzo y allí la información fue muy distinta. Ananías le contó que el recién llegado no era un agitador común. Era un organizador de comunidades que lograba que la gente se organizara en comunas que no usaban dinero para ninguna de sus transacciones. Sólo podían pagar sus impuestos con productos que no tenían valor acumulativo. En Galilea habían causado estragos en la economía de la región ya que los ingresos de Herodes habían bajado en más de un décimo. Lo que este supuesto campesino estaba logrando era diseminar una plaga de disensión que minaba las bases mismas del poderío del Imperio. Si lo que este paladín pretendía, lo lograba, el Imperio se vería en serios aprietos. Los diezmos que regularmente llegaban desde Galilea para mantener el Templo, también se habían reducido. Ambos estuvieron de acuerdo que el galileo era en verdad peligroso y que presentaba una forma novel y muy dañina para el Imperio y la Pax Romana. No había tiempo de avisar a Roma, Se debía actuar rápidamente para eliminar, claro de forma legal, a este faccioso que, con sus métodos infecciosos acabaría por debilitar al imperio más grande y poderoso que la humanidad había conocido.

Echar un demonio de un ser humano era un trabajo delicado. Los curas tenían la historia de espectáculos a su favor, pero era muy sabido que el mismo Demonio les proveía esa propaganda, porque así se adueñaba de almas ingenuas que se olvidan de Dios y adoran imágenes de yeso que les perdían para siempre. Satanás era muy astuto y ahora era dueño y señor de todo San Alejo. Tenía que preparar un plan para encontrarse frente a frente con el poseso, sin que pudieran acudir en su ayuda las legiones de demonios que plagaban el pueblo. Decidió estudiar los movimientos del médico, día a día, y así buscar el momento propicio para acorralar a Satanás y enviarlo derechito al infierno de donde provenía. Apuntó muy bien los momentos de soledad de Finkelstein. Aquellas caminatas que tomaba el hombre por el camino del monasterio. Las visitas con su negra al Brasil. En fin toda la rutina del galeno, clínicas, lecturas, paseos, ratos de reposo en la plaza, la vida completa, hasta los hábitos de dormir. Notó los puntos vulnerables. Rescató de un cajón un viejo Smith &Wesson de seis tiros y lo cargó. Tras varios meses de planes, tomo la decisión. Sabía que Finkelstein se resistiría al exorcismo, así que tendría que llevarlo a la fuerza hasta el lugar del rito. Estaba listo para destruir el cuerpo que llevaba al Enemigo, si fuera preciso. Lo que fuera, con tal de descabezar el movimiento que el Diablo había comenzado en San Alejo.

Pilatos buscó personas de la ciudad, ocultos fieles del Imperio, de esos que los gobernantes siempre mantienen en secreto para hacerles el trabajo sucio de espiar en los sospechosos. Ordenó recopilar toda información sobre el rebelde y sus seguidores. Ordenó que se le informara cual era la rutina del hombre para saber cuándo apresarlo sin causar un revuelo. Quería tenerlo dentro del Antonia, pero con suficiente evidencia para que el juicio cumpliera las normas legales de Roma. Ya sabía que el juicio sería rápido y la sentencia se ejecutaría aún más rápidamente para evitar un levantamiento. Una operación de inteligencia militar eficiente. El Imperio estaba en juego. El Imperio sabía cómo defenderse de sus enemigos. Los jueves en las noches, luego de cenar en la casa de algún seguidor, Yeshua se iba con sus secuaces hasta las afueras de la ciudad, a Getsemaní , donde pasaba al menos dos horas sentado solo sobre una roca, en estado como de trance, sin hablar y sin moverse. Generalmente sus acompañantes dormían. El lugar de reunión en el monte era siempre distinto, y un allegado de nombre Judas, ponía los jueves, una nota en la puerta de su casa, indicando cual sería el punto de reunión para la cena. De esa forma se le facilitaba a Pilatos, conocer al mirar los que asistían a la cena, con qué número de rebeldes contaba y cuanta contingencia necesitaría para aplacarla.

Las noches en que se reunían en casa del comerciante Yosef de Arimatea, los allegados eran pocos, unos diez o doce. Así que sólo tenían que saber cuándo la cena era con el comerciante y de allí esperar que los allegados durmieran y que el rebelde estuviera solo. Limpiamente paralizarían cualquier intento de los acompañantes y apresarían al que había revolucionado a Galilea. Un plan limpio que de un golpe acabaría con la sedición en el país de estos judíos difíciles. Cuando hiciera el informe a Roma, recibiría los honores correspondientes a su hazaña, que en este caso era hasta más meritoria que las que ocurren en batalla. Pasaría a la historia como el que salvó al Imperio de una enfermedad contagiosa y letal.

18

Llegaron a Sevilla a eso de las tres con un calor andaluz que mantenía en la sombra hasta a los gitanos. Julio en Sevilla, con esa humedad aplastante que aflojaba un poco en la noche y las tascas llenas de parejas, tertulianos y transeúntes. Por algún lado una guitarra desangraba sus notas y un cante por peteneras marcado por palmas y llorando una pena antigua penetraba los oídos del alma. Un tempranillo daba paso a otro y una botella se secaba en una mesa y se pedía otra. Antonio y Leonor cruzaron el puente que daba a Triana. Llegaron a una tasca más tranquila, si es que se puede llamar tranquila una tasca de Sevilla en una noche de verano. Unos calamares a la romana dejaban sentir su aroma por sobre el olor a tabaco impregnado en la ropa de algunos clientes. El tinto se iba cubriendo de pulpo, chorizos, tortilla y cuanto pequeño manjar Leonor pedía. Rieron, se miraron, Leonor soñaba con el futuro. Antonio reñía con el pasado. Pero ambos disfrutaban el amor del hoy. Comían y bebían sin excesos, pero sin limitaciones. Ya la culpa que Antonio podía sentir, estaba, como ídolo de pies de barro, lista para el golpe final. Leonor sabía que al quedar libre de sus supersticiones, Antonio iba a necesitar de todo su amor para mantenerse firme.

Cuando ya la noche se iba haciendo madrugada, entraron dos hombres regordetes que llamaron la atención de Antonio quien al verlos claramente, intuyó que eran curas. Le comentó a Leonor su percepción y ella calló para observarlos. Los dos hombres fueron a sentarse en la mesa detrás de Antonio quien los podía escuchar claramente, Leonor los podía ver y escuchar. Enfocaron su atención en la conversación de los envinados parroquianos. Sus caras rojas indicaban que la ebriedad no les era ajena. Hablaron sobre las nuevas pautas del Vaticano y sobre la presión que debía ejercerse para mantener mujeres fuera del sacerdocio y maricones fuera de la iglesia. La vergüenza que los curas demasiado amantes de impúberes le había causado a la iglesia había sido demasiado. Hablaron de los comunistas hijeputas y de lo importante que era la monarquía para mantener los nobles en su sitial y al populacho en su sitio. Era necesario detener esta plebeyización de la sociedad española que venía deteriorándose desde que el Generalísimo se nos fue. Antonio sintió ira. Leonor le apretó la mano suavemente y al mirarse, Antonio comprendió que no debía reaccionar. Le parecía escuchar Opus Dei en cada frase. Vio su iglesia retratada en aquella conversación que se extendía y se extendía alabando las necedades descabelladas del fundamentalismo católico. Le pareció que eran tan estúpidas como las del Reverendo De Jesús, allá en San Alejo. Y de golpe le llegó la pregunta.

-¿Qué carajo hago yo metido en esta organización tan retrograda? le dijo a Leonor con voz entrecortada. Ella lo miró con aquella mirada dulce, la misma del primer día, la misma que le saludó en la puerta de la sacristía. La mirada de paz y la sonrisa de la felicidad que ella sabía darle cuando la desazón inundaba su alma. Respiró profundo y se miró muy hondo. Se conoció ser humano en ese momento. Le llegó como un torrente lo que en realidad era el amor humano. Supo claramente lo que debía hacer.

-Quiero que nos casemos, dijo mirándola en los ojos.

Ella lo miró sin asombro. Y con una sonrisa apacible asintió. Esa noche decidió Antonio que su felicidad era importante y la iglesia a la mierda.

La noche pasó con pocas caricias y mucho silencio. Pasó la noche dando vueltas en la cama a despertares intermitentes que alargaban la noche en furtivas miradas al reloj, con sueños y pesadillas sobre el tiempo perdido y el tiempo por ganar, del encuentro consigo mismo, renaciendo dentro de sí. Así Antonio llegó a la mañana. Leonor le acompañó en silencio toda esa noche. En esa noche de luto por lo pasado, de ansiedad por lo venidero, revisó cada rostro que acusadoramente lo tildaba de traidor. Traidor a Cristo. Traidor a la Iglesia. Traidor a su madre. Traidor a su clase social. Traidor al sueño de los demás depositado en sus espaldas. Tomaría algún tiempo para poder hablarle a Leonor de esos sentimientos casi letales para su espíritu. Sintió su alma sobrecogida por el conflicto entre saber y querer, en un lado, y el temer y evadir en el otro.

Bajaron al salón comedor y desayunaron. Antonio evitaba la mirada de Leonor. ¿Cómo admitir que sentía que había fallado? ¿Cómo admitir que sentía alegría por haber fallado? ¿Cómo admitir sin culpa que había ganado su libertad? ¿Cómo admitir que el entusiasmo que lo embargaba lo hacía feliz? ¿Cómo poder ser valiente sintiendo tanto miedo? ¿Y cómo siendo cobarde se iba sintiendo héroe? Comía con las narices casi metidas en el plato. Leonor se puso de pie, dio la vuelta a la mesa y se colocó detrás de él. Se inclinó hasta que su mejilla tocó la de él y muy quedo le dijo:

-Recuerda que me dijiste que la clave era el amor. Lo abrazó y Antonio sintió un remanso de alivio inundando su ser. Claro, lo dijo Miguel. Lo dijo Finkelstein. Aprender a amar es quizá la tarea más importante del humano. Aprender a trascender odios, guerras, mitos, supersticiones, quimeras sin sentido, tomarse a la única realidad inmediata. Sólo el amor. . . Tomaron un taxi hasta la estación del AVE para tomarlo hasta Barajas. En tres horas llegarían a Madrid. Tres horas para mirar España desde la velocidad del tren. Tres horas para meditar el paso que iban a dar. Tres horas que pasaron lentas mientras Antonio iba encontrando su vocación. Vocación. ¡Qué palabra aquella que le eludió por tanto tiempo! La vocación para amar de verdad a Leonor y a sus semejantes. Amarlos desde su fondo y no por mandatos. Como si se pudiera amar por mandato.

-Hoy voy a decirte, por primera vez que he descubierto que te amo, dijo en voz muy baja. Leonor lo escucho sonriendo para sí. Tenía lo que anhelaba. El verdadero amor de Antonio.

-Me haces muy feliz por tantas cosas, dijo Leonor. Feliz porque me amas y feliz porque te vas encontrando. Te he amado desde que te vi la primera vez en San Alejo.

-¿Cómo quieres preparar la boda?

-¿Quieres una celebración grande con invitados? Leonor se quedó un poco asombrada con el desvió de la conversación.

-Bueno, una mujer quiere una boda por todo lo alto, dijo Antonio también asombrado por la pregunta de Leonor. Pensaba que toda mujer quería una boda, que vinieran los amigos, los familiares.

-¿Una boda por todo lo alto en San Alejo? dijo Leonor sin ocultar el sarcasmo.

-No vendría mucha gente, ¿verdad? Pensó en alta voz.

-Una cosa es que todos comenten que estamos juntos y otra es ser invitado a la boda del cura. San Alejo tiene sus escrúpulos. Soltó una risita cuando dijo esto.

-Pienso que en Puerto Rico, con toda mi familia, sería el escándalo del siglo, dijo Antonio ya riéndose.

-Sólo nos tenemos el uno al otro, Antonio. En los dos únicos lugares donde nos podríamos casar con tanta ostentación, quienes nos conocen no están listos. Esto ha de ser sólo entre tú y yo. Leonor lo miró fijamente y espero que Antonio la besara.

Perdido en sus pensamientos, Antonio trató de buscar dónde podrían casarse tener una ceremonia y no escandalizar cierta gente.

-¡Nevada!, gritó.

-¿Qué es eso de Nevada?

-Es un lugar en los Estados Unidos que celebran bodas al instante. Se encargan de todo. Que irónico, yo que siempre hablé mal de los que se casaban en Nevada, y acabo casándome allí.

-Pues allí ha de ser, dijo Leonor.

Según fue perdiendo velocidad el tren y entro ya por el paisaje urbano, los amantes se besaron recordando ambos el soto en San Alejo, donde los visito Eros por primera vez. Ya no volverían a hacerse el amor como amantes. En poco tiempo serían marido y mujer. Tomaron el avión en T4 hacia Ámsterdam donde cambiarían a la nave que los llevaría a Nueva York. Las horas de vuelo les permitirían la intimidad de sus almas. Esa intimidad nueva, recién estrenada de los que, en el profundizar mutuo, llegaban a conocerse sin misterios, en la desnudez del ser. El cansancio los obligo a dormir en el vuelo trasatlántico. Y fue un sueño sin sueños. Y fue un sueño sanador. Y fue el sueño de los sueños que los amantes míticos usaban para viajar al país de la maravilla. En JFK salieron del avión riendo. Un vuelo más y llegarían a Reno para casarse con la facilidad y velocidad que lo hacen allí. En otras cuatro horas de vuelo, la ansiedad fue subiendo. Ya faltaba poco para sellar sus vidas en una y en mucho más que dos.

Una vez en Reno tomaron un taxi que los llevó hasta uno de los pequeños centros de casamiento, donde les preparaban todo, desde la licencia matrimonial, hasta la ceremonia y el certificado. *All in one.* Era un negocio atendido por un notario y su esposa. Primero los llevaron a una pequeña joyería donde Leonor caprichosamente pidió su diamante y escogió un aro austero para Antonio. Luego fueron al edificio principal. Al entrar les pareció que entraban a un almacén de disfraces. Había de cuanto vestuario histórico y moderno se pueda pensar. Vestuarios a lo Elvis Presley, otros como de presidente americano. Disfraces de indios, de vaqueros, de peregrinos, hasta de payaso, por no dejar de faltar nada. Luego quedaba una capilla para la ceremonia, donde esperaban un hombre y una mujer para servir de testigos pagados. Y más allá el estudio fotográfico. Antonio y Leonor se vistieron con ropa de la época victoriana. Antonio incluyó hasta un monóculo en su ajuar. Leonor se puso un traje de corpiño ceñido y falda muy ancha. Lucía igual que su bisabuela cuando se casó. Se rieron al casarse y más se rieron al ver las fotos con tinte antiguo que los presentaba como pareja de antaño.

Se casaron sin darle cuentas a nadie. Antonio se estrenó su aro y dejó de ser cura sin que la Santa Madre Iglesia Católica Apostólica y Romana se enterara o diera dispensa alguna. Sintió su alma libre y llegó a pensar en Dios. Supo que Dios y Yahvé no eran la misma cosa. Supo que Dios era un sentimiento compartido por la creación y que no era una persona. Supo que debía hablar con Miguel, ya que su vida necesitaba un nuevo propósito. Supo que San Alejo le había cambiado hasta la última fibra de su alma, pero jamás soñó que el verdadero cambió estaba aún por ocurrir. Su misión postergada hacia siglos apenas comenzaba. En su próximo encuentro con Miguel, haría las preguntas más precisas que ahora se agolpaban en su mente. Dios y su significado, el hombre y su propósito. También supo que Miguel le indicaría que esa era precisamente su misión, encontrar las respuestas por él mismo.

Luego de la boda, se fueron al hotel que habían reservado y se fueron casi corriendo a la habitación para hacerse el amor entre risas y besos. Amor de esposos. Amor de siempre y para siempre. Amor por los siglos de los siglos.

19

El Reverendo De Jesús, como le gustaba que lo llamaran, preparó una agenda. Pero no era agenda propia, sino del Dr. Finkelstein. Sabía dónde iba a estar en cada momento y cuando iba a estar solo. Solo como lo quería. Satanás solo, sin que lo puedan ayudar sus legiones de demonios. Solo para ser exorcizado del cuerpo del infeliz doctor. Era la única forma de salvar su alma. Un miércoles. Los miércoles el médico no trabajaba en las tardes y se iba a caminar. Casi siempre tomaba el camino que llegaba hasta el monasterio. Al llegar hasta la cima tomaba alguna de las veredas que bajaban hasta el valle de los viñedos, que los monjes cultivaban y luego convertían en un ignominioso tinto. A veces se acercaba a los racimos preñados para la vendimia. La soledad que precedía el bullicio de recoger la fruta y llevarla a los lagares, parecía ser de la predilección del galeno. ¡Qué bueno que fuera así! En esa soledad, cerca de Jehová, podría mandar a Belcebú a su infierno de origen. El día del exorcismo sacó su camioneta muy temprano en la mañana. Puso los maderos, sogas y clavos que necesitaba y metió el revolver en la guantera. Bordeó la plaza, pasó frente a la iglesia de San Alejo y volteó por el camino hacia el monasterio. Llegó hasta los bosques que separaban el camino del riachuelo y allí se desvió hacia donde podía esconder la camioneta entre árboles y arbustos. Tenía varias horas para preparar todo antes de que Finkelstein llegara. Cuando la negra lo viniera a echar de menos, ya el hombre estaría libre de Satanás.

Martinha vio que ya el sol se iba poniendo y su *malandrinho* no llegaba. A veces se encontraba con conocidos en el camino, pero no llegaba muy tarde para la cena que ella, como sólo ella sabía cocinar, le preparaba. *Feijoada*, uno de las exquisiteces preferidas de Finkelstein, sería el plato de esta noche. Él lo sabía y por eso ya debía estar aquí.

No sabía qué hacer. Llamar a la policía, a los amigos, al alcalde. La incipiente oscuridad le fue llenando de una desesperación mezclada con presentimiento. Sus orixas le estaban indicando que algo andaba mal. Que a su hombre le había pasado algo. Cuando el sol dio sus últimos destellos y se apagó detrás de los montes, Martinha no pudo más y se tiró a la calle, corriendo como loca y llamando a gritos a su Josinho, como solía llamarlo. Se le acercaron vecinos, trataron de calmarla y llegó la policía.

El cuerpo de policía de San Alejo había crecido igual que el pueblo y ahora tenía seis miembros que patrullaban siempre el centro del pueblo. Tomaron los datos, dieron las excusas de rigor. Sólo se habrá perdido en la oscuridad, estas tierras no son peligrosas, Finkelstein conoce bien estos lares. Otra cosa lo pudo haber entretenido. Uno de los guardias le hizo un guiño al otro como insinuando que el doctor estaba echando alguna cana al aire. Martinha notó el gesto y furiosa le brincó encima al degenerado, gritando, ¡*meu Josinho não e asim*! Algo malo le ha pasado, hay que buscarlo. Le explicaron que lo buscarían en la mañana si no había llegado para entonces. Sin saber que más hacer, fue corriendo hasta la casa de Aurora. Ella, que los conocía muy bien, sabría que decirle. Llegó a la casa y golpeó la puerta con gran angustia. Meu Josinho se fue, repetía y repetía llorando. Aurora le abrió la puerta y le dijo que entrara. La matrona no solía dejarse llevar por emociones y menos por exabruptos como los de Martinha. Le dijo con severidad que se sentara y le explicara. Escuchó que Finkelstein no había llegado como era su costumbre. Aurora, presintió que algo estaba ocurriendo. Llegar tarde no era algo que cuadraba con el carácter del doctor. Llamó a Giovanni Alberti, al abogado, a Don Doroteo, el alcalde y a varios conocidos y les dijo que era preciso salir a buscar al hombre que no había regresado a casa luego de su caminata de los miércoles,

Se fueron reuniendo todos en la plaza y formaron un grupo con antorchas y linternas. Los dos policías que hacía unos minutos no ofrecieron solución, ahora bajo las órdenes del alcalde lideraban el grupo de rescatadores. Caminaron subiendo la cuesta hacia el monasterio. Al llegar tocaron a la puerta y preguntaron al monje que los atendió si había visto al doctor. Tras la negativa caminaron por los viñedos. Nada, ni rastro. Luego de tres horas de búsqueda bajaron desanimados por la cuesta. Cuando pasaban frente a los bosques, Aurora dio una alarma y señaló al suelo. Adentrándose en la arboleda se podían ver las huellas de neumáticos claramente marcadas en la hierba. Siguieron las huellas. Tras varios minutos, uno de los guardias vino corriendo y les dijo a las mujeres que debían irse. A sus preguntas les dijeron que no debían ver lo que allí estaba. Martinha corrió hacia donde estaba el otro guardia y cuando miró, dio un grito desgarrador y se desmayó.

Ya las moscas estaban lamiendo la sangre y sembrando sus larvas en el cuerpo sin vida. Amarrado en la cruz, con dos cuencas donde antes estaban los ojos que le habían arrancado. Lo que le quedaba de lengua saliendo por un lado de la mueca que formaba la boca. Le faltaban los dientes. Las orejas tampoco estaban. Su cuerpo desnudo mostraba marcas de látigo por todos lados. Sus manos y pies estaban traspasados por grandes clavos. Su abdomen había sido cortado y abierto en dos como tapas de libro y mostraba los intestinos colgando hasta el suelo. El cuerpo masacrado del médico causó nauseas en muchos de los presentes. Aurora se persignó y comenzó una oración para la salvación de las almas. El cuerpo masacrado de Finkelstein tuvo que pasar la noche en la cruz hasta que llegara el médico forense de la capital a levantar el cadáver. Con el forense llegó la prensa y un equipo de investigadores. Una ambulancia se llevó el cadáver hasta la morgue central para la autopsia de rigor, una autopsia que casi se había hecho en vida.

Allá en una suite de Reno, Antonio se despertó sobresaltado por el teléfono. Ya Leonor lo había contestado y la cara que puso, le indicó a Antonio que algo grave estaba pasando. Son casi las cinco, dijo, ¿quién llama a esta hora? Dijo la pregunta sabiendo que las únicas llamadas que podrían esperar eran de San Alejo, puesto que Aurora era la única que sabía de su paradero en todo momento. Leonor comenzó a sollozar muy quedamente y le entrego el auricular a su marido. Las palabras no parecían llegar a romper el umbral del entendimiento. No quería oír lo que estaba oyendo. No quería creer lo que escuchaba. La lógica se desmoronaba ante su negación. Su amigo no podía estar muerto. Nadie podía odiarlo tanto como para asesinarlo. Excepto Elmo Ronald De Jesús, el varón de Dios. Sin que mediara razonamiento alguno, juzgo y condeno al ignorante pastor pentecostal. Lo que no sabía era que el hombre ni era tan ignorante, ni era para nada bruto.

Empacaron a toda prisa y salieron corriendo hasta el aeropuerto y tomaron vuelo a Nueva York, luego a Panamá y luego a la capital para entonces alquilar un coche para llegar a San Alejo. Antonio lloró varias veces durante el largo camino. Leonor ni siquiera podía llorar. Los retratos del forense. Los partes de prensa. Todos narrando el horrendo crimen que hizo a San Alejo mucho más conocido que cuando el sistema de servicios. Antonio no podía aceptar que en aquel ataúd sellado estaba su amigo. La tierra se tragó el sarcófago de ébano y el cementerio tuvo una tumba más. Ya en casa de Leonor el dolor del luto comenzó a tiznar a manotazos el corazón de Antonio. Pasó varios días apagado, sin llorar, apenas hablando. Caminó muchas veces el camino del monasterio y casi sintió el drama que su amigo pasó.

Lo visualizó caminando feliz cuesta arriba, lleno de la felicidad completa que da el saber que su propósito en la vida se iba cumpliendo. Lo sintió lleno de amor por el prójimo, lleno de amor por la negra Martinha. Su amigo, el médico, su maestro, subiendo la cuesta feliz, sin sospechar que el verdadero demonio lo esperaba tras un árbol. Sintió los mismos escalofríos de su amigo cuando le pusieron el frío cañón del revólver en la espalda. Las palabras imaginadas del Reverendo retumbaban en su cabeza. ¡Quieto! O le vuelo la cabeza. Camine hacia donde le diga, que hoy ajustaré cuentas con el Satanás que lleva dentro. Sintió la certeza de la muerte inminente invadiendo a Finkelstein. Cada latigazo le quemó la espalda. El dolor de cada oreja cercenada, de cada ojo arrancado de cuajo, de la lengua siendo cortada, de los genitales siendo arrancados. Un sentimiento extraño le fue subiendo por la garganta. Y se cuajó en una frase. ¡Pobre Reverendo! El dolor de su amigo le había enseñado a perdonar. Lo acababa de descubrir.

Martinha juró que mataría al que le quitó a Josinho, pero lo que juró en su dolor no tuvo que perpetrarlo. Los investigadores seguían pistas. El asesino dejó demasiadas huellas. Estaban seguros que lo atraparían. Tomaría tiempo, pero lo atraparían.

Pilatos fue ordenando sus datos en una agenda que le señalaba todos los movimientos de Yeshua. Era cuestión de esperar la cena en casa del Arimateo y de allí seguirlos hasta Getsemaní y ver en qué punto quedaban los allegados y entonces el batallón les caería encima y atraparían al conspirador. Pilatos estuvo claro en sus órdenes. Paralicen los seguidores, a Yeshua lo arrestan y lo traen al fuerte Antonia. Tiene que ser limpia y rápidamente, Cuando se vinieran a dar cuenta, ya el rebelde habría pagado su crimen.

El espía que leía las notas en la puerta de Judas, avisó de inmediato a su contacto en el fuerte que esa noche era noche de cena en la casa de Yosef de Arimatea. Esa noche se reunieron doce allegados de Yeshua a cenar. Era la noche esperada. Apostaron otro espía en la puerta del este y éste siguió de lejos a los que se iban a reunir en el Monte. Yeshua les habló a los que iban con él y luego se fue a meditar en un paraje más solitario. El espía corrió y alertó la tropa que ya estaba lista, y partieron hasta el lugar indicado. Cuando llegaron ya Yeshua estaba reunido con sus seguidores y Judas le estaba besando en la mejilla diciéndole lo mucho que había aprendido de él. Se abalanzaron los soldados sobre el grupo e inmediatamente inutilizaron a los seguidores y apresaron a Yeshua. Siguiendo órdenes, luego de llevarse a Yeshua dejaron libres a los seguidores.

Mi querido Saulo.

Es muy triste el motivo de esta carta. Lo que ha ocurrido ha opacado toda la alegría de los últimos años. Te he estado contando todo lo que hemos trabajado con los pobres de esta ciudad y cuán fructífero ha sido. Jamás pensé que fueran a hacerle daño a Yeshua y menos de este modo. Anoche cuando estábamos en Getsemaní, luego de su tiempo de meditación, llegaron los soldados y nos rodearon mientras apresaban a Yeshua y se lo llevaron. No supimos de él hasta la tarde del viernes.

Los rumores corrían. La gente murmuraba que Yeshua sería Crucificado en el Gólgota. El juicio fue a puertas cerradas. Nos apostamos llenos de miedo a la salida de la puerta de Damasco, por donde por obligación tenían que pasar para llevar a Yeshua hasta el Monte de las Calaveras. Vimos que llegaban en tropel, soldados y algunos citadinos de la Alta Jerusalén. Yeshua traía su túnica hecha hilachas y teñida en tanta sangre que el brillo de esta aún refulgía con el sol. Por entre los rasgones de la túnica se podía ver la piel deshecha por los azotes. Una corona construida de zarzas espinosas le rodeaba la circunferencia de la cabeza desde la frente hasta la nuca y le causaba perforaciones por toda la piel que tocaba. Iba cargando un pesado madero cruzado sobre sus hombros. Caía, se levantaba y dejaba en cada tropiezo piel de las rodillas. Lloré, te juro que lloré al ver al maestro en esas condiciones. Viéndolo casi arrastrarse hacia su muerte me causó tanto dolor como cuando partiste. Llegaron al Calvario y Yeshua cayó sobre su pecho y dejó de respirar. Lo patearon para que se moviera, pero no hubo respuesta. Lo voltearon, lo sacudieron sin que respondiera. Uno de los centuriones le puso la mano en el pecho y alertó que había muerto. Ordenó que lo amarraran así del madero y lo subieran al poste. Lo dejaron colgado de la cruz para que se lo comieran las aves de carroña. Luego que los soldados se fueron y quedó sólo un centurión, llegó el Arimateo y le entregó un pergamino al guardia. El guardia lo leyó y se echó a un lado mientras los esclavos de Yosef bajaban a Yeshua de la cruz. Nos hizo una seña para encontrarnos en su casa. Supongo que allá planificaremos el funeral. Me he quedado un poco atrás para escribir esta carta y enviarla desde la Puerta de Damasco.

Con todo mi amor y anegado de tristeza,

Judas

Saulo leyó la carta con incredulidad. Tan fácil, tan limpio y ya Yeshua no existe. Quiso saborear su venganza consumada, pero sólo vertió lágrimas de un dolor incomprensible. La culpa antigua le fue llegando a la conciencia filtrándose entre las excusas y los odios y las razones. Yeshua estaba muerto. Las primeras manchas de sangre en su alma. Su alma de violencia que había escalado hasta el umbral del asesinato. Su injerencia le quitó la vida a Yeshua. Era el asesino de Yeshua y debía sentirse feliz, contento. Pero se sentía más denigrado, se sentía más deshumanizado, se sentía más lejos de la divinidad que siempre había defendido. ¿Cómo se enfrentaría a su creador allá en el juicio? Pero esta no sería su última víctima. La historia lo llevaría a causar más muertes. La historia lo llevaría a prometer una salvación a base de esta muerte. La maquinaria del destino se había puesto en camino. Ya Saulo el asesino se había adueñado de él. Y ya vendrían otros epítetos para adornar su nombre. Y ya vendrían otras cobardías para empañar los restos de su dignidad. El vino que tomó esa noche le ofuscó la conciencia, pero no pudo apagar el fuego de su corazón.

20

No había muchos automóviles en San Alejo, así que iba a ser fácil investigar los pocos que había y ver si las huellas cotejaban con los neumáticos de algún auto. Sólo una persona en el pueblo había tenido altercado con Finkelstein, pero los policías pensaron que un hombre de Dios, aunque fuera de esa secta rara que los americanos trataban de introducir, no iba a ser un asesino. Luego de cotejar la veintena de vehículos en San Alejo, no quedó otro remedio que visitar la iglesia del pastor pues sabían que tenía una camioneta. Encontraron la iglesia cerrada y ni un alma por los alrededores de la iglesia. Preguntaron por el reverendo y dos fieles que andaban cerca, como a dos cuadras, les dijeron que desde el día anterior no veían al hombre. Los policías pidieron una orden a un juez de la capital para allanar la propiedad y encontraron en el garaje, que quedaba atrás, las marcas con fango seco de la camioneta. Eran las mismas huellas del vehículo que estuvo allá en el monte durante el asesinato. Pensaron que quizá alguna persona había cometido el asesinato y se había robado la camioneta o quizá había secuestrado al ministro. Pero la investigación sobre la vida del Reverendo De Jesús arrojo un panorama muy oscuro.

La madre del varón de Dios era anglosajona y su padre puertorriqueño. Nació en la ciudad de Nueva York y se crió en uno de los barrios más violentos y miserables de la ciudad. Sus amigos fueron los mozalbetes de diferentes razas marginadas que iban y venían de las diferentes cárceles para menores de edad del estado. Tuvo problemas con la ley desde antes de ser adolescente. Fue desertor escolar y llegó a cumplir cárcel tanto en instituciones para menores como en cárceles de adultos. Su padre murió asesinado por asuntos de contrabando de drogas, aún siendo Elmo un niño. La madre le puso al niño los nombres de Elmo

Ronald, Elmo por un personaje infantil y Ronald por un presidente de los Estados Unidos. Para diversión de todos los hispanohablantes, le decían Elmo Ron. La pobre madre nunca supo el daño que sufriría su hijo por las burlas de sus compañeros. Pero el odio que fue acumulando el muchacho en sus años de formación, fue saliendo en forma de problemas en la escuela, en peleas en las calles, en un primer arresto a los ocho años de edad. Cuando la madre vio cuan mal iba su hijo, haciendo miles sacrificios, la buena mujer lo envió a una escuela de religión bautista de la ciudad. Le dieron una beca por su estatus de minoría étnica. Pero los genes fueron más fuertes que los buenos deseos y Elmo Ron terminó siendo expulsado de la escuela y acabó yendo a una escuela pública del sector de Harlem. Allí buscó los suyos, *spics*, como le decían los anglos y los negros. Sin saber mucho español recibió un mote reservado para los que no hablaban inglés. De la escuela pasó a una institución carcelaria para jóvenes, consecuencia de su envolvimiento en un escalamiento. Cuando la madre vio que no podía controlar al muchacho, lo envió a vivir con unos familiares del padre en Puerto Rico. Allí también cometió actos fuera de ley y pagó en instituciones su delincuencia. Aprendió español a duras penas y no fue hasta que cumplía una condena por robo, que conoció al Señor. Al menos así contaba Elmo su conversión al cristianismo fundamentalista. El predicador que lo rescató se dio cuenta de la inteligencia y fogosidad de Elmo y decidió prepararlo para que predicara la Palabra. Elmo completó estudios universitarios en la cárcel y se hizo ministro pentecostal. Toda su ira, todo su odio, se vieron volcados en su implacable fe. Se aferró a su fe con la misma pasión con la que antes se aferró a las drogas. Habló de Jesús con el mismo entusiasmo con el que antes asesinó en las calles.

Una vez conocieron la historia del reverendo, no les cupo duda que habían dejado escapar al asesino. Se alertó la policía de todo el país y su foto apareció en los tablones de cuanta comandancia de frontera había. Cuando al fin lo apresaron un año más tarde, supieron que sus consectarios lo habían protegido en diferentes partes y fue cruzando la frontera hacia el Perú donde lo reconocieron. Elmo Ronald De Jesús McFearsen. Presunto asesino de Finkelstein y presunto asesino que dejó su vida de drogas y delitos para dedicarse a la amorosa tarea de llevar la Palabra de Dios a los más desesperados, de la manera que fuese. Para él no había límites. Parece que su demonio interior jamás quiso dejarlo.

El juicio fue corto y lo ahorcaron sin mucho alboroto. Fue sólo la pobre víctima de una sociedad decadente. Fue convertido en horrendo criminal que nunca pudo ser salvado por Dios de su rencor hacia los hombres. Nunca pudo desprenderse de su instinto asesino. Elmo siguió los preceptos de crueldad del Libro Sagrado. Se extasiaba leyendo las crueldades del Dios de la Biblia. Disfrutó cada matanza, cada guerra, cada derramamiento de sangre de ese libro. Se identificó con ese Dios cruel, inhumano, vengativo, homicida, caprichoso y severo que los judíos adoran. Las órdenes para exterminar naciones, la degradación de la mujer, la violencia de sus personajes, las traiciones, el poco valor dado a la vida, le sirvieron de parapeto para esconder su verdadera naturaleza. Era un asesino tan brutal como ese Dios que forjó en su mente.

Aún siendo un santo varón del cristianismo, su expediente indicaba que se había lucrado timando a varias congregaciones en diferentes países. Venezuela, Colombia y Ecuador dieron sendos testimonios de lo que el reverendo se había llevado de las iglesias que en misión cristiana ayudó a fundar. Su historia fue una de un hombre sin escrúpulos, sin piedad por sus semejantes. Robarles el último centavo a una viuda y a su hijo le fue tan fácil como usar la mujer sexualmente y luego hacerla sentir culpable. Usó su inteligencia para aprovecharse de los demás y cuando fue retado por su némesis en San Alejo, su única opción fue asesinarlo mediante un exorcismo. Enfrentó la horca con la misma frialdad con la que destrozó el cuerpo del médico mientras le iba sacando a Lucifer.

Yosef de Arimatea con dos acompañantes acomodaron el cuerpo de Yeshua en una sábana de lienzo blanco que casi inmediatamente se fue manchando de sangre. Amarraron la sabana a un palo largo y cargaron con el cuerpo hacia la puerta de Damasco. Judas y otros seguidores caminaron detrás. En la puerta de Damasco Judas se quedó atrás. Luego de escribir la carta que le daba las malas nuevas a Saulo, se dirigió hasta la casa del Arimateo. Tocó a la puerta y le abrió la puerta uno de los esclavos, quien le indicó que entrara. Al pasar por el gran salón vio la sabana llena de sangre en el piso y el cadáver de Yeshua no estaba allí. Esto le extraño sobremanera. El esclavo le hizo una seña para que lo siguiera hasta uno de los cuartos. Allí estaba Yeshua recostado en un diván conversando con Yosef de Arimatea y con Cefas, Andrés y Tomás. Un médico estaba cubriendo las heridas con bálsamo y tiras de lienzo limpio. Judas tenía los ojos desorbitados sin entender lo que estaba ocurriendo. Yeshua estaba vivo, y tan sólo una hora atrás fue bajado de la cruz, muerto. Yeshua lo miró con aquella mirada de comprensión que le era tan familiar y le pidió que se acercara. Lo que Judas escucho le pareció aún más extraño que lo que estaba observando.

-Allá en la India, mientras mi padre trabajaba amueblando el palacio del rajá, fui a una escuela donde me enseñaron a controlar mi cuerpo, incluso a controlar mi respiración y los latidos del corazón. Allá en el Gólgota pude fingir mi muerte para que me trajeran acá. Ya lo teníamos planeado. Sabíamos que nos espiaban y que intentaban algo drástico. Los daños que le estábamos causando al Imperio eran serios.

Judas escuchaba negándose a dar crédito a lo que escuchaba. Su alegría y su asombro eran tal que sintió gran urgencia de notificar a Saulo. Se excusó y salió a la calle. Llegó hasta las escalinatas y allí se sentó a escribir una carta urgente a Saulo. No llegó a terminar el primer párrafo cuando sintió alguien detrás de él. Se volteó y se encontró con Cefas, Tomás y Andrés, quienes le arrebataron la carta.

Mi querido Saulo,

Esta noticia que debo darte es la más asombrosa que puedas imaginar. Yeshua está vivo. No murió como te conté antes. Está vivo. No sabe...

Le cuestionaron sobre la persona a quien la carta estaba dirigida y Judas les contó la historia de su esclavitud con el hombre que estudió La Ley hacía unos años y quien le había dado la libertad. Cefas sacó un *sicari* y puso el filo contra la espalda de Judas. Le ordenaron que se pusiera de pie y caminaron escalinatas abajo hasta llegar a la Baja Jerusalén. Cruzaron el canal y luego la ciudad de David. Salieron por la puerta oriental y llegaron hasta Getsemaní. Allí le quitaron la cuerda que amarraba la túnica a la cintura y haciendo un lazo, lo colgaron de un árbol. La vida se le fue escapando a Judas sin comprender la razón por la cual era ejecutado por estos hombres discípulos del amor. A la luz de la luna logró mirar sus rostros por última vez antes de perder el sentido y la vida. La coartada sería muy simple. Judas fue el traidor que vendió a Yeshua a los romanos. Lo señaló cuando le dio un beso en la mejilla al llegar los centuriones. Luego por arrepentimiento se suicidó. La historia oficial. La que sobreviviría milenios.

Se regresaron a la casa de Yosef y allí condujeron la continuación del plan. Tomaron una sábana limpia y un hombre joven, vestido de blanco se acostó en ella. Amarraron la sabana al palo y con Yosef de Arimatea al frente llevaron el cuerpo hasta una tumba que se hallaba cerca de la puerta del sur, propiedad del comerciante. Pusieron el cuerpo del joven sobre una gran piedra y corrieron la losa que cubría la entrada. Se marcharon y fueron donde Miriam, la esposa de Yeshua y le dijeron que al otro día podrían ir a embalsamar el cadáver.

La mañana siguiente Miriam la esposa y Miriam la madre, acompañadas por una prima de la madre de nombre Marta, fueron a embalsamar el cuerpo de Yeshua. Llevaban dos esclavos muy fuertes que le ayudaron a correr la piedra. Adentro sólo encontraron al joven vestido de blanco quien les dijo que el que buscaban no estaba allí. Salieron corriendo despavoridas y fueron a avisarle a los seguidores que un ángel les había dicho que Yeshua no estaba entre los muertos, que había resucitado. Cuando varias semanas más tarde muchos seguidores vieron y hablaron con Yeshua, todos supieron que éste tenía poderes divinos que lo libraron de la muerte. Tras varios días de reuniones los seguidores más cercanos comenzaron a organizar comunidades, pero esta vez con un mandato mágico de un resucitado. El éxito del plan estaba asegurado. Yeshua se fue a su paraíso en la India a compartir con los que le habían enseñado la filosofía del amor por los demás.

Oyó la noticia sin que le causara sorpresa. El pequeñín romano, el de las sandalias, el que lo sedujo, acababa de coronarse emperador. Una noticia que a los residentes del Imperio ni les iba ni les venía. Que estuviera en Roma quien estuviera, no cambiaba la vida en las regiones lejanas. Un emperador *malikao*. ¿Y a quién diablos le importaba? Sumido en su amargura, encerrado en su casa, sin asistir a la sinagoga que le esperaba como pretendiente a rabino, Saulo pasaba los días delirando su culpa y las noches rogando el perdón en forma de un poco de sueño. Enflaquecido, ya calvo y avejentado prematuramente, enfermo de la carne y del alma veía pasar la vida sin propósito. En un atajo a la muerte, el correr del tiempo lo llevaba. La vida no tenía sentido. Yeshua asesinado por su pecado, Judas muerto por su infamia. Lo que amaba se había ido, lo que odiaba se había ido. Su Yeshua murió con su cuerpo destrozado. Su Judas se ahorcó de dolor. ¿Qué le quedaba que pudiera ser afectado por la noticia del nuevo emperador? Nada. No le quedaba nada, al menos eso pensaba.

Una noche, de forma furtiva llegaron cuatro soldados dirigidos por un capitán que le entregaron una carta sellada proveniente del nuevo emperador. Era una petición casi orden, donde Calígula le pedía que viniera a Roma en secreto para una asignación de vital importancia para el Imperio. El viaje a Roma, en total secreto, acompañado de centuriones y en un trirreme veloz, partió luego que la carta de su amigo del pecado le mandara a buscar. ¿Qué podía un emperador querer de un simple mortal como él? No sería sodomía que por cierto no estaba para eso ya. Se preguntaba una y otra vez mientras los días corrían entre vela y desvelo de albas y de ocasos ¿Qué hago en este barco? ¿A qué voy a Roma?

Cuando llegaron al puerto el día iba cayendo, pero esperaron la oscuridad para desembarcar. La carretera a la ciudad era una maravilla de la ingeniería romana. Lajas muy lisas y muy juntas que se dejaban ver bajo el reflejo de la luna menguante. Las casuchas del populacho, las viviendas colectivas que hacían patente el hacinamiento enmarcaban la vía. Caminaron durante la noche y llegaron a la ciudad imperial donde la suntuosidad y el lujo marcaban un contraste con las casuchas de la vía. Llegaron al palacio poco antes de salir el sol. Los soldados habían tornado precauciones para que nadie supiera que Saulo estaba allí. ¡Cómo si alguien fuera a reconocerlo en Roma! Subieron las escaleras del palacio y fue conducido a un salón pequeño sin muchos lujos. Le pidieron que se sentara en una de las sillas y que esperara. Los guardianes se fueron y con muy poca espera entró el emperador con otra persona, que por las vestimentas que llevaba y su forma de moverse demostraba su estatus y poder. Calígula conservaba aún aquella mirada azul y el pelo marrón claro de cuando tenía diez años, Pero ahora presentaba su cuerpo atlético y con mucho más estatura que la de su acompañante y la de Saulo. Los recuerdos de Saulo fueron derecho al riachuelo, al niño seductor, al Saulo adolescente y cobarde que accedió (claro, sin muchas objeciones) a los pedidos del romanito.

-Saulo, mi querido amigo. Como ves ya la vida me puso en una posición muy ventajosa. Soy casi un Dios, dijo Calígula soltando una risotada que hizo estremecer a Saulo.

-Su alteza, contesto Saulo sin añadir otra palabra.

-Te habrás preguntado que me ha hecho llamar a un viejo amigo, continuó el emperador.

-Me da curiosidad, dijo Saulo, respirando rápida y llanamente.

-Pues bien. Preciso saber, siendo tú judío y romano, donde están tus lealtades. Calígula se puso de pie mientras hablaba y parecía pavonearse con ademanes afeminados alrededor de Saulo. Una meretriz no lo hubiera hecho mejor. Saulo sintió que el emperador hablaba en dos niveles, y uno de ellos parecía ser el forzarlo a tener sexo durante esta visita.

-Soy un leal ciudadano romano, dijo Saulo.

-Pues eso me es importante ya que el Imperio necesita de tus servicios. Por tu condición de judío ha de serte fácil introducirte entre tu gente y proveerle unos importantes servicios a las arcas de Roma.

-No tengo tanto poder, dijo Saulo.

-Unas comunidades sediciosas de tu gente han estado causándonos problemas, dijo Calígula. Se han multiplicado por todo el oriente unos grupos que viven en comunas y que no usan dinero para sus transacciones. Las comunas producen todo lo que necesitan y no pagan impuesto alguno. El Imperio sobrevive gracias a las generosas contribuciones de sus gobernados. Es necesario descabezar este movimiento. Lo que te pido es que busques alguna forma de acusar esta gente de violar sus leyes religiosas y así ver como la misma comunidad los va eliminando. Puedo usar mis legiones para destruirlos, pero eso sería contraproducente. Una, quedaría muy mal como emperador, y dos, eliminaría a los que me pueden pagar impuestos.

El recuerdo de Yeshua, Judas y las cartas que había recibido le llegaron en tropel. La mano siniestra de Yeshua se le pintó detrás de los grupos antiromanos. Ironía del destino que le legara a él la responsabilidad de atacar lo que el renegado había dejado. Luego de la muerte de Yeshua y el suicidio de Judas había perdido todo contacto con los seguidores del primero. Hundido como había estado en una melancolía siniestra que lo alejó del mundo, no pensó que los acontecimientos de Jerusalén hubiesen tenido repercusión alguna. Ahora el llamado de la vida le sonaba estridente en los oídos del alma. Su vida tenía de nuevo un propósito y otra vez tenía que ver con Yeshua, que ni muerto le dejaba en paz. Pero al llamado de guerra, para un guerrero, guerra es. Saulo se dispuso a enfrentar el reto que Calígula le exponía. Un súbito y extraño entusiasmo lo invadió y él aceptó contento la encomienda. Su segunda jornada como asesino estaba por comenzar.

Luego de la secretísima reunión, Saulo fue conducido por un esclavo hasta una suntuosa habitación que tenía además de un lecho, un reclinatorio y un baño burbujeante de agua templada. El esclavo baño a Saulo y le proporcionó una túnica blanca de bordados dorados. Luego llegó una comida de aves, huevos, vino y frutas. Comida de gentiles, impura e infernal. Con un hambre fiera y los manjares pecaminosos servidos frente a él, se percató de que su alma estaba ya tan corrompida que todo el castigo de Yahvé lo tenía de seguro en sus espaldas. Miró el lujoso lecho y supo que también pecaría con su cuerpo. ¿Qué se proponía Dios al exponerlo a estas severas tentaciones? No podía de forma alguna despreciar la hospitalidad del emperador. No podía de forma alguna aceptarla sin hundirse al fondo de la iniquidad ya con sus actos y con su cuerpo corrupto por comida malsana y sexo abominable. Hambre, culpa, anticipación sexual y culpa, asesinatos y más culpa. El que quiso ser hombre de Dios era un pobre impuro lleno de pecado, imperdonable hijo de Yahvé. Se consoló pensando que David fue peor y Dios lo perdonó.

En el trirreme de regreso a Tarso tuvo mucho tiempo para pensar y adaptarse a su situación, Pensó que Yahvé le estaba encomendando una misión, aunque de forma tan torcida que casi le era imposible reconocerla. Pero el resultado sería la eliminación de los sediciosos pacíficos de Yeshua. ¡Qué forma tan circunvoluta de Yahvé para lograr sus propósitos! Pensaba y buscaba redención de las formas más remotas. Su cuerpo envilecido de comida impura, de sexo execrable, de actos violentos. Y lo peor de todo es que lo disfrutaba. Disfrutaba lo que estaba haciendo, lo disfrutaba y lo aborrecía. Se hundía en su conflicto viendo las noches y los días pasar por sobre aquel ancho mar que marcaba el regreso a casa. ¿Por dónde empezaría la carnicería? En sus años de melancolía se había olvidado de que el mundo sigue su curso. Tenía ahora que averiguar todo lo que los seguidores de Yeshua habían hecho. Tenía que saber de qué forma violaban los cánones de La Ley para entonces echarles la ira de Dios encima. ¿Cómo hacía esta gente para evitar impuestos? Lo del dinero era fácil, pero ¿cómo evitaban que se llevaran su grano y su aceite? Tenía que llegar a una de estas comunidades y ver cómo era su forma de vida, ver qué cosas hacían cuando llegaban los colectores de impuestos. La nave paró en Kydonia para abastecimiento. Se fue a caminar y llegó a una sinagoga que ya conocía, donde fue a bañarse, limpiarse y comer puramente. Ibrahim, el rabino del lugar fue la fuente. Al interrogarlo, el rabino le dijo donde se encontraba una de esas comunidades en las afueras del puerto de Kommos. Ibrahim le habló con entusiasmo diciéndole que los romanos terminarían por hartarse de los judíos cuando estos ya no le proveyeran una ganancia y que entonces sería posible volver a la tierra de leche y miel. Saulo sintió otra vez sus lealtades en conflicto, la guerra entre Roma y los judíos escenificándose en su alma. Con esta visión de su vida comenzó su primer peregrinaje.

21

La mañana de un domingo se detuvo un lujoso automóvil al frente de la casa de Aurora. Negro, cristales ahumados, aros de lujo, del tipo que usan los dignatarios. Mucho dinero y poder detrás de un automóvil así. La cruz y el anillo del pasajero que se bajó del vehículo, su cofia roja y su sotana negra con capa roja le gritaban al mundo entero su status, su *ranking* en nuestra sociedad. Subió los cuatro escalones hasta la puerta de la casa y tocó con aire de autoridad como si le fuera siempre natural y no supiera hacerlo de otra forma. Aurora abrió la puerta y cuando vio al Monseñor, hizo una genuflexión y besó el anillo del cardenal. Lo invitó a entrar y en la sala le preguntó a que se debía el honor de tal visita. El cardenal preguntó por el padre Antonio Irizarry. Aurora bajó la cabeza sin contestar. ¿Qué le iba a decir a un príncipe de la iglesia? ¿Que tenía un yerno cura? ¿Que a su yerno le importaba un cuerno la iglesia y sus leyes?

-Aquí estoy, Monseñor, dijo la voz de Antonio desde el comedor. Si pasa le invitaremos a un delicioso almuerzo.

El cardenal pasó la puerta por donde salía la voz. Sentado a la mesa se encontraba un hombre de unos 35 años, vestido de Jeans, camisa a cuadros, pelo negrísimo y ya bastante largo, llegando casi a los hombros.

-Usted no parece un sacerdote, dijo el cardenal mientras se mantenía de pie ante la mesa.

-No lo soy, de hecho ya ni católico soy, y me pregunto si soy cristiano, dijo Antonio mirando fijamente al prelado.

-Usted es un sacerdote ordenado, dijo el cardenal en tono autoritario.

-Esa ordenación dejó de tener sentido para mí, continuó Antonio, sin dejar de sostenerle la mirada al cardenal, quien por un momento lució algo turbado, como si buscara en su repertorio una forma de reaccionar que no delatara su ira.

-Mira hijo, dijo el cardenal en tono condescendiente. Todos hemos pasado por crisis de fe, pero siempre volvemos al redil.

-¿Y quién le dijo a su señoría que yo soy una oveja más? Antonio se echó hacia el frente con su mirada llena de luz y brillo.

-La rebeldía, hijo, es un virtud y un defecto en un cristiano. El cardenal se acercó a la mesa.

-Siéntese a almorzar, Monseñor. Antonio se puso de pie e indicó una silla.

-Me sentaré, pero no almorzaré. Hace varios meses que tu licencia terminó y no te has reportado a tu parroquia, dijo el cardenal.

-Mi llamada licencia, señor cardenal, terminó hace mucho más que unos meses. Decidí entonces dejar todo lo que la iglesia implica, dijo Antonio.

-Conoces los procedimientos. Hay formas de pedir dispensas y se te ha podido dar el tiempo que fuera necesario para que te encuentres en el Cristo. El cardenal se sentó frente a Antonio.

-No me interesa para nada la iglesia que usted representa, Monseñor, dijo Antonio con voz firme.

-Eres un representante de esta iglesia, hijo, continuo con una voz almibarada el cardenal.

-No represento ya iglesia alguna. No represento postulados obsoletos, absurdos y ridículos. Esa iglesia que usted representa es simplemente eso, dijo Antonio con una firmeza de granito.

El cardenal miró fríamente a Antonio, quien notó como se le enrojecía la cara al cardenal. Luego de respirar profundamente dos veces, el prelado se levantó y dijo con voz seca, tu error es grande, hijo, dos milenios de sabiduría no se echan así a la basura.

-No soy su hijo, monseñor, dijo Antonio levantándose también. Yo he hecho mi parte y ahora pertenezco a la humanidad, ustedes hagan lo que les plazca.

El cardenal dio una vuelta y se dirigió a la puerta. Bajó los cuatro escalones y se subió al lujoso automóvil en donde vino, el cual partió acelerando y rechinando los neumáticos.

Cuando el barco llegó hasta el puerto de Kommos, Saulo les dijo a los soldados que se quedaría unos días. El capitán del trirreme le dijo que no tenía intenciones de esperarlo, pero el general habló con el capitán en privado, y éste suavizando su actitud, le indicó que se tomara el tiempo que fuera necesario. Saulo sonrió para sí, pensando en el enorme poder que le confería una misión de la cabeza del Imperio. Salió del puerto y se dirigió hasta el poblado de Kasitos donde se encontraba la comuna de seguidores de Yeshua. Ya oscureciendo llegó al lugar donde un grupo de unos sesenta judíos, quince familias, vivían en una comunidad ubicada en los terrenos donados por un terrateniente judío del lugar. Se presentó como judío y le recibieron con abrazos y agasajos. Les dijo que estaba caminando por Kommos cuando oyó hablar sobre esta comunidad. Siendo judío, pensó visitar su gente y preguntando los había encontrado. Como era tarde pidió posada por esa noche y le abrieron sus corazones. Vigilantes de La Ley, hicieron lo que mandaba Dios con los que pedían ayuda, comida y lugar donde quedarse. Le alojaron en una casa de un matrimonio sin hijos y luego de llevarlo al baño de piedra, le ofrecieron de comer y pudo dormir cómodamente por primera vez desde que dejó Roma.

El bullicio de los habitantes le despertó casi rayando el sol. Se levantó y se unió al grupo de personas que caminaban por la única callejuela del poblado. Lo saludaron con alegría y le dijeron que iban a recoger aceitunas para el aceite de uso comunal. Pasaron la mañana bajo el sol recogiendo las aceitunas y cantando alabanza a Yahvé. Saulo sintió un gran cariño por estas gentes. Sentimiento que muy pronto se disipó al recordar su misión. Pasado el mediodía, llegaron otros habitantes que venían del puerto. Eran los que pescaban. La tarea de la tarde sería limpiar el pescado y ahumarlo en una hoguera que prendieron para ese propósito. Ya tarde repartieron el pescado equitativamente entre todas las familias. Para la mañana prensarían las aceitunas para obtener el aceite, que también distribuirían equitativamente. En vez de un día, se quedó varios. Le intrigaba sobremanera cómo estas personas parecían tan felices con lo poco que tenían, y aun lo poco que tenían lo compartían. En los días que pasó entre sus paisanos, cosecharon, pescaron, repartieron todo lo necesario para la vida. Pescado, granos, aceite, cereales, frutas. Todo se iba consumiendo y nada se guardaba en cantidades. Al tercer día llegó un colector de impuestos acompañado de centuriones. Buscaron por todas las viviendas y no encontraron dinero o víveres para poder llevarse como pago al emperador. Luego que se marcharon, los pobladores, cantaron y danzaron, riéndose de los romanos que ya no sabían qué hacer con ellos.

Saulo supo que tenía que idear alguna forma de descarrilar esta patraña. Nadie hablaba de Yeshua. Una noche se armó de valor y preguntó. Le contaron de Yeshua el resucitado, el que se había levantado de entre los muertos y que era como Dios. Que él había dejado viajeros que iban por todos los lugares organizando las comunidades judías para rebelarse contra el Imperio sin usar la violencia. Saulo sintió la ira del engaño al que estas personas estaban sometidas. Un resucitado. ¡Ja! El cuento y las motivaciones subversivas llenaban la vida de estos infelices. Partió una mañana y le proveyeron comida para el camino. Le agradecieron su trabajo dentro de la comunidad. Saulo partió con una mezcla de tristeza e ira. Se sintió feliz por unos días conviviendo con aquellas personas. Su romanidad le hacía despreciarlos, su judaísmo le hacía amarlos. Dos personas en una caminando hacia Kommos, destrozado por su conflicto, por su odio, por su amor, por su tristeza, por su alegría, por sus lealtades encontradas. No podía servir a dos señores. Las palabras de Yeshua le retumbaron en su atormentado cerebro.

Llegó al puerto de Kommos entrada la tarde y fue hasta el trirreme que le esperaba. Partieron con la marea de la noche temprana y el amanecer los descubrió en medio del gran mar, camino a las costas de Mersin, donde desembarcaría Saulo, a menos de medio día de camino de Tarso. En la travesía de cuatro días, tuvo tiempo de pensar y planear. Notó que en el poblado de Kasitos no se identificaba un cabecilla. La primera parte debía ser identificar a los organizadores y confrontarlos con sus blasfemias. Eso sería fácil para un perito en Ley Divina. Así paralizaría la propagación de las comunidades. Luego habría que buscar quien dirigía cada comunidad para la segunda parte del plan, desmantelarlas. Supo que iba a correr mucha sangre. Estuvo dispuesto a ser otra vez matón.

22

Antonio salió a caminar en la mañana. Necesitaba centrarse, encontrar el rumbo que entendía se le había propuesto. Ese elusivo camino a la verdad no aparecía por sitio alguno. Y sabía que de alguna manera al irse despojando de sus vestiduras, andrajos anímicos, versiones de la falsedad, se acercaba lentamente, inexorablemente al camino que buscaba. Quizá hasta había pisado alguna de sus losas. Quizá los eventos recientes delineaban los límites que debía ir demoliendo para llegar a esa verdad que muchos han buscado. Buda tal vez, Jesús, puede ser. Y si encontraba alguna verdad ¿cómo haría para trasmitirla a sus semejantes? ¿Cómo podría sacar de su fe ciega a aquellas ovejas seguidoras de papas, obispos y ministros? ¿Sería un trabajo masivo, o sería uno de llevar esa verdad a algunos para que la fueran diseminando? ¡Qué muchas interrogantes y Miguel no aparecía!

Subió por la cuesta hacia el monasterio y cuando llegó al paraje donde Finkelstein fue asesinado, se adentró en el bosque y llegó hasta el lugar de la crucifixión de su amigo. El sentimiento de tristeza, confusión, vergüenza, melancolía que lo invadió le pareció en extremo familiar. Era parecido a aquel que cuando niño le invadía en la iglesia al arrodillarse a rezar frente a un crucifijo. La muerte, el sacrificio de la cruz, imaginó un Jesús muriendo bajo esa atrocidad. El imaginar a su amigo sufriendo tal tortura, hizo que su estómago se revolviera. Morir de manera tan atroz. ¿Cómo puede el ser humano sacar tanta crueldad para sus actos? Constantino, los inquisidores, los terroristas que lanzan bombas atómicas sobre poblaciones civiles, los que invaden países ajenos, los asesinos, los violadores, los pederastas, los traficantes de drogas, los esclavistas, los musulmanes misóginos, tanto mal dentro de esta especie. Los hechos le hablaban del rumbo por el cual las creencias habían lanzado la humanidad. Mafiosos sicilianos que se dan golpes en el pecho los domingos en misa. Ministros protestantes que visitan prostitutas en las noches. Adolescentes preñadas por sus pastores evangélicos o por varones de Dios con estatus en las iglesias. Monjas sadistas dejando cicatrices en párvulos. Sacerdotes seduciendo o violando niños. Le asqueó el que hubiera tanto enfermo poblando este mundo. La tarea por hacer con esta gente era inmensa. Un nuevo sentido de la palabra salvación se estaba cuajando en su mente.

Recordó una conversación que tuvo con su amigo quien le dijo que la llamada caída del hombre, el mito de Adán, era en realidad la adquisición por el hombre, entonces bestia, de la capacidad de hablar y simbolizar. La bestia humana inmediatamente utilizó sus recién adquiridas habilidades para rápidamente exterminar las otras especies humanas que poblaban el planeta. Esta especie destructiva necesitaba salvarse, pero salvarse de sí misma. Salvarse de su bestialidad. Ganarse alguna vez el nombre que se asignaba a sí misma: Homo sapiens. Quizá Homo bondadosus, u Homo sensibilis debieron ser los nombres necesarios para dirigir esta barbárica especie hacia una cultura de paz y convivencia. Pero no, estos trogloditas se habían inventado un Dios asesino y celoso que incitaba a la matanza, al odio, a la crueldad en su más pura expresión. ¡Pobre especie dominante! Hasta las cucarachas le sobrevivirían. Los pensamientos le iban llevando a asomos de respuestas, quizá a definir precisamente la pregunta que tenía que hacer. Pensó en las tantas religiones tan dañinas a la humanidad: el judaísmo, el cristianismo, el islam. Un Yahvé genocida, un Alá aguerrido, un Dios cristiano de personalidad múltiple, tan loco como los otros dos. Y seres humanos matando y muriendo con el juego de <u>cuál Dios la tiene más grande</u>. ¿Quién tiene el mejor Dios? ¿El más poderoso? ¿Quién es Dios? ¿Qué es eso de Dios? Y si le contestaran esa pregunta, ¿cómo les diría a todos estos ciegos la verdad? Tremenda tarea le habían asignado, o se había asignado él mismo. Se sintió pieza de un gran rompecabezas y necesitaba buscar, necesitaba llegar al fondo. Lo que había leído en la biblioteca de Finkelstein, lo que experimentó en Jerusalén, lo que vivió ese año lejos de San Alejo. Su mente se estaba liberando de una gran carga, se liberaba del oscurantismo y la ignorancia y estos ladrillos sobre sus hombros los iba quitando. Se iba sintiendo liviano e iba sintiendo un gran miedo. Un miedo a saber. Un miedo a llegar. Se trasladó en sus recuerdos siete años atrás cuando llegó a San Alejo con su fe tambaleante, pero aferrándose a ella como el único cabo en un mar de remolinos.

Su fe fue cambiando según las vendas sobre sus ojos caían. El Dios de pies de barro se derrumbó. Sólo le quedaba el Miguel de sus quimeras, y sólo le quedaba el Jesús que llegó a ver allá en Jerusalén. Si hubiese tenido la oportunidad de conversar con Jesús. Si hubiese tenido la oportunidad de abrirle su corazón a aquel que presintió era el verdadero Jesús, y no esta distorsión cristiana y contradictoria de un ente que carece totalmente de humanidad. Jesús se le sugirió hombre, tan humano como el que más, con mujer, con pasiones, con amores, con familia, con madre, padre, hijos, con miedos como todos. Quizá lo que lo hizo tan especial fue que se acercó tanto a su humanidad que demostró para todos el único camino, el de vivir la vida sólo por vivirla.

-Me gusta la filosofía que vas desarrollando. La voz de Miguel resonó a sus espaldas y su corazón dio un salto de alegría. Se dio vuelta y vio al ángel con su piel translucida y sus ojos imposiblemente negros. El sol del mediodía se colaba entre las hojas de los árboles y alumbraba una cruz abandonada que sirvió de instrumento de muerte a su amigo. Una cruz que quedó allí en imagen, ya que en realidad todo se lo habían llevado. Detrás de Miguel surgió Finkelstein, con su sonrisa de siempre, con su habitual ternura. Sintió grandes deseos de abrazarlo y tomó dos pasos hacia su amigo quien dejó inmediatamente de estar allí. Lloró un gran rato recordando al único amigo que recordaba, al único hombre que había amado. En su mente se dibujó claramente la palabra ágape. Estaba aprendiendo la función más importante del alma humana. Amar.

-Entiendo que quieres hablar con Yeshua, le dijo Miguel. Para eso tienes que estar muy seguro pues el puente entre su mundo y el tuyo es muy frágil y cualquier duda tuya rompe el encanto del encuentro. Antonio pensó un momento y respondió.

-Estoy listo. Quiero comenzar el camino.

Un arco de luz se formó donde había estado la cruz de Finkelstein y detrás Antonio vio un desierto. Miguel lo tomó de la mano y cruzaron el umbral que lo llevó a las afueras de la Jerusalén del siglo primero. Sus ropas cambiaron otra vez a túnicas y el calor del desierto les castigo con la fuerza del verano. Ante ellos se levantaba la muralla de la ciudad y la puerta de Damasco. El bullicio de los mercaderes llegando, de los camellos yendo al acuífero, de las cargas siendo distribuidas, unas para la ciudad y otras para continuar viaje. Pasaron la puerta y entraron a la calle principal del sector comercial de la ciudad. El olor a sangre lo sacudió, El colorido de los bazares, los talleres de los artesanos, los mercados de víveres, el mercado de esclavos, todos llenándole los ojos de una historia que había leído alguna vez y que ahora se le plasmaba real, solida, llena de ruidos, gritos de mercaderes, olores, calor. Una posada que le indicó Miguel sirvió de reposo y alivio del calor del sol. Sintió hambre y pidieron comida. Frutas y vegetales, cordero asado, vino. Antonio comió hasta saciarse. Cuando vino el tendero a cobrar, Miguel le señaló una bolsa que Antonio llevaba en la cintura. Allí encontró varias monedas, talentos, ases. Pagó con la moneda que su intuición le indicó, el tendero la tomó y le devolvió dos monedas más pequeñas. Salieron a la calle y continuaron su camino hasta llegar a la calle que daba al Fortín Antonia. Jerusalén le parecía tan familiar. Vio las escalinatas del fuerte y a la derecha unos escalones que daban a un balcón alargado que rodeaba la muralla del monte del Templo. Caminaron y cruzaron primero el arco del puente de Herodes, luego llegaron hasta el arco debajo de las escalinatas que conducían hasta la entrada principal de la planicie artificial que albergaba el punto más sagrado del judaísmo.

Subieron los primeros treinta y nueve escalones y llegaron al descanso, de allí los segundos treinta y nueve escalones y entraron el portal que los llevó a una arcada sostenida por columnas y a su izquierda vieron el patio de los gentiles. Entraron por la puerta de Nicanor y luego pasaron por la de Salomón, hasta llegar al patio de los hombres. Allí encontraron a Yeshua.

- Te esperaba, Antonio, le dijo Yeshua. Hace siglos te esperaba. Al fin estás listo para comenzar tu camino. Al fin nacerás de nuevo.

Saulo fue visitando diferentes sinagogas en Anatolia, y de allí fue acusando los caminantes que iban buscando adeptos para formar comunas. Las víctimas de estos caminantes eran los más pobres, los desvalidos, los ignorantes, las mujeres, los desechos de la sociedad. Los que se ganaban una pieza de plata por un día de trabajo y el colector de impuestos les quitaba la mitad. Le fue fácil irlos denunciando y hacer que los dilapidaran, deshacerse de ellos. Desbandar luego las comunas con ayuda de los legionarios seguía como parte del plan. Cuando hubo destruido unas treinta comunas y llevado a la muerte otros tantos caminantes, pensó que debía ir a Judea. Allá encontraría los que originaban esto, los seguidores inmediatos del odioso resucitado. Llegó en barco hasta Cesárea y allí se encontró con un judío griego que le habló de las comunas, de Yeshua, de cómo hacerle daño al Imperio, de cómo luchar por la liberación del pueblo judío. Esteban, que así se llamaba, caminó por las calles de Cesárea buscando posibles comuneros. Saulo observó muy detenidamente la forma que tenían estos nuevos subversivos de ganar adeptos. No sólo prometían, sino que daban ejemplos claros de comunidades liberadas. Y siempre les hablaban del resucitado, de aquel que ideó esa forma de ganar la libertad. Les decía Esteban que el resucitado había ido directamente a morar con Yahvé. Les hablaba del reino aquí y ahora.

Caminaron varios días por el desierto hasta Jerusalén y Saulo tuvo la oportunidad de conocer claramente los métodos de convencimiento de Esteban según paraban en los pequeños poblados que encontraban en su camino. Llegados a Jerusalén se reunieron en el patio de los gentiles con unos grupos de marginados que se ganaban su pan diario en labores sin importancia. Esteban les habló.

-Mis hermanos en Yeshua, el resucitado, les quiero traer la nueva noticia de la liberación de nuestro pueblo. No temáis, que la forma que nos dejó el maestro es una carente de violencia. La forma de organizarse bajo el Reino de Dios en la tierra hará que los romanos recojan sus ejércitos y abandonen nuestra nación. Ya hemos hecho esto en muchas localidades por todo el Imperio. Donde quiera que encontramos judíos oprimidos, los ayudamos a liberarse, y los romanos se halan los pelos al no poder obtener ganancia de nosotros. Si todos se reúnen de forma cooperativa y desechan el dinero como intercambio, los romanos no tendrán forma de cobrar sus impuestos y no les seremos útiles, Nuestro Dios nos prometió que nuestra patria sería libre. Muchos de los nuestros han muerto en aras de esa liberación, pero no fue hasta que nos llegó el resucitado y nos enseñó a organizamos, que la esperanza de echar los romanos de nuestra tierra se materializa.

Mientras Esteban hablaba varios sacerdotes salieron del Templo y se acercaron al grupo. Le increparon a Esteban que estaba instigando a los pobres no solo a faltarle a Roma, sino al Templo de Yahvé, que se sostenía de lo que estos trabajadores donaban. Saulo que había estado callado comenzó a señalar que no sólo Esteban les enseñaba rebelión, también les enseñaba blasfemias, hablando de un resucitado que ofendía a Yahvé y su palabra. Esteban lo miró primero con extrañeza y luego con el dolor de haber sido engañado por un traidor. De esto a un tumulto y echar a patadas a Esteban de complejo del Templo no pasó tiempo. Lo llevaron rodando escalinatas abajo y lo sacaron por la puerta del este. Allí en la base del monte lo apedrearon hasta que murió. Saulo sonrió al saber que había eliminado uno de los organizadores más importantes.

Yeshua vivía en una casa cerca de un monasterio donde aprendía y enseñaba el amor a los demás. Los años habían pasado serenos, luego de su "muerte" en Jerusalén. Veía su hija crecer y a su mujer madurar en sabiduría y belleza. Su hijo apenas nacido hacía dos años, correteaba por los arenales que circundaban la casa. Se sorprendió cuando vio que Tomás, al que le decían su gemelo, llegaba a visitarlo. Pensó que quizá venía a anunciarle la muerte de Miriam, su madre, que era lo último que le ataba a Judea. Sabía que algún día esa noticia llegaría y se sentía preparado. Pero la noticia que le llegó le causó gran malestar. Tomás le contó de Saulo, de sus viajes por doquier haciendo que mataran los organizadores de comunas y luego llegando con legionarios a arrasar las comunas. Yeshua decidió en ese momento que no había otra forma de enfrentar la situación que yendo él mismo a encontrarse con Saulo. Se prepararon para el largo viaje hasta Jerusalén y partieron en una caravana que llevaba especias hasta Cesárea para ser transportadas hasta Roma. Casi dos meses de viaje por todos los parajes de Asia en dirección al Mediterráneo.

Saulo pasó unos meses en los alrededores de Jerusalén para poder intervenir con las comunidades de Belén, Hircana, y llegando tan al sur como Másada. Luego decidió que era tiempo de llegarse hasta Damasco y tomar la gran ciudad como base para destruir las comunas de la región. Salió de Jerusalén con una caravana que iba rumbo a Tiberia. Allá conseguiría unirse a una que fuera a Damasco. Cuando salió de Tiberia, rumbo a Damasco, lo hizo en una caravana pequeña de porteadores de aceite. Llevaba su propia tienda para no tener que compartir en las noches su espacio con los comunes. Faltando día y medio de viaje hasta Damasco, acamparon en un costado del camino. Saulo montó su tienda y se dispuso a descansar la noche para tener fuerzas para la jornada del día siguiente. Cerca de la medianoche, sintió que alguien entró a su tienda. Sacó una daga romana que siempre llevaba consigo y la dirigió hacia la figura que acababa de entrar. Oyó la voz familiar de Yeshua que le decía, ¿Qué andas haciendo, Saulo? ¿Por qué persigues a mi gente? Saulo sintió que el terror se apoderaba de él. Con todos sus pelos de punta, el escalofrío le congeló el espíritu y no pudo contestar. Yeshua encendió una vela y Saulo pudo verlo, tal cual era en vida. Aquella aparición venida desde los reinos del más allá le venía a reclamar por sus acciones. El resucitado, pensó. Los que aseguraban que había resucitado habían visto esto mismo, este cuerpo espiritual que ahora podía ver y escuchar. Poco a poco fue perdiendo la visión. Casi no podía hacer sentido de las palabras. Pero Yeshua le hablaba, le hablaba de sus seguidores, le hablaba del Reino de Dios en la tierra, le hablaba de lo que era justo, de la liberación de su pueblo.

Saulo trataba de gritar y no podía, ni siquiera podía moverse. Quería preguntar: ¿Qué quieres de mí? Pero su voz no respondía a su voluntad. Escuchaba, sólo escuchaba y sentía que le había llegado su castigo de parte de Dios pero con la ironía de venir a través de Yeshua. Cuando Yeshua se fue, quedó tendido en la cama, febril, ciego, anonadado, incapaz siquiera de llamar a alguien de fuera que viniera a socorrerlo. Se quedó en el lecho hasta la mañana cuando se presentaron dos caravaneros a buscarlo para integrarse a la caravana. Dos sirvientes se encargaron de él y lo montaron en un arrastre que llevaba un camello, de esta forma lo trasportaron hasta Damasco, donde Yeshua había avisado mediante Tomás que llegaría.

23

Antonio miró a Yeshua con asombro y con recogimiento. No sabía si arrodillarse, si abrazarlo, si mirarlo a los ojos, si evitarle la vista. Yeshua pareció entender la confusión de Antonio y se le acercó, le dio un abrazo y le habló.

-Antonio, como puedes ver soy un hombre como cualquier otro.

-Pero nos han dicho tantas cosas de ti, dijo Antonio aún lleno de asombro.

¿Cómo es que insistes en tus actitudes de adoración? Yeshua hizo la pregunta sin sonar acusador.

-Acabo de venir del lugar donde mi amigo fue crucificado, mi reacción al lugar fue de devoción infantil. Es como si mis reacciones infantiles volvieran a perseguirme. Mi actitud religiosa renace en circunstancias como éstas. Antonio hablaba como si él mismo estuviera oyendo las palabras, como si hablara para sí.

- Vienes a buscar respuestas y comienzas con taparte los ojos. Para buscar tus respuestas tienes que tener los ojos y los oídos muy abiertos para escucharte tú mismo. Recuerda que sólo tú puedes contestarte tus preguntas, le dijo Yeshua.

Allí parados frente a frente, Yeshua y Antonio conversaban y Miguel que hasta ahora los observaba se desvaneció. Yeshua convidó a Antonio que caminaran para poder hablar con más tranquilidad. Salieron del templo por la arcada y bajaron la escalinata que daba hasta el canal que llevaba agua hasta la Baja Jerusalén.

-Cada vez que hago preguntas se me revierten para que sea yo mismo el que me las conteste, dijo Antonio caminando y sin mirar a Yeshua.

-Hay guías que uno puede seguir, pero cada solución a los problemas presentados tiene que venir de adentro, de uno mismo. Mis soluciones jamás podrán ser las tuyas, dijo Yeshua.

Cruzaron el puente del canal y luego de cruzar por varias callejuelas de la Baja Jerusalén, subieron por las escaleras cubiertas que llegaban hasta la Alta Jerusalén donde estaba el estadio de Herodes, el palacio de Herodes y la Tumba de David.

-Yo, ese yo elusivo y que protegemos tan celosamente, que queremos continuar para siempre, ¿qué me puedes decir sobre eso?

Yeshua se detuvo un momento en la subida y mirando a Antonio le dijo, en tu afán de buscar lo que esta fuera del entendimiento de todos, te pierdes la oportunidad de mirar lo que tienes de frente. En la vida tenemos dos certezas, el nacimiento y la muerte. Lo que ocurrió antes y lo que ocurrirá después nos está vedado. Todo lo que puedes controlar se encuentra entre esas dos certezas. Todo lo que puedes construir, amar, crear y legar ocurrirá en lo que llamamos vida. Es ahí donde se concentra lo que somos. Diciendo esto se volteó hacia la subida y prosiguieron. Dejando el Tyropeón atrás, llegaron hasta la calle donde las escalinatas terminaron. Encontraron las paredes del estadio de frente y comenzaron a rodearlo.

-Pero mi conciencia puede conectar con la tuya, es lo que estamos haciendo ahora, dijo Antonio.

-La continuación de la conciencia es una de las quimeras humanas menos demostables, dijo Yeshua. Este lapso en el tiempo y el espacio es posible porque tu mente lo quiere así.

-¿Me dices que esto que hacemos en esta ciudad es una ilusión? Pregunto Antonio con insistencia y nerviosismo.

-No he dicho eso, el acceso a los misterios del tiempo y el espacio están disponibles mediante nuestra voluntad.

-¿Nuestra voluntad? ¿Acaso nuestra voluntad define nuestra percepción? Antonio preguntaba levantando la voz, gesticulando exageradamente, tratando de adelantarse a Yeshua para poder mirarlo de frente mientras le hablaba.

-Tu voluntad, Antonio te ha hecho enfrentarte a la vida de una forma diferente a la de muchos humanos.

-Pero ¿cómo mi voluntad puede regir mi vida? Lo que he estado viviendo no resiste análisis alguno, dijo Antonio con la voz más apagada y aminorando el paso dejando que Yeshua se adelantara.

Yeshua se volvió para mirar a Antonio. Tu voluntad te trajo hasta esta situación de encontrarme. En tu primera visita sólo pudiste verme. Cuando decidiste conversar conmigo, lo has logrado. Es tu voluntad.

-Me causa confusión cuando pienso si lo que he hecho es lo correcto o no, dijo Antonio.

-Si es lo que has querido, es lo correcto.

-Pero sé que no todo lo que quiero es lo correcto, dijo Antonio.

-Entonces ya sabes algo definido. Que no todo lo que quieres es correcto.

- Y ¿cómo diferencio lo correcto de lo no correcto? pregunto Antonio.

-Sigues buscando fuera de ti lo que sólo en ti puede estar, dijo Yeshua.

-¿Y todo lo voy a buscar dentro de mí? ¿Hasta Dios?

-Hasta Dios.

-¡Dios! ¡Dios! Ni siquiera sé lo que es Dios, dijo Antonio levantando la voz y llevándose las manos a la cabeza, apretando sus sienes como para evitar que estallasen.

-El mito y la realidad son para diferenciarse, Antonio, dijo Yeshua.

-Casi lo único de lo que puedo estar seguro es de mi conciencia, dijo Antonio.

-Sigues encontrando certidumbres, Antonio ¿a qué la prisa?

-Y estas certidumbres, ¿cómo me van a decir lo que Dios es? ¿Será que Dios no es más que una proyección de mi mente? Antonio se sentía confundido. Se sentía tan lejos de la verdad que buscaba, y Yeshua tan tranquilo le dejaba que se devanara los sesos buscando respuestas.

-Las respuestas las irás encontrando tú, dijo Yeshua.

-¿Y qué haré? ¿Sentarme como buda a esperar la luz? dijo Antonio con un aire de resignación en su voz.

-Ese método ha producido resultados, dijo Yeshua con una amplia sonrisa.

Llegaron caminando hasta la puerta sur y cuando la cruzaron, Antonio se encontró en el bosque de San Alejo. La tarde comenzaba a disolverse en la noche. Caminó hasta la casa pensando que debía irse a un lugar aislado para poder pensar con claridad. Serían tres años de pensar hasta que la luz dejara de cegarlo.

Día y medio delirando, con las imágenes de Yeshua brotando frente a sí, y el resto del mundo borrado de sus sentidos. Si le quemaba el sol o le congelaba la noche parecía no sentirlo o no importarle que para todo efecto era lo mismo. Pasaron la puerta del sur, la que da a la Calle Recta cuando ya la tarde caía. Saulo estaba rojo de insolación, febril, con ampollas en los labios y en la cabeza. Aunque habían tratado de protegerlo del sol, en su agitación se quitaba toda cubierta. Tuvieron que amarrarlo al improvisado arrastre, de lo contrario hubiese muerto de deshidratación e insolación. Les habían dicho a los acompañantes que la hospedería de la Calle Recta aceptaría a Saulo. Tenían una esclava africana muy ducha en cuidar enfermos.

Acomodaron al desvariado en un cuarto en la parte de atrás donde la negra le bañó y le cubrió las heridas con el tuétano de la misma planta carnosa de hojas largas y espinosas que usaron allá en Jerusalén hacia años. La negra reclamaba que esas hojas eran lo mejor para las quemaduras. Saulo lo sabía. Al día siguiente vino a visitarlo un hombre de nombre Barnabás quien le dijo que la comunidad de Damasco lo había estado esperando. Saulo no estaba en condiciones para entender lo que Barnabás le decía. En su delirio continuaba hablando de Yeshua y de su visión del resucitado. Barnabás le dijo que le aplicaría el ritual de los comunales, que consistía en sumergirlo en una fuente de piedra para lavarle la piel y purificarlo, como a todo buen judío. Ya para el tercer día la piel de Saulo había sanado bastante y su mente se iba aclarando. Al menos aclarando lo suficiente para poder hacerse preguntas de su experiencia.

Esa mañana Barnabás lo vino a visitar y le dijo que si lo habían enviado a pertenecer a la comuna. Saulo se identificó y Barnabás lo miró con una mueca de terror. El que asesinaba, el que perseguía a los seguidores le había sido enviado y él lo había iniciado como miembro de la comunidad. Le increpó sobre el daño que le estaba haciendo a tanta gente inocente. Le dijo también que parecía imposible que lo hubieran enviado a unirse a ellos en Damasco, cuando ya todos conocían de su maldad. Saulo le dijo que las cosas habían cambiado. Que había tenido una visión de Yeshua y que ya no los perseguiría más.

-¿Has visto al resucitado? preguntó con asombro Barnabás.

-Me vino a visitar en mi tienda cuando me encaminaba a la ciudad a perseguirlos a ustedes, contestó Saulo con una voz que ni siquiera reconocía como la propia.

-Y entonces, ¿cómo puedo saber que ya no nos perseguirás más? Barnabás miraba con recelo al encamado y con su puño aún apretando el sicari que tenía bajo el cinto, se dijo a sí mismo que cualquier movimiento en falso del hombre, lo degollaría sin piedad alguna,

- Ya no perseguiré a nadie más, dijo Saulo, he recibido un mensaje directo de Yeshua y siento que ahora puedo ser parte útil del movimiento y con mis contactos en Roma impedir que los judíos continúen siendo perseguidos.

-Pero eres romano, dijo Barnabás.

-También soy judío, fariseo de toda la vida, contestó Saulo. Mientras hablaba con Barnabás comenzaron a entrar destellos de luz a su oscuridad. La cara de Barnabás se fue dibujando frente a sus ojos y el espectro del miedo se dibujaba en los gestos del hombre.

-Me ha vuelto la vista, dijo con voz muy baja. Vio que Barnabás tenía la mano aferrada al cabo de una pequeña daga y se dio cuenta del peligro que estaba corriendo frente a este hombre decidido a quitarle la vida a la menor provocación.

Barnabás pudo notar que Saulo le miraba y entendió que había recobrado la vista. Reflejamente soltó el cabo del cuchillo y le dijo a Saulo que por ahora no tenía nada que temer.

-¿Le has visto tú? preguntó Saulo. Es una experiencia única. He podido ver que la existencia no acaba en la muerte. He podido entender lo del resucitado.

-Pero resucitó en su cuerpo, el que había padecido y sufrido, dijo Barnabás.

-Es su cuerpo espiritual, le repostó Saulo. Es importante saber eso ya que sólo hay que esperar a la muerte para llegar al Reino.

-El resucitado nos dio la forma de tener el Reino en esta vida, lo que dices no tiene sentido, dijo Barnabás.

-Mira. Si hay un resucitado, hay vida después de la muerte. Y si hay vida después de la muerte, el Reino es allá, no acá,

-No es lo que nos han enseñado sus compañeros, dijo Barnabás.

-Pero yo lo he visto y hablado con él luego de muerto y resucitado, dijo Saulo, he visto su espíritu que se ha levantado de la muerte.

-Pero él nos enseñó a rebelarnos contra Roma.

-Roma no puede tocar el Reino de los resucitados, prosiguió Saulo, eso es revolución, es mucho más que rebelarse. Imagina estar en un reino donde el poder de Roma no puede llegar.

-Cuando ellos quieran, arrasarán nuestras comunas, tus acciones han dado margen para que ellos sepan qué hacer, dijo Barnabás.

-Si viven como los demás, pagan sus impuestos y se dedican a prepararse para la llegada del verdadero Reino, ya no le tendrán que temer a Roma, dijo Saulo entusiasmándose. Y el sufrimiento que pasen en la Tierra, servirá para tener más gloria en el Reino. Los pensamientos le iban surgiendo como si vinieran de muy adentro o de muy lejos. Supo que Yeshua, el resucitado, el espíritu inmortal le estaba inspirando.

Barnabás se quedó muy silencioso. No podía discutir con alguien que había tenido una conversación con Yeshua, pero su corazón se llenó de duda ante los cuentos de aquel lunático que hasta ayer era un asesino, y ahora quiere igualarse al resucitado.

Los días fueron pasando y Saulo mejoró al punto de poder salir de la hospedería y caminar por el mercado de la Calle Recta. Las nuevas experiencias fluían a gran velocidad por su mente y entendió que tenía que aislarse para poder buscar dentro de sí la verdad que el espíritu de Yeshua le había revelado. Serían tres años de mucho pensar para encontrar al fin una verdad racional que le ayudara a salvar a los desvalidos y perseguidos.

24

La figura de Jeromo se dibujó en la puerta y su amplia sonrisa pareció por un momento iluminar la tristeza ermitaña de Saulo. No se veían desde el entierro de la madre de Saulo que murió pocos meses después que su marido, dejando al futuro rabino hundido en aquella melancolía repetitiva que le aquejaba y le aquejaría tantas veces en la vida. Desde Jerusalén y la muerte de Esteban no había sentido la alegría inmensa que a veces le invadía y le hacía sentirse en control total de la vida. La energía para enfrentar el mundo, la perdida de sus padres, de Judas, de Yeshua hombre, le faltaba. Escribía a ratos ideas tenues que se le iban ocurriendo y que tenían que ver con su visión de Yeshua, el resucitado. Esa imagen indeleble en su mente, tal como la vio aquella noche en el camino a Damasco, le perseguía y le acosaba. Le pedía que forjara una nueva visión del Reino. Aquel Yeshua resucitado, tan diferente del humano que sólo quería la violencia. Este le habló del respeto a los demás, del amor por los demás. Este mensaje había sido obviamente divino. La muerte y la resurrección en un cuerpo divino hicieron la metamorfosis del Yeshua banal, del Yeshua mundano, del Yeshua preocupado por asuntos económicos y políticos, a uno de paz, de ágape, de convivencia. Ya no podría volver a matar. No con esta imagen de un Yeshua resucitado desbordante de luz divina. Así lo recordaba en las noches insomnes y desesperadas de estos últimos tres años.

-¿No me vas a invitar a entrar? Preguntó Jeromo cuando ya había penetrado la estancia oscurecida. Vio a Saulo, que arrinconado e insignificante, se abrazaba las rodillas y hundía el rostro entre los muslos, casi queriendo tocar con su frente el suelo donde se sentaba. Saulo oía la voz y no quería responder a ella. No quería responder a las tantas cosas que su mente había traído de Jerusalén, de su judaísmo, de su romanismo, de su visión del Yeshua enviado de Dios. Este Yeshua que la muerte había trasformado en otro Yeshua, en el resucitado. En el Yeshua venido de Dios que ahora traía un mensaje divino. Que con su resurrección demostraba claramente la vida después de la muerte y la lógica de un Reino de Dios más allá. Tras un tercer saludo, levantó la vista y vio al mofletudo y envejecido rabino, con su pesada humanidad cubriendo casi todo el marco de la puerta.

-Hace falta luz aquí, dijo Jeromo, como si tratara de aliviar la atmósfera de ánimo mustio que dominaba el ámbito.

Saulo lo miró por largo rato antes de ponerse de pie. Primero puso una rodilla y una mano al suelo e irguió el cuerpo enflaquecido como si pesara tanto como un camello. Su cara estaba demacrada y el hedor que manaba de su cuerpo y su boca denunciaba semanas de abstinencia de rito purificador.

-Estás hecho un asco, Saulo, dijo Jeromo. Voy a traer tus esclavos que te limpien para que podamos conversar. No puedo dejar que mi sucesor se me muera o peor aún, que dé mal ejemplo a nuestra congregación, dijo riéndose levemente. El sentido del humor del rabino no hizo ni un trozo de gracia para el atribulado Saulo.

Luego de un largo baño y purificación llegó Saulo a la sala de visitas donde Jeromo esperaba pacientemente. Sobre una mesa delante de sí tenía un montón de rollos que Saulo había estado escribiendo y que obviamente había estado leyendo mientras el sufrido era bañado. Saulo se quedó frío al ver que los pensamientos que había ido plasmando, las cosas que se le fueron forjando en su mente, estaban expuestas ante el rabino, quien ya no mostraba su jovialidad de hacía una hora.

-¿Así que te contaminaste con esos comuneros revoltosos que tienen al Imperio en ascuas? El comentario de Jeromo parecía más acusación que otra cosa.

- Tuve una visión enviada directamente por Dios, dijo Saulo. Es necesario un nuevo orden, una apertura del Señor hacia el resto del mundo. Quiere que traigamos a los paganos a servirle como nosotros le hemos servido.

-Pero ¿te has vuelto loco? Ya tenemos bastantes problemas con los nuestros rebelándose continuamente allá en Israel y ahora estos insurrectos sin armas llenándonos de mala fama ante el Imperio. ¿Me quieres decir que ahora quieres que todos los paganos se conviertan a nuestra fe? ¿Desde cuándo hemos sido proselitistas los judíos? Con que vivamos en paz con los nuestros es suficiente. Jeromo no conversaba, predicaba a Saulo, quien lo escuchaba sin contestar. Mientras oía a

Jeromo fue sintiendo que su ánimo se iba levantando, no sólo con ira ante la cerrada mente del rabino, también con aquel sentido de poder que no tenía hacía mucho tiempo.

-Los tiempos van cambiando, Saulo respondió con tono retante. Parte de nuestras rebeliones surge de nuestro aislamiento del resto del mundo. Imagina que el Imperio Romano sea un imperio judío.

-No puedo creer lo que estoy escuchando, dijo Jeromo. Suenas como cualquier agitador pero ahora con ideas de conquistar Roma. Tu prepotencia me asombra. No eres el Saulo que conozco y que vi crecer correteando por estas calles.

-No soy el mismo Saulo. Ni siquiera quiero llamarme así. Tengo un nombre más universal que me identifica como romano. Soy Pablo.

-Pablo o Saulo o lo que te quieras llamar, estas cosas que has escrito sobre la vida del más allá, de un Reino de Dios en la muerte, eso no es de nuestra doctrina.

-Es parte de lo que me fue revelado por Yeshua mismo con su cuerpo resucitado. Lo he visto, he hablado con él, dijo Saulo con una fiereza venida desde el centro del universo. Se figuraba mensajero directo de la gloria de Dios.

-Ofendes a nuestro Dios con tus aspavientos, dijo el rabino.

-No puedo ofender a quien me ha dado la potestad de traerle su mensaje al mundo, a mi gente y a las demás gentes. Dios desea ser alabado por todos. Me lo ha demostrado mediante su criatura, Yeshua, el resucitado. Ese es el camino que tengo que seguir.

-El fanatismo sólo te traerá desgracia.

-Estoy dispuesto a sufrir lo que Dios me depare, dijo Saulo caminando de lado a lado y con su voz más chillona que de costumbre.

-Casi comparas a este Yeshua con Dios, según pude ver en tus notas, dijo Jeromo tratando con señas de indicarle a Saulo que se sentara para poder conversar con algo de racionalidad.

-El que haya podido volver de entre los muertos, el que pueda prometer que todos tenemos derecho al Reino, lo hace representante directo de Dios; su agente. Está más cerca de Él que los mismos ángeles. Saulo no daba tregua. No quería sentarse. No quería conversar, quería actuar. Quería salir a predicar, a buscar a aquellas pobres almas perdidas en su paganismo, perdidas en su aislamiento. Dios, por medio de Yeshua, le había encomendado una misión. No estaba dispuesto a renunciar al pedido divino.

-Nuestro Señor nos dio ya todas las reglas necesarias para vivir sirviéndole, argumentó Jeromo.

-Unas reglas muy útiles a nuestras tribus vagando por desiertos, a nuestros pastores, a nuestros campesinos. El mundo ha cambiado, nuestra gente ha cambiado. Ya no somos tribus primitivas, ahora vivimos dentro de un gran imperio, somos parte de él, de su cultura, de su economía. O formamos parte de su estructura de poder o perecemos. Y haciendo esto honramos a Dios.

-Dios no se mete en las cosas terrenales, respondió Jeromo levantando la voz.

-Toda autoridad en la Tierra ha sido puesta ahí por Dios, dijo Saulo vociferando. Nuestras rebeliones le ofenden, nuestro aislamiento le ofende. Es tiempo de unirnos a este mundo y preparamos para el paraíso que nos espera en el Reino luego de la muerte.

-Los pueblos se salvan o se hunden, pero eso de un Reino para que vayamos los individuos luego de muertos es un absurdo, dijo Jeromo casi en tono de inquisición.

-Los conflictos con la autoridad traen sangre, dolor, guerra, dijo Saulo con la voz entrecortada. Es más fácil simplemente darle al César lo que le pertenece.

-Estoy de acuerdo con eso, pero de abrirnos a que los gentiles pasen a ser judíos, no me agrada para nada, dijo el rabino.

- Todo depende de la vida que llevemos, depende de que creamos en Yeshua resucitado, en Yeshua libertador, en el Cristo Yeshua, dijo Saulo aún con su tono de voz elevado.

-¿Liberarnos de qué? ¿De nuestras faltas como pueblo? ¿De estas faltas que nos hacen sufrir el cautiverio siglo tras siglo? Jeromo cuestionaba sin pensar. Su estado de ánimo se iba encandilando según escuchaba a Saulo desvariar sobre este Yeshua que no habiendo destruido bastante ahora destruía al que algún día sería su sucesor.

-Nos liberará de nuestros pecados, siguió Saulo en sus gritos. Nos salvará de nosotros mismos, del infierno terrible que le espera a quien no sigue sus leyes.

-Saulo. Sabes que el concepto de un infierno de castigo eterno no es parte de nuestras tradiciones, dijo Jeromo ya con bastante impaciencia. Nuestros pecados cuentan en colectivo.

-En colectivo no, eso es creencia de nuestros antiguos, rebatió Saulo casi airado. Nuestro sufrimiento en la Tierra en nombre del Cristo significa salvación. Significa la alegría de estar en la gloria de Dios.

-Me parece que deliras.

-Deliro por el amor al Cristo Salvador, mi Señor.

Antonio repasaba sus notas, al menos el resumen de sus notas acumuladas por tres años. La basura llena de papeles de buenas ideas que fueron llegando a callejones sin salida. Y las mismas preguntas seguían surgiendo, algunas de sus experiencias, otras de sus contactos con aquellos seres de su imaginación, su propia mitología. Y es que había llegado a la conclusión que sus creencias le habían proporcionado una forma aceptable de contactar su yo interno en forma de alucinaciones o experiencias místicas o lo que fuere. Sí era importante que el gusanito de la incredulidad se hubiera alojado muy dentro de él. Y a la hora de no creer, ni sus impresiones se salvaban de la duda. El vacío que le producía su nuevo cuño de escepticismo no le era llevadero. Necesitando una forma racional de llenar ese vacío, se fue muy lejos allá a una montaña de su natal Puerto Rico, lejos del ruido de las ciudades, de las gentes, de los compromisos, de las iglesias, casi ermitaño, pues el casi lo producía la presencia realista de Leonor. Sin ella a su lado la soledad sería absoluta. En las ocasiones en que Leonor visitaba a su madre, el evento le daba la oportunidad de saborear ese estado de soledad y ahí los pensamientos parecían fluir con más firmeza.

Durante el último mes se había dedicado a resumir lo que los resúmenes de resúmenes iban produciendo, tratando de darle una forma coherente y organizada a una búsqueda tanto intelectual como espiritual, si es que había forma de separar eso. Leonor era en extremo tolerante y no le cuestionaba su abandono a ese aislamiento auto impuesto. Ella quería entender lo importante que era para Antonio ese perderse en sí mismo. Ella intuía lo que él buscaba. Ella aceptaba la vida sin cuestionarla tanto. Ella aceptaba el amor sin conceptualizarlo. Aceptaba las alegrías y las tristezas. Lloraba sus muertos así como celebraba los nacimientos. Se entristecía con las despedidas y se alegraba con los encuentros. Se iluminó un día en que la vida sembró vida en sus entrañas y esa iluminación tocó a Antonio, cuya perspectiva de continuidad le tocó muy adentro, en aquel punto donde se unían su intelecto y su alma.

-Tengo tu hijo en mis entrañas, dijo Leonor.

Antonio la miró y lentamente fue regresando de su refugio anímico a la realidad que le presentaba el amor, el producto de su amor. Los ruiseñores del campo parecieron dedicarle un concierto de eternidad a Antonio. El sol sobre Los Tres Picachos coloreó de felicidad su alma. La sonrisa de Leonor lo centró en el entendimiento de la continuidad de la vida. Supo que era inmortal. Su esencia, su herencia, su sangre depositada en el vientre de su amada, le gritaban que la vida continuaría mientras hubiera Tierra. Entendió en un instante que la inmortalidad del hombre estaba en sus genes y no en su alma.

Alma. Aquella cosa patente en algún punto de su ser que rehuía toda definición y toda percepción empírica, racional. Leonor se llevaba de tú a tú con su alma. Antonio aún se preguntaba cuál era su naturaleza. Con permiso de Martinha se había traído consigo la biblioteca de Finkelstein y parte de su ritual diario era leer, y leer y tomar notas y volver a leer. También era parte del ritual caminar por entre flamboyanes y húcares, oír el *cant dels ocells,* como nos había legado el viejo Pablo Casals. Ver el tiempo detenido de un colibrí ante una flor de mangó, el grito guerrero del pitirre acosando un guaraguao, la flor de maga exuberante en su colorido, las abejas zumbando su cotidiana faena. El paraíso de afuera contrastaba con la turbulencia de adentro y muchas veces la entrada de la paz era turbada por los pequeños y grandes cuestionamientos. Desde niño le fue inculcada la tarea de salvar almas. Ahora buscaba la forma de salvar la suya. Salvando la suya podría mostrar el camino a los otros. Y la pregunta le laceró la mente como Tizona. ¿Alma?

La cascada de preguntas detrás de ésta pareció complicar hasta la náusea la cuestión inicial. ¿Salvar el alma? ¿Qué es el alma? ¿Salvarla de qué? ¿Del amor de Dios? ¿De la ira de Dios? ¿Es Dios iracundo? ¿Pierde Dios a sus criaturas? ¿Somos criaturas de Dios? ¿Y Dios? ¿Quién o qué es Dios? ¿Dios omnisciente, omnipotente, omnibenévolo, perfecto, todo moral, eterno, indefinible, inconsistente, incoherente, cruel, caprichoso, vengativo, punitivo a ultranza, inhumano, indiferente al dolor, creador del bien, creador del mal, imposible, inaceptable, increíble? ¿Y el cristianismo? ¿Jesús? ¿Divino Jesús? ¿Humano Jesús? ¿Jesús Cristo? ¿Jesús Mesías? ¿Jesús revolucionario? ¿Jesús pecador? ¿Hermano Jesús?

Todo su sistema de creencias, tambaleante, se iba derrumbando como Torre de Babel. La ira del raciocinio se escarnecía con aquellas crudas creencias infantiles. La duda se hacía certeza. Un gran luto, un enorme sentido de perdida le abordó y se dejó caer en una butaca a llorar, a sacar de su cuerpo las toxinas de siglos sembradas muy hondo. Ya no había otro camino. El Fénix resurgiría y levantaría vuelo hacia la aurora del conocimiento, la piedad, el amor humano. Entendió en su dolor que para ser libre y humano era preciso quemar naves. Imaginó la cruz consumida por el fuego de la verdad. Ya no adoraría ese símbolo de crueldad humana.

-Leonor, ¿qué otras cosas me seguirás dando? Todo lo que voy viviendo contigo me va llevando hacia el conocimiento que busco. Las lágrimas brillaron con el fulgor de siglos. Lloró de amor.

-Estoy en tu vida porque te amo. Leonor se acercó a Antonio y tomándole el rostro entre sus manos, continuó. No pretendo enseñarte nada. Me lleno de alegría al verte seguir el camino que te has trazado. Estando contigo he aprendido lo que es el amor. Y se besaron cuando un aguacero tronando alegría en el techo de cinc daba el crescendo al concierto de la vida.

25

Ya hacía varios meses que Antonio no bajaba al poblado. Las compras y diligencias las hacía Leonor que ya se conocía el país de tanto visitar sus contornos. Todos veían como su vientre crecía y su caminar cambiaba al bamboleo rítmico y característico de la mujer cuando alberga la vida. La soledad que le causaba el aislamiento de Antonio era aliviada sólo cuando él salía de su carapacho y se le acercaba con alguna pregunta o proposición que ella trataba de entender. Le decía que estaba escribiendo un libro que resumiera sus experiencias dentro y fuera de la iglesia. Varios viajes a San Alejo al año eran también un alivio para ella. Ver a su madre, los parientes, los amigos que siempre preguntaban por Antonio. La casa iglesia del asesino de Finkelstein se hallaba en ruinas. Nadie la vivía o la usaba. El tiempo y el olvido se la iban tragando. San Alejo moderno, con turismo, televisión, teléfonos móviles y hasta un cine. El trabajo de Antonio, Finkelstein, Giovanni y los demás le había dado otra cara y otro espíritu al pueblo que ya se cantaba ciudad. El nuevo sacerdote no tenía mujer ni sirvienta. Él mismo se preparaba sus alimentos y limpiaba la casa parroquial. Al comenzar a decir misas diarias las beatas le hicieron ronda y obligaban a sus maridos, las que tenían, a limpiar la iglesia. Un cura sin mujer. ¡Qué decencia! Era el primer cura célibe que recordaba San Alejo. Muchas veces trató Leonor que Antonio dejara su cueva y viajara con ella, pero él estaba demasiado hundido en su búsqueda para perder ese tiempo. En las noches cuando al fin cerraba los cuadernos y el ordenador, le dedicaba algún tiempo a ella, y la cortísima dicha de alguna hora furtiva le bastaba para otra travesía por el desierto de la soledad.

El poblado era remoto no por la distancia, sino por lo escarpado del terreno. La carretera serpenteaba montaña arriba adornada por el intenso verde del bosque tropical. Los helechos gigantes, fósiles vivientes de eras pre humanas, majestuosamente se erguían y goteaban la humedad condensada en sus hojas. Si no fuera por el crecimiento de espiral de sus hojas, uno podría decir que eran palmas. La mañana del llamado los encontró con el sexto mes de preñez de Leonor y un sol calentando los montes fríos de la altura. Antonio sintió la llamada como una urgencia a venir a un encuentro. No sabía dónde llegaría, pero sí sabía que tenía que ir, era imperativo. Trató de negarse el ímpetu de ir, pero la angustia se iba haciendo cada vez más insoportable.

-Tengo que ir al poblado, le dijo a Leonor mientras tomaba las llaves del yip.

-¡Oye! Tantos meses sin salir de la casa y hoy de momento sales como si llevaras un rumbo determinado. ¿Vas a visitar a alguien?

-Es como si sintiera una urgencia de salir, como si me esperara alguien. Antonio esquivaba la vista de su mujer. Había pensado invitar a su mujer, pero una voz interna con tono migueliano le dijo que fuera solo. Lo estaban invitando a un evento importante, de eso estaba seguro. Una presión desde muy adentro le indicaba el camino hacia el poblado.

-Has pasado mucho tiempo tan solo y ahora sales corriendo como un loco. ¿Hay algo que deba saber? Leonor habló con una voz que Antonio no había escuchado antes.

-No sé explicar, pero regresaré pronto. La voz de Leonor se le figuró acusadora, como la de las mujeres que desconfían de sus maridos. Rió para sus adentros. No podía concebir celos en su mujer. Nunca le había dado motivos. Jamás miró a otra. Le dio un beso a Leonor y se montó en el yip que apenas usaba, pues era ella quien siempre salía. Pasó el portón del patio y salió a la carretera. No solía manejar a velocidad y menos por aquellas curvas, pero un imán le iba halando, inexorablemente al encuentro que aún no preveía. Una llovizna leve, iba mojando el asfalto mientras el sol brillaba entre algunas nubes. Se casan las brujas, pensó y como un rayo el refrán de su niñez le vino. Sol y lluvia a la vez, se casan las brujas. La prisa que llevaba no parecía justificada excepto por la urgencia aquella de llegar a una cita.

Saulo se había quedado en Éfeso, en uno de sus melancólicos lapsos. Tras un tiempo de viajar con un médico seguidor suyo de nombre Lucas, le sorprendió la melancolía en Éfeso y allí se quedaría por un par de años. Saulo sentía por este Lucas una monumental atracción y llegaron a ser amantes y compinches en haber fundado varias *eklesias* en diferentes ciudades. Estas serían las primeras comunidades que en recogimiento se preparaban para el reino del más allá, Desde su inacción, escribía largas cartas a sus *eklesias* aconsejándolas o presentándole sus introspecciones en asuntos de Dios, de pureza, de pecado, de amor, de castigo, de gloria y de infierno. El sol tempranero de una primavera le sorprendió con el ánimo revuelto y aquellas ganas de conquistar el mundo con su verbo inspirado. Estuviera melancólico o exuberante no dejaba de pensar. No dejaba de trabajar en la misión encomendada por Dios por medio del Yeshua Cristo. Aquella aparición que le vino aquella noche en el camino a Damasco y que le cambió la vida, lo saco de asesino y lo hizo salvador de almas. Esa mañana se levantó entonando en su mente canticos de antaño que no producía en su voz por su poca habilidad en esa manifestación artística.

Lucas llegó temprano a buscarlo, como si supiera que Pablo ya estaba listo para comenzar su travesía. Encontró a Saulo bañado y purificado. Salieron como sin rumbo fijo, pero Saulo sabía dónde se dirigía. Una fuerza brutal le halaba hacia un encuentro irremediable. Tenía que ir hacia donde la fuerza le halaba. Caminaba como en trance, en un impulso irreprimible, Lucas le seguía sin preguntar, como era su costumbre. Seguir y tomar notas, no sólo de lo que decía y hacia Saulo, ahora llamado Pablo, sino de lo que contaban los relatores de la vida de Yeshua. La verdad que nunca llegó a escribir el relato que quiso, pero sus notas sobrevivieron de algún modo, y el mito de Yeshua, llamado en griego Jesús, caería en algunas manos que añadiendo lo que se les ocurría, completarían el trabajo.

- Vas con mucha prisa, Pablo, dijo Lucas, siguiéndolo lo más cerca que podía.

- Tengo que llegar a esta cita, dijo Pablo. Caminaba casi corriendo, con el viento en la cara batiendo su barba. Sus ojos brillaban. Lucas lo había visto casi así muchas veces, pero no como hoy. Con ímpetu alucinado seguía una fuerza invisible que le guiaba por las calles de la ciudad. Llegó hasta la puerta de un mesón y mirando a Lucas le dijo: Aquí es.

Antonio llegó al poblado cerca de las once. No llevaba agenda. Sabía que iba a hacer algo, a encontrarse con alguien, pero no sabía con quién. No sabía qué lo halaba. No sabía qué le llamaba. Aparcó el yip en la acera de la plaza, cerca de la iglesia. Caminó un rato por el poblado como perro siguiendo un rastro. Sin saber lo que buscaba, seguía buscando. El campanario le avisó el mediodía y se llegó hasta una fonda. Sin hambre entró y al pasar el dintel se vio de nuevo con túnica y manto, con barba. Había traspasado otra vez el umbral del tiempo, esta vez sin Miguel. Se palpó el cinto y notó que tenía dinero. Podía comer y pernoctar si fuera necesario. No pensaba irse esta vez hasta aclarar qué lo mantenía atado al pasado. Se sentó en un banco tras una mesa y pidió vino. El griego que salió de sus labios le sorprendió. Podía leer griego bien, pero hablarlo con fluidez, no. Pero allí estaba no sólo hablando griego, sino pensando en griego. Sintiendo en griego. Su inglés y su castellano fueron como borrados. Fue libando el vino que le corrió por la garganta quemando en vez de aliviar. Su disfraz era perfecto. Su aspecto no desentonaba en nada con los demás parroquianos. Y hablaba igual que ellos. Sentía que la ansiedad de la espera iba subiendo. Sabía que alguien estaba por llegar. Sabía que había llegado a la cita.

Pablo entró al mesón con su usual talante de arrogancia. Si iba a encontrarse con el diablo o con lo que fuera, estaba listo. Lucas le siguió y llegaron hasta el centro de la estancia donde varios comensales se hundían en sus platos. Miró a su alrededor. Buscaba a alguien, no sabía a quién, pero buscaba a alguien. Allá en una esquina unos ojos que le miraban le atraparon su atención. Allí estaba. Y se dirigió hacia donde se encontraba Antonio. Sin conocerse se reconocieron. Antonio vio al que estaba con Jesús en el templo, pero más viejo. Pablo vio al extraño que le era tan familiar. Sin pedir permiso, Pablo se sentó a la mesa. Ni siquiera invitó a Lucas. El duelo era entre Antonio y él.

-¿Quién te envía? He sentido tu atracción desde lejos. Me has llamado o tus demonios me llamaron. Aquí estoy. Pablo le miraba de frente, retante. Satanás había llegado a tentarlo. Se sintió importante. Si Satanás venía a tentarlo, le daba la certificación que necesitaba; definitivamente él era el escogido para mensaje de Dios a través del Cristo resucitado. Se preparaba para la batalla. No le daba miedo este diablo tan insignificante que venía a retarlo. Tenía todo el poder divino de su lado.

-Sólo soy un hombre de otro mundo que viene a conversar contigo, dijo Antonio con tranquilidad. Sentado en un banco a la mesa rústica de aquel comedero, no se veía en verdad intimidante. Tenía el pelo largo, suelto, una barba de semanas y vestía una túnica de lino gruesa con un manto encarnado que parecía muy usado. Si se hubiese mirado en un espejo no se hubiese reconocido. ¿Qué cuerpo era el que había usurpado para dar este salto en el tiempo y hablar con este hombre que más que un apóstol, parecía un poseso de algún ente que le impulsaba a una batalla a la cual nadie le retaba? Vengo a conversar, repitió Antonio.

-No puedes engañarme, he sido señalado por Dios para ser su apóstol en la Tierra y difundir su palabra de salvación entre todos los hombres, judíos y gentiles, dijo Pablo manteniendo la fiereza de su mirada clavada en la mirada serena de Antonio.

-Lo que pienses o creas sobre mí no viene al caso, dijo Antonio sosteniendo la penetrante mirada de Pablo. Vine a conversar, a conocer, a aprender de primera mano qué te mueve.

-Ni pienses que me vas a desarmar tan fácilmente con esa postura de dulzura, dijo Pablo. El diablo tiene tretas y estoy preparado para todas.

-No soy demonio, ni espíritu. Soy hombre igual que tú, dijo Antonio echándose al frente para acercarse más a su interlocutor al otro lado de la mesa. Vine de muy lejos para conversar, Pablo.

-¿Y sabes mi nombre? Dijo Pablo sin pestañar, retante, safio. ¿Piensas que me voy a dejar engañar por alguien con esos poderes?

-¡Vamos! Todo el mundo en esta ciudad sabe quién eres, dijo Antonio con una casi imperceptible sonrisa.

-No eres de esta ciudad.

-Uno puede preguntar. ¿No crees? Dijo Antonio.

-No podrás confundir a un apóstol de Dios, dijo Pablo, enderezando su cuerpo y tomando una pose altanera que ya era parte de su talante de orador. Un enviado de Dios, el vocero de Dios en la Tierra, el testigo del Cristo Resucitado.

-Es casi imposible conversar contigo, Pablo, dijo ya muy serio Antonio.

-Soy imposible de engañar, dijo Pablo tratando de estirar su cuello para realzar aún más su poderío, dádiva de Dios.

-Yo no tengo intenciones de engañarte, vengo a conversar, a aprender de primera mano lo que has de legar al mundo. Antonio bajaba el tono de la voz, obligando a Pablo a doblegar su cuerpo y acercarse para escucharlo bien. El tarsino a su vez iba bajando la voz y la cercanía iba disolviendo la resistente defensa que presentaba.

-Háblame de tu prédica, Pablo. Yo te hablaré de la mía que es para otro mundo, no el tuyo.

-Sigues hablando de tu mundo distinto al mío, ¿a qué te refieres con ese mundo distinto?

Pablo comenzaba a intrigarse con el hombre que tenía al frente. Su intelecto y su curiosidad se iban encendiendo poco a poco ante el misterioso ser que tenía ante sí.

-He cruzado un espacio muy amplio, de otra forma de vida, de otros tiempos para llegar hasta aquí. No espero que entiendas mi viaje, pero espero que podamos conversar.

Pablo pensó por un momento sobre el tiempo que hacía que no conversaba realmente con alguien. Solía hablar y hablar, ¿pero escuchar? No escuchaba a nadie desde hacía años, solo a sí mismo, a su alma tomada por Dios para llevar a cabo la misión de regar la semilla del Cristo entre todos los hombres. Como mensajero del Reino de Dios había tenido la soberbia de entender que nadie tenía nada que enseñarle. Pensó que se iban acumulando sobre sus espaldas esa cantidad de pecados que debía combatir, desde la lujuria hasta el orgullo. Dios le iba confrontando, aunque fuera a través del Diablo, de sus debilidades, de las que tenía que redimirse. ¿Era este hombre un acusador de su conciencia?

Antonio notó que Pablo se sumía en unos pensamientos remotos y profundos. Calló para permitir que el atribulado se compusiera. Sabía que este apóstol no iba a tener muchas oportunidades de conversar en su vida. Le dio una larga mirada al hombre que había cambiado los destinos de la humanidad, al hombre que impuso sus limitaciones morales, sus miedos, su soberbia, sus odios y sus pasiones a tantos miles de millones de humanos que sufrirían bajo el yugo de la creencia en el Cristo. Repasaba en su mente los siglos de historia cruel, de muertes, de guerras, de torturas hechas a base de los postulados de Pablo, de su estrechez de mente. Pensó que esta conversación podría cambiar la historia, pero luego se dio cuenta que esta conversación era para su desarrollo, no el de Pablo. Pablo, hombre tempranamente avejentado, calvo, de barba descuidada, de túnica gastada, de manto desteñido por el sol, de mirada de fuego, de voluntad de hierro, que no tenía la costumbre de mirar dentro de sí. Y él venía a conversar con Pablo.

-Conversar. Quieres conversar con este hombre que ha hecho su misión el predicar. Tengo mucha prisa. El mundo es muy grande y el trabajo es amplio. Me pides conversar cuando mi vida no es lo importante. Lo importante es La Palabra. Pablo hablaba entrando a la vez en el papel que se había asignado.

-Yo también he hablado con Jesús, dijo Antonio.

Pablo escuchó el nombre griego de Yeshua de labios del extraño. ¿Cuánto conocía el viajero que decía venir de tan lejos y que hablaba griego con la perfección de un nacional? Pensó que entonces había otros que sabían del Cristo, que su carga no era única, que el mensaje de la salvación se regaría por el mundo. Sí. Tenía mucho que conversar con el extraño.

-¿Quién eres? preguntó.

-Antonio. Estudioso de los asuntos de Dios y del hombre. Conocedor de tu vida y hechos, contestó Antonio quedamente.

-Sé que no me vas a decir de donde provienes. ¿Qué sabes de La Palabra?

-Lo que llamas La Palabra no es tan importante en su origen como en su contenido. Quiero aprender claramente lo que has construido.

-He construido lo que es lógicamente derivable de mi experiencia con el resucitado. Eso y la ley de mis antepasados, la fe de mis mayores y la experiencia directa con el Cristo, han guiado mis pasos. Me han redimido de mis años de matanza y crueldad. Esa fe me ha salvado.

-No entiendo lo que es la salvación, dijo Antonio.

-El alma del hombre, perdida en el pecado, se redime por la muerte y resurrección del Cristo. Salvación es descartar el pecado y hacerse agradable ante Dios. Salvarse es aceptar la promesa del Reino.

Los siglos no habían cambiado en nada este concepto de salvación, tan poco coherente, tan inútil para un mundo problemático en la época de Pablo y en la de Antonio, dos mil años después.

Leonor preparó la cena como de costumbre, todo fresco como a Antonio le gustaba. Cocinó unas pechugas en salsa de crema y setas que eran la delicia de su marido. El arroz blanquísimo, con poca sal y aceite de oliva. Una ensalada de lechuga, tomates, pepinos, aceitunas negras, rábano y pedacitos de pan tostado. Sacó el vino de la pequeña cava y se dispuso a recibir a su pareja. Siempre comía como a las siete, así que todo quedaría listo para esa hora. La mesa puesta, el vino fresco al tiempo de la montaña. Todo por el hombre que amaba, y todo por el rato que pasarían juntos. Se sentó a esperar y a leer las notas que Antonio había acumulado todos estos meses.

Las notas que había estado coleccionando Antonio se habían convertido de pronto en un libro que denunciaba los abusos de las religiones, sus falsedades. También denunciaba el negocio que representaba para los inescrupulosos que le robaban a los incautos grandes cantidades de dinero y luego ni impuestos pagaban. El libro hacía un feroz ataque al cristianismo, al judaísmo y al islam. Denunciaba el uso de estas ridículas creencias para desatar guerras, apoyar la pena de muerte pero no el aborto. Decía que los religiosos querían que nacieran y se hicieran criminales para luego ejecutarlos. También decía que de los que nacían, nadie se ocupaba hasta que llegaban a la edad militar. Señalaba la hipocresía de los proselitistas que hablaban una cosa y hacían otra. Había leído todo lo que su marido iba escribiendo, y aunque al principio pensó que nada le iba a quitar su creencia en Dios, según fue leyendo, la lógica de los argumentos, la evidencia presentada fue desquebrajando todo cimiento de aquella creencia absurda y ridícula llamada cristianismo. El judaísmo salía mal parado también. Para el islam destacaba un Alá que no tenía ni el más mínimo talento para la lógica. Hablaba del Corán como el libro que lo contenía todo, según reclamaban los musulmanes, pero contenía lo contrario también.

Ella fue viendo como su marido había podido entender el engaño de siglos a los que la humanidad había sido sometida. Antonio fue exponiendo el daño, la peligrosidad que las creencias imponían sobre el mundo. Tendía a repasar ocasionalmente los escritos de Antonio. Aquellos escritos que eran presentados en pequeños capítulos según el tema. Desde que comenzó a ver lo que Antonio escribía, sintió que la cercanía entre ambos iba creciendo. Ahora disfrutaban al máximo los pequeños ratos que Antonio sacaba para estar con ella. Y el sexo era fabuloso, aun con el creciente abdomen de Leonor.

Disfrutaba prepararle la cena y sentarse a esperar que saliera de su estudio. Dialogar con él y poder crecer junto a él, alejándose ambos cada vez más de la chifladura colectiva llamada religión, era una experiencia purificadora. Y él era puntual para la mesa. No se había atrasado jamás, hasta hoy. No la llamó, no le dijo que vendría tarde, pero no llegó. Pasaron las siete sin noticias. Cuando el reloj marco las nueve ya no pudo esperar más y llamo la policía. Luego de la espera reglamentaria, la investigación demostró el yip abandonado en el poblado. No había señales de violencia y nadie había notado nada raro. Antonio había desaparecido sin dejar rastro.

Yacob mando llamar los seguidores más cercanos de Yeshua. Cefas, Tomás, Andrés y les hablo de las locuras que el Saulo, ahora llamado Pablo estaba haciendo con las enseñanzas de su hermano. Era una locura que predicara una devoción al Imperio y la hacía incompatible con los postulados de Yeshua. Era imperante preparar un plan para salir de este desatinado que diciendo que había visto a Yeshua, inventaba ahora una nueva religión lo cual jamás fue el plan del resucitado. El plan de presentar a Yeshua como un resucitado le había rebotado malamente con este loco que al ser visitado por lo que pensó era una visión, había distorsionado todo el trabajo de años que habían hecho a favor de los perseguidos de su raza. El colmo era que ahora incluía gentiles en la predica. La única ventaja de todo el asunto era que había dejado de perseguir y matar sus compatriotas. Aunque no comulgaba con ellos, tenían relaciones adecuadas con Gamaliel quien les contó de los muchos problemas que tuvo Saulo durante sus años de formación. Les habló de la rigidez farisaica de éste y de su forma tenaz de mirar la vida, sin matices, sólo blanco o negro. Negociar con Saulo iba a ser muy difícil, pues una vez se le metía una idea en la cabeza era menos que imposible sacarlo de sus posturas.

Pensaron en las cosas que le hubiesen podido pasar. No hubo violencia. Nadie oyó disparos, no había manchas de sangre por lugar alguno. Parecía que Antonio se había ido por su propia voluntad, ¿pero a dónde? ¿Y por qué no se llevó su vehículo? ¿Por qué no le avisó a su esposa? Dieron la alarma en los aeropuertos e investigaron si había usado el pasaporte recientemente. Nada. Como si se lo hubiese tragado la tierra. Leonor se sentía desesperada. Una angustia de amenaza le apretaba el pecho. Le vino a la mente el ataúd de Finkelstein, pero los días pasaban y no había noticias, ni buenas, ni malas. Sólo ese limbo vacuo que le carcomía los rincones del alma. El tiempo tirano caminaba impávido ante su angustia. Recordó tiempos que parecían muy antiguos donde rezaba a un Dios inexistente por un milagro que jamás sucedía. El cansancio de los días y las noches le fue llenando de un sentimiento oscuro. Sintió ira, y no sabía por qué. Salía a caminar por el poblado, esperanzada en encontrar alguna pista. En la plaza del pueblo, un conocido conversador, le habló de la posibilidad de un secuestro por extraterrestres. Todos comentaban la desaparición del ex cura. Incluso lo buscaron entre monasterios e iglesias, pensando tal vez que se había arrepentido y había vuelto al redil católico. Leonor se burló de esas posibilidades. Sabía que Antonio jamás volvería a creer tonterías. Sabía que él estaba tan sólido como ella en su incredulidad.

Antonio caminó junto a Pablo que se iba dirigiendo al ágora de Éfeso a predicar su versión de la resurrección del Cristo. Si recordaba bien, esta predicación no le iría muy bien a Pablo. Y se dio cuenta que iba a estar metido en el mismo medio de casi un linchamiento y precisamente del lado equivocado. Él era un elemento extraño a la situación y no quería cambiar para nada el curso de la historia, si era verdad que era un viajero del tiempo. Cabía siempre la posibilidad que todo esto ocurriera sólo en su mente. Llevaba una semana argumentando con Pablo, pero el hombre era en extremo irracional y terco. Nada le haría cambiar su forma de pensar. ¿Qué podía hacer en esta situación? Lo mejor sería ser un simple espectador y ser testigo de primer plano de lo que ocurrió en Éfeso. Se excusó un momento y entró a un baño público. Al pasar la puerta se encontró en la fonda que le sirvió de portal para ir a Éfeso. Contrariado y confundido sintió que le habían quitado la oportunidad de presenciar un evento narrado en la Biblia. Luego de ir al sanitario pidió un café. Mientras lo tomaba miró un almanaque que colgaba en una pared cercana. Había pasado una semana. Un sobresalto le atacó el vientre y pensó que lo debían estar buscando. Leonor. Leonor debía estar asustada. No sabía de él hacía una semana. Sacó su celular y marco el número.

-¿Diga? La voz de Leonor sonó apagada. Había contestado sin siquiera mirar el identificador.

-Mi amor, estoy bien, te contaré muchas cosas cuando regrese, ahora tengo que volver a donde estaba, dijo Antonio con voz agitada. Leonor conocía aquellos estados de su marido y sabía que andaba tras de algo. Un gran peso se levantó de su pecho mientras escuchaba la voz de Antonio.

-¿Por qué no me llamaste antes? logró preguntar esta vez con algo de reproche.

-No podía llamarte y ahora tengo que ver si puedo regresar donde estaba. Nos vemos pronto, mi amor. Y colgó.

Pagó el café y cruzó la puerta hacia la calle. Un tumulto abarrotaba la calle hacia la plaza. La gente corría como enfurecida. Iban gritando "Grande es Diana de los efesios." Siguió la enardecida multitud hasta la plaza donde aún Pablo trataba de predicar por sobre los gritos de las gentes. Se acercaron a él dos hombres y le hablaron al oído. Pablo calló y miró como una aglomeración violenta se iba formando a su alrededor. Se dejó conducir hasta un edificio cerca de la plaza mientras algunas piedras rebotaban en el enlosado de la calle. Llegaron a la puerta del edificio que tenía un *ménora* grabado sobre la puerta. Antonio supo que era la sinagoga. Se dirigió al edificio. Tenía que hablar con Pablo antes de regresar a su mundo.

Entró en la sinagoga. Dentro encontró la sala de su casa.

26

Pablo llegó a Jerusalén respondiendo al llamado de Yacob. La reunión se llevó a cabo en la sinagoga de los transeúntes en la Ciudad de David. Los seguidores de Yeshua en Jerusalén habían tomado este edificio como base de operaciones, desde donde coordinaban el envío de personas a comunidades remotas para organizarlas según el plan de Yeshua. El problema siempre era el mismo. Al no usar dinero para las transacciones, modelo que funcionaba muy bien en las comunidades rurales apartadas, dejaba las comunidades urbanas empobrecidas y sin recursos incluso para vestir o comer. Vivían de la caridad pública y sentían vergüenza de su condición de extrema pobreza y degradación. Aun así, la pureza de propósito era primordial, y nadie pensaba siquiera en apartarse un ápice de las enseñanzas del maestro. Ninguno quería enfrentar la dura realidad que el modelo era un modelo agrícola y rural y que incluso los intentos del mismo Yeshua de formar comunidades dentro de Jerusalén contó con escaso éxito. Los seguidores urbanos terminaban por allegarse a una comunidad remota para organizarla y salir así del estado extremo de indigencia que el allegarse al movimiento le proporcionaba. Y el más serio problema era que lo que Saulo, también llamado Pablo, predicaba en las grandes ciudades, conseguía adeptos y dinero que le eran vedados a la *eklesia* de Jerusalén.

La incertidumbre reinaba ante la expectativa de reunirse con este auto denominado apóstol que tenía un método muy efectivo para convencer gentes. Utilizaba el nombre de Yeshua alegando que se le había aparecido y le había ordenado un ministerio diferente. El conflicto era obvio. El Pablo éste, que otrora los perseguía, ahora distorsionaba la obra que tomó tantos sacrificios establecer. Y el embustero, como le llamaban al referirse a él, parecía vivir una vida holgada que le permitía viajar. El hombre recogía dinero al predicar en las sinagogas y plazas. Con una prédica inclusiva de gentiles, esclavos y marginados, creaba unas sociedades basadas en la caridad que al final le producían unos dividendos jugosos. Viajaba por mar cuando hubiese sido mucho más barato viajar por tierra. Se quedaba en las casas de los más pudientes. Cobraba muy bien por su predicación. Demasiado bien para ser el embustero.

Pablo llegó a la reunión luego de oscurecer. Muy pocos sabían que estaba en Jerusalén y era necesario mantener esta reunión en secreto. Negociar con este mercader de creencias, hábil, muy bien educado, sagaz e inteligente sería un reto. No podían aceptar que su modelo había fracasado en Jerusalén y que el de Pablo era una panacea en las ciudades. Debían prohibirle que usara el nombre del maestro en sus predicas pero no tenían la fuerza necesaria para hacerlo. Lo negaban pero lo sabían, y seguro que Pablo lo sabía también. Se fueron al salón de reuniones donde se acomodaron Yacob, Pablo, Cefas, Andrés y Lucas. También estaba un anciano al que presentaron como Yosef de Arimatea a quién reconoció, pero éste lo ignoró poniendo cara de enfado. La caridad de éste les permitía comer de vez en cuando, ya que el anciano no podía atender su negocio de importación y nunca tuvo prole que siguiera su legado. Los recursos que tenía ya no eran los mismos que hace veinte años. Lo habían invitado porque en ocasiones había comentado que el método de Pablo de conseguir dinero era genial y que no se le debía descartar tan apresuradamente. Además no se le podía entregar la autoridad de Yeshua a un asimilado helénico que pensaba más en filosofía griega que en el fariseísmo que decía sostener. Tamaño personaje se les sentó al frente. Ya no era el hombre joven que años atrás había incitado al martirio de Esteban. Este era un hombre maduro, de mirada sombría, acusadora, punzante. Exhibía una calva que exaltaba el tamaño de la cabeza. Definitivamente no conversaba, predicaba todo el tiempo y no solía escuchar. La noche prometía ser una muy difícil. Pero una bendición estaba en la reunión bajo el nombre de Lucas. Éste parecía ser el único ser al que Pablo podía escuchar y sirvió de intercesor y pacificador entre las partes. Pudo en un momento controlar la situación donde Pablo se levantó para golpear a Yacob. Aunque se llegaron a desenvainar *sicaris,* la sangre no corrió.

Pablo implantó credenciales inmediatas con su alegato de haber sido visitado por Yeshua. Los presentes sabían que en verdad había ocurrido esa visita, pero no podían admitir que tal cosa ocurrió y que este loco había inventado todo un dogma alrededor del evento. Lo tildaron inmediatamente de embustero alegando ser ellos los que tuvieron ese privilegio y que fueron ellos los que conocieron a Yeshua mientras vivía. Pablo se guardó la carta de su conocimiento anterior, cuando estudiaron juntos. Parecía una reunión de rufianes con sus agendas escondidas listos a destruir al contrario de la forma que fuera necesaria. La desconfianza, el insulto, la violencia reinaba en el recinto del Dios que tantos ejemplos dio para que la gente aprendiera de sus métodos persuasivos. Y estos eran pupilos aventajados. El griego Lucas parecía ser entre todos, el único con la sensatez necesaria y el conocimiento agápico para mantener la reunión sin descarrilarse en borbotones de odio.

El acuerdo fue incómodo pero ocultando cada cual sus verdaderos propósitos, le permitieron a Pablo predicar en las ciudades a nombre del Cristo, pero no de Yeshua, con la condición que recogiera dinero para la *eklesia* de Jerusalén. Salieron a la calle casi con el sol rayando tras la Alta Jerusalén, Pablo había ganado esta batalla. Pero subestimó la capacidad de rencor y venganza del grupo de Jerusalén. Diez años más tarde, cuando trajera diez millones de ases a una congregación que ya no los necesitaba, se vería arrestado con denuncias de fraude y sufriría cárcel en Cesárea y en Roma. Esta victoria había sellado su derrota final donde perdería la cabeza.

Leonor salió del cuarto al sentir pasos en la sala. Cuando vio a su marido corrió hacia él y le abrazó muy fuerte. Entre lágrimas le iba diciendo el miedo que había pasado pensando lo peor. Quizá pensando lo peor para en realidad no pensar lo peor. Pensar que Antonio estuviera con otra mujer le era tan doloroso que prefirió mil veces pensar que Antonio estuviera muerto. El amor de Antonio era el centro de su vida y era mucho más fácil llorar su muerte que llorar su traición. Según la emoción del momento fue amainando, sus dudas fueron aflorando. Ocho días desaparecido. ¿Dónde? ¿Qué explicación podía aceptarse para justificar esta ausencia inusitada? La más obvia era otra mujer. Antonio con otra mujer. Inconcebible pero ¿qué más? Y llegar hoy, luego de una llamada ayer, sin explicar. Sus dudas le iban carcomiendo el pecho. Ya la vida de su Antonio no era el asunto. Ahora era su amor, su lealtad, su fidelidad. Su hombre tenía mucho que explicar. Luego de limpiarse las lágrimas del rostro y soplarse la nariz, le dio un empujón de reproche y se fue al cuarto, tirando la puerta. Antonio no pareció entender la reacción de Leonor. Sabía que tenía mucho que contarle a su mujer, pero jamás esperó el enojo que ella presentaba. Llegó a pensar que su mujer era una inconstante, como todas mujeres. Luego se rió al sentir que aún albergaba pensamientos machistas y misóginos, dignos de un Saulo o de un cura cualquiera. Creía que había dejado atrás con su cristianismo esos pensamientos machistas. Todavía tenía que depurarse más. Y todavía tenía que procesar los eventos de aquella semana en Éfeso. Los asuntos y preocupaciones de los humanos no habían cambiado en siglos. Las posiciones de Jesús y de Pablo, tan encontradas, representaban en realidad el conflicto continuo de la humanidad en la búsqueda de su propósito en la Tierra. Y no entendía el porqué de la reacción de su mujer.

Se acercó a la puerta del cuarto y cuando trato de girar la perilla, noto que Leonor había tirado el cerrojo. Dio unos golpecitos en la puerta y la llamó. No hubo respuesta. Golpeó un poco más fuerte y no hubo respuesta.

-¿Qué ha pasado, Leonor? Pensé que estarías muy feliz de verme, dijo Antonio. No hubo contestación del otro lado. Confundido, Antonio trataba de descifrar qué era lo que le pasaba a su mujer que estaba reaccionando tan diferente a como ella se había mostrado hasta entonces. Tocó varias veces y llamó otras tantas sin recibir respuesta. Se llegó hasta el centro de la sala y vio su imagen reflejada en el espejo que dominaba la estancia. Se le devolvía una imagen limpia, como si se hubiese bañado y aseado en la mañana y llegara tan fresco como cuando salió hace ocho días. Su cuerpo no despedía hedor alguno y su ropa estaba tan limpia como en la mañana que dejó la casa para ir al poblado. Un relámpago cruzo su mente. Estaba recién bañado y vestido ocho días luego de desaparecer. Leonor lo veía de ese modo, llegando de un lugar donde se había acicalado antes de regresar a su casa. Se percató que la reacción de su mujer eran puros celos y no supo si reírse o preocuparse. Su conciencia estaba tranquila por demás, pero las circunstancias eran en extremo comprometedoras. Tenía que decirle a su mujer toda la verdad de lo que ocurrió desde su llegada a San Alejo. Debía contarle de Miguel, de sus viajes, de Jesús, de Pablo, de Jerusalén, de Éfeso. Y claro, ella se lo iba a creer así porque sí. A él mismo que lo había vivido le era difícil aceptar que estuviera ocurriendo.

-Nos iremos ahora a Antioquía, dijo Pablo, y luego quiero ir a Roma. Ahora el trabajo es más arduo. Tengo que recoger dinero para aliviar la situación de estos pobres diablos que no saben que el que le sirve a Dios tiene que recibir un salario por sus esfuerzos. Lucas, como era su costumbre asintió, guardándose allá muy adentro sus pensamientos y sus juicios. Tratando de comprender lo que Pablo predicaba, lo que contaban de Jesús los que le habían conocido, y casar esto con su formación de servicio a los hombres, de su juramento de sanar con humildad y sabiduría. Pasaba los días Lucas, siguiendo a Pablo y tomando notas de los viajes y los discursos. El Jesús de su imaginación, no era el de Pablo. El Jesús de su fe no era el de los Jerusalenses. Algún día, cuando ya no estuviera con Pablo, buscaría los que estuvieron con Jesús y les preguntaría. Poco sabía Lucas que sus notas de cuentos y leyendas sobre Jesús, serían editadas para afianzar en vez de combatir lo que Pablo enseñaba. Tomaría milenios para que la gente comenzara a sentir sospechas de la maldad envuelta en las prédicas de Pablo. Ese judaísmo atroz de violencia, matanzas, conquistas, guerras, venganzas, castigos eternos provenientes de un Dios todo amor cuyas contradicciones deberían mover a la risa a cualquiera con un grado mínimo de racionalidad, sería el que adorarían los llamados cristianos en su versión trinitaria y los musulmanes en su ridícula versión coránica. Pablo y sus seguidores, Constantino, Mahoma, Agustín, Tomás Aquino, Martin Lutero, Calvino, Descartes, Pascal, Plantinga y a cuanto disparatero se le ha ocurrido a la humanidad producir, han tratado de defender ese absurdo.

Antonio espero pacientemente que Leonor saliera del cuarto. Con la reacción de ella y lo que había mirado en el espejo, pudo deducir que tenía una gran escena de celos en sus manos. ¿Qué pensará Leonor cuando le cuente la historia detrás de la historia? Lo que había vivido era tan descabellado como cualquiera de los cuentos de la Biblia. Ella al fin salió y fue a sentarse a la mesa.

-Siéntate, Antonio, tenemos que hablar, dijo sin mirarlo y con voz fría.

Antonio se llegó hasta la mesa y se sentó frente a ella.

-Sí, mi amor. Es mucho lo que tenemos que hablar. Desde que llegué a San Alejo he tenido unas experiencias que debí contarte antes, pero el miedo a que pensaras que estoy loco, me inhibieron. Antonio le hablaba sabiendo que no tenía culpa alguna, sabiendo que su lealtad hacia su mujer era incorruptible.

-Quiero que me digas ahora mismo qué significo yo para ti, dijo Leonor con un tono acusativo. Jamás toleraría una traición, y ahora me siento traicionada.

Antonio le fue narrando sus experiencias con Miguel desde que llegó a San Alejo. Le contó de sus viajes al pasado y su encuentro con

Jesús y con Saulo. Leonor lo miraba con una expresión de ira que iba en aumento según Antonio narraba. Cuando Antonio terminó su historia, Leonor comenzó a gritar, a llamarlo embustero. Le exigía que la respetara, que le estaba violando su dignidad. Antonio dejó que Leonor ventilara toda su ira, todo su dolor. Cuando ella ya no pudo más, llorando se lanzó a los brazos de Antonio y le reclamó el porqué de su engaño.

-Te he dicho toda la verdad. Parte de mi trasformación se ha debido a estas experiencias raras que he ido teniendo. Antonio le hablaba manteniendo la mirada, sin culpa alguna. Se sabía honesto y su esperanza era que ella pudiera leerlo en sus ojos. El mote de embustero era algo que nunca podría tolerar. Miró la hora y vio que la fecha en su reloj estaba atrasada por ocho días. Se quitó el reloj y se lo entregó a Leonor. Esto no es prueba de nada para ti, pero no he cambiado la fecha de ese reloj en todo el tiempo que estuve en el mundo antiguo. Leonor miró la fecha del reloj. O su marido era el ser más mentiroso de la Tierra o la verdad de lo que decía lo marcaba como un ser excepcional. Pasaría algún tiempo más sin poder contestarse esa pregunta.

27

Confiar o no era una decisión muy difícil y en extremo importante. Si no confiaba en su marido, la relación había terminado. ¿Cómo confiar cuando el hombre se desaparece una semana y llega fresco y limpio como el día que desapareció? El truco del reloj. Pudo haberlo cambiado antes de entrar a la casa. Sin embargo estaban las cuentas de banco, las tarjetas de crédito. Ni un centavo fue sacado de las cuentas. Claro, la otra mujer pudo haber corrido con todos los gastos. La otra mujer. Ya pensaba como si fuera verdad toda su fantasía de la infidelidad de su marido. Tenía que obligarse a confiar en Antonio. Pensó en suspender su incredulidad, pero no era posible enseñar una cara mientras su cuerpo sentía cosas conflictivas. Decidió al fin ser honesta con Antonio y consigo misma.

-Tenemos mucho que hablar, Antonio, le dijo en la mañana.

-Entiendo como debes sentirte con la situación que ha pasado, le dijo Antonio mirándola a los ojos. Todo lo que te he contado es cierto. A mí me ha sido difícil aceptar que me hayan sucedido estas cosas, pero no te he mentido.

- Tan solo pensar que hayas estado con otra mujer, me carcome por dentro. ¿Piensas que es creíble el cuento que me has hecho? No soy una mujer estúpida que se traga cualquier cuento. Por una parte siempre has estado a mi lado sin darme motivos de dudar de ti. Por el otro lado desapareces una semana y regresas limpio, afeitado, con la ropa recién puesta, diciéndome que estabas visitando un personaje de hace dos mil años. ¿Qué puedo pensar?

-No voy a tratar de convencerte. Mi conciencia está limpia y puedo mirarte a los ojos sin que me quede nada por dentro. Te amo. El día que llegué a San Alejo y te vi, me estremecí. Dentro de mí supe que te amaría.

-Entiende que te amo yo también, pero la sola idea de una infidelidad me trastorna hasta el punto de la ira y la violencia. Nunca me había sentido así. Pensaba que los celos eran para quinceañeras. Y ahora estoy que sería capaz de todo por defender lo que considero mío.

-No he dejado de serlo, mi amor.

- Tienes que darme tiempo. Necesito ver si puedo aceptar la idea de que no me eres infiel, o si puedo perdonarte y seguir como si nada.

-Te repito que no hay nada que perdonar. Ya podrás saberlo.

-Me iré a dormir a la otra habitación. No puedo dejar que me toques hasta que sepa la verdad. Te doy la libertad de seguir aquí bajo esas condiciones o de marcharte.

-Lo que sea, Leonor. Yo estaré a tu lado.

Vivirían juntos pero no podría volver a dormir con él hasta tanto supiera. Tenía que saber. Le era muy duro pensar que el hombre a quien le entregó todo, incluso cuando no esperaba nada a cambió fuera un vulgar mujeriego. Su hombre, aquel hombre tan diferente, tan suyo, tan conocido para ella y llega un momento en que una parte oculta surge. Antonio ya no tenía el aura que ella le había colocado. Se mudó al otro cuarto de la casa hasta que nació Alicia. El día que supo la verdad se vio tonta e insensata, no confiando en su marido.

El cuento que narraba Antonio era tan descabellado, y él lo contaba con tal precisión, una y otra vez sin contradecirse. Le hablaba a ella de las ideas de Pablo, se las comparaba con las ideas de él. Pablo el equivocado, allá plasmado en algunas epístolas, erraba en su rigidez, en su dogmatismo. Un dogmatismo inflexible haciendo honor al fariseo que era. Y Antonio escribía como un loco, entrando más y más adentro en esta historia diferente, de un Jesús diferente. Un Jesús que siguiendo los escritos, no creía en ellos. Consultaba libros de teólogos, de ateos, de historia, de filosofía. Miraba una y otra vez las notas que trajo de su viaje a Éfeso, de sus conversaciones con Pablo y con Jesús.

Leonor lo observaba en su obsesión. Se preguntaba si su marido estaba loco. Se preguntaba si le había sido infiel. Se preguntaba tantas cosas. Las veces que pensó perdonar se igualaban a las del resurgir de la desconfianza. Los meses pasaban y las páginas escritas por Antonio se multiplicaban. La soledad de la cama le hacía daño. Su desconfianza le hacía daño. El desamor le hacía daño. Una tarde de sufrimiento profundo rompió el silencio y le preguntó a Antonio qué era lo que escribía con tanto ahínco. Él le enseñó lo que estaba escribiendo, con un gran entusiasmo le contó de su nuevo evangelio, de uno que fuera humano como Jesús, no divino como el de Pablo, que no concordaba en nada con la realidad de la humanidad. Este humanismo que mal podría llamarse cristiano, en realidad no lo era, puesto que Jesús fue solo un seguidor de esas ideas. Le contó que le faltaba volver a conversar con Pablo para afinar bien las cosas que éste había escrito en su magna epístola a los Romanos. Leonor, luego de esta conversación quedó convencida que su marido deliraba, que el pobre estaba loco. Se dio cuenta que su desaparición era parte de esta locura. Trató de que buscara ayuda psiquiátrica, pero él le aseguró que todo lo que le había contado era la verdad. Y Leonor lo seguía observando en su obsesión.

Regresó a Jerusalén en secreto. Llevaba las alforjas llenas de más de diez millones de ases que había recogido para la *eklesia* de la Ciudad de Dios. Se enfrentó a sus antiguos rivales con la serenidad y la arrogancia de saberse dueño de la verdad. Pobres diablos estos que lo necesitaban para su sobrevivencia. Él les traía dinero. Dinero que había colectado con la ayuda de Dios y del Cristo. Ahora los que le llamaron embustero se tendrían que tragar sus palabras. Lo esperaban tarde, muy oscuro ya. Le dejaron entrar al templo por la puerta de Nicanor. Se reunieron en el patio de los hombres y Pablo tiró al suelo las alforjas llenas de dinero. Los ancianos al lado de Yacob, ni le dirigieron la mirada. Yacob fue su portavoz.

-Saulo de Tarso, antiguo judío y ahora gentil como cualquier romano. Rechazamos tu dinero, rechazamos tus predicas y rechazamos tu visón. Esperamos que te sientas orgulloso de todo el daño que le has hecho a nuestra nación. Escogiste tu señor. Ya no queremos volver a verte. Pablo los miró sin inmutarse, recogió las alforjas, se dio vuelta y salió del templo. Cruzó el patio de los gentiles y bajó las grandes escalinatas. Abajo encontró un destaque de cuatro legionarios que le arrestaron para llevarlo a Cesárea donde tomaría una nave hasta Roma.

Pablo llegó a Roma custodiado por cuatro centuriones. No llevaba cadenas. Le trataban como dignatario en vez de criminal. Sólo una orden tenían los militares. Mantenerlo bajo vigilancia y permitir que alquilara una vivienda en Roma donde quedaba en arresto hasta que el emperador lo citara. Dos años pasarían antes de que Pablo saliera de la casa que alquiló. Muy cerca del palacio de las leyes, donde se reunía el senado, alquilo una casa de 12 habitaciones, cuatro baños y una piscina. El reclinatorio acomodaba fácilmente más de veinte comensales. Allí se reuniría con cuanto peregrino viniera a Roma. El alquiler era en extremo caro, pero le sobró todo el dinero que los ancianos de Jerusalén rechazaron. Tenía dinero de sobra, dinero que sería finalmente su perdición.

Le escribió a Timoteo para que viniera a Roma. Aunque ya no sucumbía tanto a las tentaciones de la carne, esporádicamente sentía la cosquillita del pecado llamando su atención. Y no podía ser cualquiera. Era necesario el secreto más profundo. Timoteo había sido su amante por tantos años, casi veinte. Entre las cuentas que tendría que dar en su juicio final, su pecado de carne sería su gran delito, pero tenía todas estas cosas que había hecho para Dios. Divulgar su palabra, convertir a tantos, fundar tantas *eklesias*. Atraer los gentiles a la fe del verdadero Dios. Cambiar incluso el fariseísmo para que fuera cónsono con este mundo nuevo lleno de personas que querían amar a Yahvé sin llegar a ser judíos, circuncidándose el alma y no el prepucio. Recordó aquellas letras que le envió años atrás a los romanos. Allí, con la ayuda de la inspiración divina pudo plasmar claramente que el nuevo pacto con Dios no requería cortar el prepucio sino nacer otra vez, pero a la verdadera vida, a la vida del ágape, del amor a los demás según definido por el Cristo.

Muchos vinieron a visitarlo a la casa en Roma. El extraño de Éfeso también vendría y volverían a chocar. Aquel demonio, Satán en persona, había venido a desviarlo y vendría otra vez a tratar de condenar su obra. Aquel demonio se incautaría de tantas almas que se perderían en el fuego eterno, pero no la suya, que sólo estaba para Dios. Nunca se le ocurrió que el pecadillo de la homosexualidad lo habría de llevar a él a un infierno. Serían otros los pecados que se llevarían a los demás que no habían sido tocados por Yahvé a través del resucitado. Pablo sabía que tenía todo el apoyo de Dios consigo, que como a Moisés, se le perdonaron todas sus faltas cuando se le juzgó, tomando en cuenta sus grandes actos para con el Ser Supremo.

Era casi medianoche cuando Leonor tocó en la puerta de Antonio.

-Va a nacer nuestra hija, Antonio. Es hora de ir al hospital.

Antonio se levantó y corría de lado a lado sin poder enfocarse en lo que debía hacer. Leonor lo fue calmando y entre contracciones le fue dando instrucciones y le fue guiando hasta el hospital de la ciudad, allá en la costa. Nació Alicia y casi hizo que Leonor olvidara sus rencores. Antonio al lado de ambas, siempre pendiente de lo que necesitaran. Se detuvo por un tiempo la actividad literaria del marido. Llegaron una tarde a la casa los tres. Leonor cuidaría de su hija. Una empleada vendría a ayudar. Antonio retornó obstinado a sus escritos. Leonor se refugió en su hija. Y todo tuvo la apariencia de paz.

Antonio comenzó a publicar una columna humanista en el periódico regional. En cosa de tres meses ya estaba publicando una columna regular en el periódico más importante del país. Las columnas eran como pequeños resúmenes de sus descubrimientos y deducciones sobre comportamiento moral ante la vida y cómo las religiones fallaban en esto. El furor que iban haciendo sus comentarios sobre cuán contrarias al amor por la humanidad eran las enseñanzas de la Biblia, fue cubriendo todo el archipiélago nacional de Puerto Rico. Los cristianos le hicieron piquetes al periódico, que vendía más ejemplares el día de la columna que en los demás días. Siempre hablaba sobre un tema bíblico y de cómo este libro contradecía lo que un ser humano lleno de amor por los demás sentía. El asesinato de primogénitos por parte de Yahvé. El asesinato de dos hijos de Aarón por acción directa de ese Dios cuando ellos le ofrecieron incienso en vez de carne. Las violaciones y genocidios de Josué, según ordenados por Dios. Una semana examinó el cuento de la navidad y demostró con citas históricas que Herodes el Grande, restaurador del Templo, ordenó la matanza de infantes cuando ya llevaba diez años de muerto. En otra ocasión habló de la travesía de Jesús desde que lo apresaron, lo llevaron donde Pilatos que gobernaba desde Cesárea Marítima a más de cincuenta kilómetros de Jerusalén, y luego lo llevaron donde Herodes Antipas que reinaba en Tiberias, en Galilea a más de cien kilómetros de Jerusalén. Ese día habló del error que Lucas narraba de que Herodes estaba de visita en Jerusalén, donde no tenía jurisdicción legal alguna y que allí supuestamente Jesús le fue enviado. Que Jesús hizo todo ese recorrido en unas dieciocho horas, a pie, maniatado, bajo el sol del desierto, parte del trayecto sangrando por las heridas y cargando una cruz. Hizo su conclusión de que las tres patas que sostenían el cristianismo, el pecado original de Adán y Eva, la navidad y la pasión eran obviamente falsas. El artículo que colmó la copa fue el titulado *Los daños y perjuicios causados por la credulidad.* Los fundamentalistas cristianos llegaron con lazos para linchar al autor de tal blasfemia. Le pusieron precio a su cabeza. Recogieron entre los miembros del concilio de iglesias la cantidad de dos millones de dólares para premiar al que entregara la cabeza de Antonio. Antonio contestó con una columna alabando el respeto y el amor al prójimo demostrado por los cristianos. Pero tuvo que abandonar el país.

Los tres llegaron a San Alejo, un sábado. Aurora Los recibió con el cariño de siempre. Pareció enloquecer al conocer a su nieta. Bella como Leonor lo fue desde niña. Una abuela como en todas partes del mundo. Sólo tenía ojos para su nieta. Y claro, no había peligro en San Alejo. Desde el fallido intento de introducir el fundamentalismo del asesino Elmo Ron De Jesús, esa gente se mantenía alejada de este pueblo del infierno, como ellos le llaman. Allí tampoco había llegado la precoz fama de Antonio que aún no rebasa las fronteras de su país, allá en el trópico. A quienes le llegaron prontas noticias de las andadas del otrora cura, fue a los inquisidores del Vaticano, quienes consiguieron una rápida y eficiente excomunión y no tomaron tiempo alguno en llegar hasta él a notificarle por escrito que para la iglesia, él ya era anatema. Antonio miró la carta y sonrió. Siguió sonriendo mientras la enmarcaba y la colgaba en la pared de su cuarto. Leonor seguía pensando que su marido se había vuelto loco. Que diciendo las cosas que había dicho, había expuesto hasta su vida por la locura esta de denunciar esa creencia descabellada llamada cristianismo.

Pero el escándalo que produjeron los escritos de Antonio en Puerto Rico, comenzaron a rebasar fronteras. Una editorial de Barcelona le publicó la colección de artículos bajo el título de *Un evangelio necesario* (título original del libro que pensó publicar) y se unieron a la comitiva de carniceros en su búsqueda, tanto judíos como musulmanes. Todo fervoroso y ciego creyente del Dios asesino de la Biblia se iba uniendo para de alguna manera eliminar al hereje. Vientos de revivir una inquisición, pero esta vez ecuménica, iba regándose con la misma fuerza que la colección de artículos periodísticos de Antonio. Comenzaron también las traducciones. Y las invitaciones a presentarse en la radio y la televisión. Mantenía su ubicación en secreto y todo comunicado le llegaba a través de un amigo cura que aún le quedaba en su país. Un amigo rebelde en pensamiento, pero aún no listo para dar el salto hacia la libertad.

El Imperio gozaba de su más amplia extensión cuando Nerón fue enaltecido al puesto de emperador. Le extrañó sobremanera que le llegara un día una carta del mandatario terminando su arresto domiciliario. Se mantuvo en la casa por otros tres meses para preparar el viaje a Chipre. Los vientos serían favorables para la primavera tardía y el viaje sería grato y seguro, sin peligros de tormentas. Viajaría como siempre, alquilando la mitad de la nave para él y su acompañante Timoteo. Así tendría privacidad y podría escribir otras cartas para atender los asuntos apremiantes de las *eklesias* de oriente, que llevaban varios años abandonadas, ya fuera por la actividad viajera del Tarsino o por los años de encierro en Roma. El día que salió de Roma no pensó que regresaría tan pronto a enfrentar al mismo emperador que lo dejó libre. Ese otro juicio sería muy rápido, y la ejecución de la sentencia aún más rápida.

28

Antonio invitó a Leonor a ir de viaje a Nueva York.

-Allí visitaremos museos, parques de diversiones, centros para ir de compras, dijo Antonio. Haremos todas esas cosas que hacen los turistas.

Leonor no cejaba en su posición de no creerle a Antonio el cuento de viajar al pasado y sus conversaciones con Pablo y Jesús. Mantenía la apariencia de estar bien con su marido, pero llevaba ya casi un año durmiendo en otra cama. Pensaba que nada la convencería de que lo que Antonio narraba una y otra vez era la realidad. Pensó muchas veces que su hombre estaba loco, pero todas sus actuaciones, su forma de hablar, su razonamiento, estaba intactos. Esto la hacía sospechar aún más de que Antonio jugaba con los dados cargados. Decidió aceptar la invitación. Antonio habló de ir a la embajada a sacarle un pasaporte a Alicia, pero Leonor le dijo que por unos días, la abuela podría cuidar la beba. Antonio aceptó. Aurora, como loca pensando en tener a su nieta solita para sí, aceptó sin reparos.

Tomaron el avión en la capital y llegaron hasta Panamá para el cambio de avión. La espera allí fue muy larga y les dio tiempo de pasear por los comercios del aeropuerto durante casi dos horas. Antonio luchó bastante por tomarle la mano a Leonor, pero al fin logró hacerlo. Ella le dijo al oído que tomarse de manos no significaba que la situación había cambiado. Pero el amor que sentía por su marido le iba ganando al recelo y la desconfianza. El vuelo hasta JFK fue más relajado y la azafata les guiñó un ojo cuando les servía vino, regalándoles una sonrisa pícara, que insinuaba que se notaba cuanto se amaban. En un avión poco lleno, Antonio y Leonor se disfrutaron toda la atención de aquella azafata, cómplice de cupido.

Aterrizaron en Nueva York bastante tarde y tomaron un taxi hasta un hotel en la Calle 59, frente al Parque Central. Cenaron en el hotel

y durmieron en la misma cama sin tocarse. En la mañana salieron a
caminar y disfrutar de la agradable temperatura del otoño temprano.
El parque estaba de fiesta de colores con las hojas amarillas, rojas,
anaranjadas y encarnado oscuro. Pintaban un paisaje impresionista
rivalizando con los exhibidos en el Museo Metropolitano. Caminaron
un poco por el parque y luego se fueron hasta el Columbus Circle donde
tomaron un autobús hasta la calle 79. Se bajaron frente al Museo de
Historia Natural. Teodoro Roosevelt los recibió, montado como siempre
en su elegante caballo de bronce y su séquito de indios y negros. Leonor
estaba fascinada con los elefantes africanos congelados en estampida.
Los mamíferos de América, la ballena azul colgando del techo, los peces
y mamíferos acuáticos se le presentaron casi vivos. Luego de muchos
años desde su última visita, Antonio disfrutaba el museo desde otra
perspectiva. La mente temerosa de un niño, truncada por los miedos
a un dios terrible y punitivo ya no estaba allí. Ahora estaba el hombre
ávido de conocer. El día se fue en un viaje por los seres que habitan y
han habitado la tierra. La sala de evolución humana con todos esos fósiles
de otras especies humanas. Los procesos naturales allí demostrados, le
presentaron a Antonio lo superfluo que resultaba Dios. Y la incisiva
pregunta lo seguía atacando. Dios. Ese ente elusivo que permeaba cada
punto de su aculturación, pero que perdía toda sustancia ante cualquier
intento de análisis. ¿Podrá alguna vez contestar su pregunta? ¿Podrá algún
día conocer qué era eso de Dios? Si es que un ser así existía.

Dios y la sensatez mantenían una batalla sanguinaria y violenta, sin
tregua. Su mente a veces se preparaba a estallar tratando de entender.
Pensó en Finkelstein. Su amigo resolvió el problema de un solo tajo. Dios
no existe y ya. Para Antonio llegar a ese extremo indicaba arrancarse de
su alma todo vestigio de creencia. El miedo a la futilidad de la vida le
hacía agarrarse al pequeño hilo de fe que le quedaba. Imaginó a Dios
de muchas maneras, todas absurdas, imposibles, incoherentes. Leonor
le habló durante el almuerzo en la cafetería del museo. Le señaló que lo
intenso de sus pensamientos se le notaba en las expresiones del rostro. El
asintió y le dijo que el museo le había hecho pensar mucho. En la tarde
fueron al Planetario Hayden, donde vieron un espectáculo de estrellas
y agujeros negros que presentaba las últimas teorías sobre el origen del
universo y el big bang. La mente de Antonio aceleró junto con los eventos
alrededor de los agujeros negros. Allí donde la velocidad de la luz hace
que los eventos se detengan, que el tiempo no exista. Allí sería el ámbito
de Dios o de los Dioses o del origen o de la creación. Allí estaba preso

el misterio prístino que buscaba el hombre desde que comenzó a pensar. Mucho de lo que había leído y escrito comenzó a hacerle un verdadero y profundo sentido.

Salieron del planetario cerca de las cuatro de la tarde. Tomando la puerta que daba al tren subterráneo, la cruzaron tomados de la mano, listos para volver al hotel. Antonio cargo las tarjetas, y pasaron los tornos que daban al andén. Era la hora pico de la tarde y el andén estaba repleto de gente de todas las razas y colores, de toda etnia y vestimenta, por una esquina un grupo de indios andinos interpretaba un huayno, llenando el ambiente de la nostalgia de una quena y las quejas de un charango. Añadiendo al bullicio llegó el tren. Entraron al tren tomados de la mano. Leonor se encontró dentro del tren sin Antonio. Su mano quedo de pronto vacía, sin la mano de Antonio en ella. Miro a todos lados, y Antonio no estaba. Dio un salto y volvió al andén. Allí tampoco estaba. Antonio se había desvanecido. Leonor comprendió entonces que su marido era en verdad un ser especial con una misión importante. Se juró que jamás volvería a desconfiar de él. Salió a la calle y tomo un taxi hasta el hotel. No sabía cuantos días habría de esperarlo. Pero sabía que Antonio volvería.

Roma. Sabía que estaba en Roma. La algazara de la ciudad, su gente vociferando en latín. Los edificios adornados con columnas de mármol. El empedrado típicamente romano. Al final de la calle los arcos de un acueducto enmarcaban el sol de la tarde. Estaba frente a una casa suntuosa, digna de un mandatario. Hasta la puerta de la casa se llegó un hombre que le pareció conocido. Pensó y pensó hasta que le vino la imagen del hombre que acompañaba a Pablo allá en Éfeso. Claro, era Lucas. Lucas tocó a la puerta y salió un esclavo negro. Lucas se anunció y el esclavo le dijo que esperara. Antonio se acercó a Lucas y le pregunto si conocía a Pablo de Tarso. Lucas lo miro intrigado y luego de mirarlo bien lo reconoció.

-Eres el demonio que conocimos en Éfeso, dijo.

-No soy el Demonio, recalcó Antonio. Vengo de muy lejos a conversar con Pablo.

La puerta volvió a abrirse y apareció Pablo, ya más viejo, con los pocos cabellos que le circundaban la cabeza ya blancos. La barba era también blanca. Pablo saludó a Lucas y miró a Antonio.

-Han pasado más de diez años y tú no has envejecido nada, dijo Pablo. Eres un demonio, el mismo Satanás que viene otra vez a tentarme.

Mi fe es inquebrantable. No podrás conmigo. Pablo le hablaba como si le
hablara a un amigo, a un conocido que le visitaba a menudo.

Entraron a una gran sala donde podían reunirse más de cincuenta
personas. Una vez adentro, Pablo y Lucas se abrazaron y se sentaron.
Hacía seis años que no se veían. Antonio los observaba en su
conversación. Pablo parecía un fundamentalista moderno con su fe ciega
y tomando cada sandez que decía como el más glorioso verbo salido de
boca humana alguna. Se veía a sí mismo como privilegiado. La arrogancia
de aquel hombre le llevó casi a la náusea. Hablaba y hablaba ignorando
la presencia de Antonio. Lucas sólo estaba pendiente al monólogo de
Pablo, desatendiendo la presencia del otro. Ni una sola vez en casi dos
horas miraron a Antonio. Pobre diablo este Pablo, que pensaba que tenía
el mundo en sus manos.

Pablo le preguntó a Lucas que cuanto se quedaría. Dos semanas.
Debo regresar a Grecia. Hay mucho trabajo organizativo que hacer con
las *eklesias*. Antonio sin esperar que le preguntaran dijo: yo no sé cuánto
voy a quedarme. Se voltearon para mirarlo. Pablo le dijo: que no se
diga que no le he dado hospitalidad al Diablo. Llamó a un esclavo que
condujo a los viajeros hasta sus cuartos. Lo llamaron para la cena cuando
ya estaba oscureciendo. Para tener votos de pobreza, la cena servida rayaba
en lo opíparo. Reconoció que estaban sirviendo pollo asado, legumbres,
frutas. Además de Lucas, llegaron otros comensales. Fueron presentados y
presentaron a Antonio como el demonio que estaba de visita para tentar a
los fieles. Cefas lo miro asustado. Antonio le dijo al patriarca de la iglesia
que él no era demonio alguno, sino un viajero de muy lejos. Pablo dijo
que lo había visitado hacía diez años y que no había envejecido nada, y
eso sólo lo podía hacer un demonio. Antonio les dijo que un demonio
no tenía sustancia como él. Lo tocaron y vieron que era de carne y hueso,
que respiraba y que tenía pulso y aliento. El resto de la velada lo pasaron
tratando de indagar la procedencia de Antonio. Éste les dijo que venía
del otro lado del gran océano. Que venía de una civilización diferente. Le
preguntaron si en su tierra conocían al Cristo. Les dijo que sí, pero que el
mensaje había llegado muy distorsionado. En la mañana los comensales
se habían marchado y quedaban en la casa Pablo, Lucas y Antonio. Lucas
salió temprano a encontrarse con la congregación que se reunía en las
cuevas bajo las calles de la ciudad. Quedaron Pablo y Antonio, otra vez de
frente.

Leonor llamó a su madre y le contó sobre la desaparición de Antonio. Aurora le indicó que obviamente el hombre la había dejado plantada en el tren, que no fuera estúpida. Aurora no había estado muy contenta con Antonio desde la última vez que desapareció. El cuento de su hija era una abdicación para volver con su marido. Leonor supo que no iba a encontrar apoyo alguno con su madre y repasó las personas que conocía y que podían darle algún crédito a su historia. La soledad le pareció espantosa. Nueva York. Sola. No conocía a nadie más. Durante la noche despertó varias veces con sobresaltos angustiosos. Antonio se esfumó. Ella presenció eso. Cavilando daba vueltas y volvía a dormirse para volver a despertar con la misma angustia y los mismos pensamientos contradictorios. Antonio el embustero, Antonio el loco, Antonio el honesto. Y otra vez a dormitar pesadamente, sin descanso y más angustia. Y el día no llegaba. Se levantaba. Miraba por la ventana y la ciudad gris le semejaba su alma agobiada. A la cama y dormir un poco más. Y despertar hasta que el sol la sorprendió con ojeras y un cansancio extremo. Tan pronto decidió que se quedaría en la cama todo el día, se abrió la puerta del cuarto y entró una mujer de apariencia indígena.

-Perdone señorita, dijo en inglés muy pobre. No había letrero de no molestar, dijo.

-Entra, entra, que estoy sola y necesito conversar con alguien, le dijo Leonor en español.

-Señorita, usted habla como la gente de mi tierra.

Luego de conversar un rato, coincidieron en que Rigoberta, que así se llamaba, era de una villa indígena cercana a San Alejo. Conversaron sobre su país, sobre la riqueza de algunos y la pobreza de muchos. Y cuando Leonor se sintió cómoda le habló de Antonio.

-No sé si me vas a pensar que estoy loca, pero mi marido hace unas cosas muy raras y desaparece estando delante de uno.

-Si me deja tocar una pieza de su marido podré decirle algunas cosas, señorita. Luego de tocar una camisa de Antonio, Rigoberta dijo:

-¡Mire que ha viajado lejos este hombre!

-¿De veras que está lejos? preguntó Leonor con la voz llena de angustia.

-¡Huy, señorita! Si hasta parece estar un país muy antiguo. La mucama describió la ciudad y Leonor supo que sí, se trataba de una ciudad de la antigüedad.

-Él me ha dicho que ha estado en esos lugares.

-¿Es un mago su marido?

-¿Por qué preguntas?

-Siento que tiene unas potestades muy grandes este hombre, y su mente es muy poderosa. Si quisiera podría sanar enfermos. Es como el brujo de allá de mi aldea, que habla con los muertos y levanta enfermos. Pero su marido no sabe que tiene estos poderes, señorita.

-No, no lo sabe. Ahora está visitando muertos pero en el país donde ellos vivieron hace miles de años. Parezco loca, hablando así.

-No, que va, señorita. He visto mucho de esto y quisiera que cuando él vuelva me dé su bendición. Es un santo.

Sirvieron frutas y nueces para el desayuno. Pablo rompió el incómodo silencio que había quedado luego que Lucas se marchó.

-Anoche pude darme cuenta de que conoces muy bien nuestras creencias, dijo Pablo luego de aclararse la garganta con un carraspeo.

-Fui adiestrado para conocer todo sobre las escrituras y la vida de Jesús, dijo Antonio con voz pausada. Pero he ido descubriendo que el Jesús que me fueron trasmitiendo es uno muy irreal, no el hombre que llegué a conocer.

-¿Conociste a Jesús? preguntó Pablo con voz de asombro, olvidando que ya Antonio le había dicho que sí lo había conocido.

-Hablé con él en Jerusalén, dijo Antonio.

-Pero al Cristo, ¿Has conocido al Cristo? La actitud de Pablo cambió de asombro a certidumbre y se dispuso a presentar lo que él conocía de primera mano.

-Al Cristo lo he conocido a través de tus cartas. Antonio se sentó mirando ya de frente a Pablo.

-¿Mis cartas? ¿Has leído mis cartas? ¿Qué clase de demonio eres que pretendes saber más de mí que yo mismo? Pablo comenzó a subir el tono de su voz, a mostrar esa voz chillona que usaba cuando al sentirse acosado usaba para su mejor defensa, el contraataque.

-La más intrigante fue la que le escribiste a los romanos. Y tu renuencia a hablar de Jesús y su vida, dijo Antonio.

-La vida de Jesús no es tan importante, fue una vida común. Lo importante fue su muerte y resurrección, dijo Pablo ya francamente predicando.

-Pero su vida tiene que haber sido importante. El Jesús que conocí parecía un hombre muy sabio.

- Yo conocí muy bien a Jesús el hombre y siempre fue un confundido, dijo Pablo.

-¿Es por eso que rehúsas hablar de él en tus cartas?

-Conocí a ambos, a Jesús el hombre y a Jesús el Cristo resucitado. Son dos cosas distintas. El Cristo que vino a mí es un enviado directo de Dios que me señaló una misión de propagar su palabra por todo el mundo. Al Jesús hombre sólo le preocupaba cómo el Imperio subyugaba la nación judía. Pablo se puso de pie y comenzó a caminar con aire de pompa mientras hablaba a un público que en su imaginación estaba más allá del hombre que tenía al frente.

-¿Cómo es que puedes separar a Jesús el hombre de Jesús el Cristo? increpó Antonio.

-Es que son dos entes separados. La muerte de Jesús el hombre, dio paso al Cristo resucitado el que ahora está directamente conectado con Dios, el que se me presentó en el camino a Damasco, el que me demostró que hay un Reino luego de la muerte. Pablo se mantenía en la discusión pero parecía practicar un sermón para unos fieles que aún no estaban allí.

-La vida del Jesús que dices haber conocido tiene que ser importante. No puedes desecharla así porque sí, dijo Antonio.

-Sigues sin entender que lo importante es el Cristo, el que con su martirio y resurrección nos abrió el camino a la salvación eterna, dijo Pablo, esta vez acercándose a Antonio y mirándole fijamente a los ojos.

-Pero sus mensajes los dio en su vida, como hombre, dijo Antonio.

-Sus mensajes los está dando luego de resucitar en su cuerpo espiritual. Lo hace a través de mí, su apóstol, a quien inspira la palabra de Dios, el nuevo pacto con Dios, la muerte del pecado en el hombre para un nuevo renacer a la vida libre del pecado. Pablo parecía saborearse sus palabras mientras las iba exponiendo.

-¿Y cómo puedo saber yo que lo que predicas no está coloreado por tus limitaciones, que no es un invento de tu mente? Antonio se levantó para enfrentar a Pablo en un choque de miradas.

- Tengo al Cristo que vino a verme específicamente a mí, que me dejó ciego por tres días luego de mirarlo. Ese es el Cristo que me hizo pensar, que me inspiró los pensamientos y la misión que he hecho parte de mi vida. Pablo se detuvo sosteniendo muy de cerca la mirada de Antonio.

- Y si fuera sólo alucinación y delirios, no pasarías de ser un loco más, dijo Antonio.

-Esta locura de la fe es la más sana de todas las locuras, dijo Pablo casi gritando.

-Esa fe, tan irracional, puede servir como instrumento de control político por los gobernantes. No es una fe liberadora. Esclaviza. Antonio no cedía un ápice de terreno a la agresividad de Pablo.

-Es importante que el hombre se ocupe de la salvación de su alma y que confíe que Dios pone a los gobernantes ahí con un propósito. Esos gobernantes no tienen poder alguno en el Reino de los Cielos. Pablo se acercó tanto a Antonio como para casi tocarse las narices, pero Antonio no retrocedió.

-Propones un hombre sin capacidad de razonar, sin capacidad de cuestionar. No puedo aceptar que Dios quiera un hombre sumiso e ignorante, dijo Antonio.

-La razón es la pérdida del hombre, el único conocimiento importante es el mensaje del Cristo a través de mí. Pablo no cedía terreno alguno a Antonio.

-Ni siquiera puedes considerar estar equivocado. Tu arrogancia es sorprendente, Pablo, te has disminuido tanto delante de mí. Una vez llegué a creer en tus sandeces. Me alegra tanto haberte conocido, así puedo combatir tu absurda rigidez dogmática, dijo Antonio.

-¡Fuera de mi casa, Satanás! Te reprendo en nombre del Señor Jesús Cristo. ¡Fuera de mi casa y fuera de mi vida! Pablo se dirigió a la puerta, la abrió y le señaló a Antonio la salida.

-Nos volveremos a ver, Pablo, dijo Antonio al cruzar la puerta. Del otro lado estaba el vestíbulo del hotel y se vio otra vez en su ropa del presente. Corrió hasta su habitación. Durante su visita a Roma se había olvidado totalmente de Leonor. Con otra desaparición como ésta, su matrimonio estaba terminado. Todo lo que ganó seguro se perdió con esta desaparición. Se llegó hasta la habitación, puso la tarjeta para abrir la puerta y entró. Leonor al verlo corrió hacia él y lo besó con aquella pasión que Antonio echaba tanto de menos.

29

Cuando sonó el teléfono Antonio despertó con la tranquilidad del amor bien consumado. Las piernas y brazos entrelazados y el aroma del sexo reciente adornaban de manera mística la suite donde se hospedaban. Antonio jamás pensó que lo fueran a encontrar mientras viajaba por Nueva York. Aunque ya sabían de su libro por la reciente traducción al inglés, no creía que nadie lo reconocería. Pero los periodistas tienen esa forma extraña de saber el paradero de cualquiera y se las juegan a cualquier sistema de espionaje en eso de localizar personajes noticias. Antonio se estiró preguntándose mientras iba llegando a su cuerpo quien podría ser el autor de la llamada. La voz que le interpeló en el auricular le pareció familiar.

-¿Is this Mr. Irizarry?

Antonio le contestó en el idioma que le era tan familiar que sí, en efecto era él. El hombre al otro lado de la línea se identificó como Jack McGuire, el famoso entrevistador radial que siempre llevaba temas controvertibles a su programa. Sus entrevistas tenían fama por su agudeza, por su humor cáustico y por buscar la forma de lanzarle mordaces dardos al *establishment*. Estaba invitando a Antonio a comparecer a su programa que lo escuchaban más de cincuenta millones de americanos todos los días.

-¿Cómo supo que estaba aquí? Preguntó Antonio con bastante desagrado en su voz.

-Mr. Irizarry, si pude conseguir y entrevistar a Brando, usted es tarea bastante fácil, deja gran cantidad de rastros, dijo McGuire como si se relamiera sus palabras.

-¿De qué piensa entrevistarme? ¿Qué puedo yo aportar a su programa? preguntó Antonio.

-Vamos, Mr. Irizarry, su libro está escandalizando a los cristianos en este país, dijo McGuire. The country wants to know what you're all about. Queremos saber qué se trae usted.

-Usted sabe muy bien qué pretendo, si es que leyó mi libro, dijo Antonio.

-Entonces usted sabe el propósito de mi llamada, Mr. Irizarry, dijo socarronamente McGuire. Haremos el programa en vivo para que los radioescuchas puedan hacer llamadas.

-Aún no he dicho que acepto su invitación, dijo Antonio.

-¿Qué le parece el viernes? Le recogerá una limosina a las dos de la tarde para que nos dé tiempo de repasar el contenido de la entrevista, dijo McGuire ignorando lo que Antonio había dicho.

- Aún no he dicho que acepto su invitación, repitió Antonio con fuerza.

-Mr. Irizarry, usted no va a desaprovechar una oportunidad como ésta para llevar su mensaje a tantas personas, esté en el vestíbulo a las dos el viernes. McGuire utilizó su experiencia para evitar un debate de comparecencia con Antonio.

El velero zarpó de Tarento aprovechando los vientos primaverales que le llevarían hacia el oriente. Luego de un viaje de tres días llegaron a Corinto, donde Pablo fue a visitar la eklesia más importante de su abundante cosecha. Había que esperar dos días para que pasaran el velero por el Istmo de Corintio. No había otra forma corta de llegar al Egeo y si la paga era buena, cruzar un barco por tierra era cosa común. Pablo usó de lo poco que le quedaba, sabiendo que hacer nuevos recaudos no sería difícil. Llegó con Timoteo a la casa que Lucas mantenía en Corinto. Luego fueron a la sinagoga que servía como punto de reunión de la eklesia. Era una sinagoga grande que albergaba más de seiscientos fieles de una sola vez. Como punto de reunión de la comunidad judía y del nuevo credo judío, era uno de los edificios más importantes de Corinto. El Shabat profesaban los judíos puros y el primer día celebraban los seguidores del resucitado. Comenzaron a llamarle el día del Señor. La actividad religiosa en Corinto era muy variada. Tenían templos a Zeus, a Atenas, a Afrodita, y a muchas otras deidades. Las actividades en la sinagoga eran parte del panorama de credulidades que vibraba en la ciudad. Algunos de los ciudadanos veían al Dios de los judíos como un advenedizo al conjunto de habitantes del Olimpo. En fin, un Dios más y a quién le importaba, excepto a los adeptos de ese Dios judío que pensaban que era el último oasis del desierto.

Pablo predicaba con libertad. Y recolectó con libertad para poder continuar su viaje. Ya no tenía a los Jerusalenses respirándole en sus espaldas, y ya no era prisionero de Roma. Respiraba su libertad y hablaba del Cristo resucitado, del pecado y su perdón, y del nuevo pacto con Yahvé. Ya los judíos no debatían sobre la circuncisión o la pureza. La eklesia de Pablo, para los criterios fariseos dejó de ser judía. La fama de Pablo hacía que el Día del Señor se llenaran las sinagogas a escucharlo. Ese día que predicó en Corinto tuvo que hacerlo en tres tandas para que todos los que querían escucharlo pudieran hacerlo. Los recaudos fueron buenos ese día. Compensaron por los gastos del cruce del barco por el istmo. El lunes zarparon de Corinto rumbo a Cnosos en Creta. Cuando desembarcaron en Cnosos al momento de pisar tierra, se le acercaron unos soldados que le dijeron que estaba bajo arresto y que debían llevarlo a Roma inmediatamente. No le dieron oportunidad de recoger pertenencias y lo encadenaron en un calabozo en el trirreme que lo llevaría hasta Roma. Su fugaz libertad había terminado. Se acercaba el fin.

McGuire comenzó el programa hablando de las controversias modernas y de las que retaban las ideas aceptadas por siglos. Era un hombre de unos cincuenta años, de pelo ya blanco coronando su cabeza erguida mostrando un rostro muy blanco con matices rosados. Llevaba el pelo abultado pero no largo. Su cuerpo parecía soportar apenas las libras de más que llevaba. El exponente que traía hoy retaba toda la sabiduría religiosa de occidente. Cauteló a los cristianos sensitivos que no escucharan el programa, ya que podían ofenderse con su contenido. Claro, muy audazmente sabía que la radio audiencia de cristianos se triplicaría con esa advertencia. Los fanáticos cristianos jamás rechazaban la oportunidad de imponer sus necedades, y ésta era una gran ocasión de hacerlo. Luego de precaucionar a su audiencia que los comentarios ofrecidos en el programa no eran responsabilidad de la emisora ni de él mismo, presentó a Antonio Irizarry, el autor del libro *A Necessary Gospel*, libro que había tomado la nación como tormenta.

Entrevista

El estudio de transmisión, rectangular, de unos tres metros por cinco. Al centro una mesa también rectangular rodeada por ocho sillas. Frente a cada silla un micrófono colgando de un balancín de acero. Un juego de audífonos

*salía de la mesa frente a cada silla. McGuire estaba sentado muy cerca del
extremo de la mesa y ya tenía sus audífonos puestos. En la pared opuesta
quedaba el vidrio que comunicaba visualmente can el director del programa
que los veía por entre sus instrumentos.*

McGuire

Usando el tono de voz periodístico y de locutor radial.

-Y bien, Mr. Irizarry, nos ha dado usted un libro que combate de una
forma muy directa todas las creencias de esta gran nación.

Antonio

Sentado frente a McGuire y con los audífonos puestos.

-En realidad no combato las creencias, sino los usos que las personas
le dan a sus creencias.

McGuire

Acomodándose los audífonos, mirando directamente a Antonio.

-Usted señala como falsas todas las bases de esas creencias.

Antonio

*Se echa hacia atrás en la silla. McGuire estira su brazo por encima de la
mesa y le acerca el micrófono.*

-Esas creencias no tienen base alguna en la realidad histórica o
científica, se desmoronan ante el más ínfimo intento de analizarlas.

McGuire

-Pero me dicen los creyentes que la fe no es para analizar, la ley de
Dios no es ni científica ni histórica.

Antonio

La fe es aceptar como cierto no sólo lo que no es demostrable, sino
lo que está en contra de la evidencia contundente disponible. Eso es una
posición en extremo irracional. Va en contra de la búsqueda de la verdad,
en contra de la moral.

McGuire

-Esas declaraciones son muy fuertes, Mr. Irizarry, limita el derecho a
las personas a creer lo que les parezca.

Antonio

-Respeto el derecho de las personas a creer lo que les venga en gana por absurdo que sea, pero no puede ser aceptable que esas personas a base de sus creencias quieran modificar el gobierno, la educación, la salud, la libertad, la convivencia humana, el desarrollo de la mente y la inteligencia, incluso en sus propios hijos, de los cuales abusan inculcándoles sus creencias. La creencia privada debe mantenerse así, totalmente privada. Una vez es expuesta está sujeta a análisis y escrutinio.

McGuire

-Pero eso pondría sobre la mesa la cantidad de reclamos que hacen no sólo los religiosos, también los políticos, filósofos e incluso historiadores y hombres de ciencia.

Antonio

-Y así debe ser siempre, incluso los valores que decimos sostener deben estar sujetos a revisión. La aceptación de postulados sin análisis crítico es un acto repugnante. En un tiempo fui uno de los culpables que predicaban falsedades sin analizar. Tuve la suerte de tener amigos que me despertaron a la racionalidad.

McGuire

Mira al director del programa a través del cristal. Le brilla una sonrisa triunfal.
-¿Entonces usted es un ferviente creyente en la racionalidad?

Antonio

Se echa adelante y empuja el micrófono para mantenerlo a distancia adecuada.
-Distorsiona usted al establecer premisas en su pregunta. La racionalidad es una de las funciones de nuestro cerebro, está ahí, no es un ítem de credibilidad, es un asunto de realidad.

McGuire

Aún sonriendo.
-Aún así, usted cree en lo que dice.

Antonio

-Confiar es la palabra. Confiar se basa en conocer mientras que creer se basa en ignorar. Confiar y creer resultan antónimos. Sólo los ignorantes creen.

McGuire

Ya sin sonreír.
-Vuelve usted al ataque contra los creyentes.

Antonio

-No contra las personas, trueno contra el sostenimiento de creencias descabelladas que no tienen base alguna en la realidad. Esas creencias son dañinas y peligrosas.

McGuire

-Pero el ochenta por ciento de la población de este país tiene esas creencias que usted llama descabelladas.

Antonio

-La posición que usted presenta es la democratización de las creencias. El que muchos crean un postulado no lo hace cierto. Recordemos la tierra plana como centro del universo o la enfermedad mental como posesión demoníaca.

McGuire

-¿Piensa usted que puede cambiar el mundo atacando al cristianismo?

Antonio

-El cristianismo nos compete en cuanto a que vivimos en una sociedad de influencia cristiana. Pero el daño que hacen los judíos, los musulmanes, los hindis, y todas las otras creencias, es patente en el mundo. El juego éste de mi Dios es mejor y más poderoso que el tuyo es responsable por las divisiones entre los miembros de una misma especie. Esos dioses nos mandan a la guerra, al asesinato, al prejuicio, a coartar la libertad de nuestros hijos a crecer sin esos prejuicios. Las religiones son aborrecibles y lo demuestra la cruenta historia de barbaries que han cometido judíos, cristianos, musulmanes principalmente, aunque todas las religiones son culpables de muchas barbaridades. Tomemos a Mahoma, el vividor analfabeta que se inventa una religión y luego se tira a la conquista militar de pueblos para imponer su enferma concepción del mundo. O Pablo de Tarso que se autoproclama apóstol de Jesús y tergiversa el concepto de un reino en la Tierra para el aquí y ahora por un reino divino luego de la muerte. Y ni siquiera tenemos conocimiento alguno de los procesos de la conciencia humana luego de la muerte.

McGuire

Alza la voz y señala con el dedo índice a Antonio.

-Mr. Irizarry! Hold it right there! Nada es sagrado para usted. Implica que toda nuestra sociedad y cultura está basada en conceptos de maldad. ¿No cree?, perdón, para usted no hay creer, ¿no piensa que está siendo en extremo injusto?

Antonio

Inmutable. Tono de voz sereno.

-La injustica viene cuando aceptamos un Dios tan terrible como el de los judeocristianos y los musulmanes. Con solo leer la Biblia o el Corán, vemos que ese Dios es vengativo, cruel, caprichoso, genocida, infanticida, guerrero, inmoral. Con el ejemplo de ese Dios inventado, ¿Qué espera usted de la sociedad que lo respalda? Es deber de los que pensamos y razonamos denunciar ese monstruo psicópata llamado Dios para que sus seguidores puedan darse cuenta de la aberración que siguen.

McGuire

-¡Whoa, Mr. Irizarry! Se me presenta usted tan arrogante pretendiendo ser dueño único de la razón y la verdad.

Antonio

-En momento alguno he dicho ser dueño de razón o verdad alguna. Primero la razón, el poder de razonar es patrimonio biológico, natural a todo ser humano, segundo, nadie tiene la verdad absoluta. La verdad es un norte que buscamos y hacia el cual nos encaminamos. Las religiones son la falsedad que entorpece el desarrollo de nuestra especie, ponen el peligro al mundo. Las religiones promueven la violencia de muchas formas, no solo la física, también la social y la cultural. La misoginia, la homofobia, los antiabortistas.

McGuire

-Usted está en contra del movimiento pro-vida, según parece.

Antonio

-Estoy a favor de la vida, de la calidad de vida. Entiendo que todo el que se opone al aborto tiene la responsabilidad de velar por el desarrollo adecuado del niño que obliga a nacer en circunstancias adversas. Es una gran irresponsabilidad promover un nacimiento y luego olvidarse del niño que ha nacido, dejarlo desarrollarse en un ambiente de privaciones y miseria. Estoy a favor de la vida, por eso combato la pena de muerte, y combato los ejércitos, y combato las guerras, combato la violencia en todas sus formas.

McGuire

-¿Y qué hacemos con los violentos, los criminales, los asesinos, los ladrones, los que trafican y venden drogas?

Antonio

-La rehabilitación del humano desviado es también una responsabilidad de todos. El sistema punitivo que vivimos en vez de contener la violencia, la promueve. Las desigualdades sociales, la defensa horrible de los que tienen tanto contra los que no tienen nada, son elementos que debemos considerar.

McGuire

Mis radioyentes dirán que usted es un ateo comunista.

Antonio

Pueden ponerle nombre a las cosas que digo según les parezca, pero la realidad del hambre en el mundo, de las enfermedades no tratadas, del descontrol de la natalidad, de las guerras, de los abusos de los grandes intereses contra los más desvalidos es en un mínimo bochornoso, además de inmoral, injusto y llanamente criminal. Todos los humanos deben tener el derecho a un trabajo honesto que sea productivo para la sociedad y que mientras más productivo, más beneficios le ofrece al que trabaja.

McGuire

Usted nos juzga muy cruelmente, Mr. Irizarry.

Antonio

Al contrario, amo la humanidad y quiero para ella un mejor futuro, quiero para los niños un mundo viable para los miles de milenios que aún nos quedan de posibilidad de habitar este planeta.

McGuire

Muy encomiable, Mr. Irizarry, veamos que dice nuestro público. Vamos a una pausa y luego abriremos las líneas telefónicas. El cuadro telefónico esta encendido.

30

Cuando Pablo vio el trirreme, se dio cuenta que viajarían ya comenzando el verano y que la embarcación no aguantaría una de las tormentas de la época. Trató de advertirle al capitán que un viaje a Roma en esta época no era muy sabio que digamos. Le explicó que llevaba muchos años viajando y que ya había estado en esas tormentas. El capitán le dijo de mala manera que él tenía órdenes y que no iba a retrasarse por tontada alguna, y menos proviniendo de un reo que trataría de todas formas de evitar ser llevado a su juicio. ¿Y cuál es la acusación? llegó a preguntar Pablo, pero no hubo respuesta alguna. Zarparon de inmediato de Cnosos y bordearon el mar hacia las costas de Italia donde en tres o cuatro días tocarían tierra y luego cabalgarían hasta Roma. El viaje de tres días se convirtió en uno de meses cuando el cielo se encapotó de nubes negras y bajas, y el viento fue con furia *in crescendo* zarandeando la nave. Lluvias torrenciales, truenos, viento y olas tan altas como árboles. En su calabozo en la parte más interna del casco, Pablo sentía el movimiento del trirreme y deducía las estupideces que iba haciendo el capitán maniobrando el barco torpemente. Su primera tormenta, pensó, y la última para este pobre diablo que no supo seguir consejos.

Estaba encadenado con un grillete a uno de los postes que sostenían la cubierta. Se resignó a morir ahogado, ya que nada evitaría que el trirreme zozobrara. El ruido que hizo el casco como si aullara al rajarse, le indica que ya no veía tierra. El calabozo comenzó a hacer agua. Las sacudidas en todas direcciones y los tirones en la pierna encadenada, parecían que le iban a rajar su cuerpo junto con el del barco. Oyó el grito del capitán que decía que abandonaran la nave. Todos morirían en aquellas aguas tempestuosas. En aquella oscuridad horrible y el mar embravecido atacando maderos y humanos. Ya el agua le llegaba al cuello y seguía subiendo. Una luz tenue entro desde arriba. Luego relámpagos iluminaron por segundos el calabozo. La cubierta había cedido y Pablo sintió que se ahogaba mirando aquel cielo cargado de furia. El agua comenzó a cubrirlo totalmente, ya pronto se ahogaría. Un azote de viento y agua hizo crujir lo que quedaba a flote del trirreme. Pablo cerró los ojos y se encomendó a su creador. Un fuerte remolino lo hizo girar varias veces y se sintió flotando con el tronco en medio de las aguas tormentosas, los relámpagos, la lluvia y el viento. Se aferró al tronco hasta con las uñas. No sólo estaba a salvo de ahogarse, sino que estaba a salvo de los soldados que lo habían arrestado.

Detrás de la pared de oscuridad oyó una voz que clamaba. Un relámpago le hizo ver al capitán tratando de mantenerse a flote y tragando agua en cada sumergida. Como en un reflejo lo llamó y con fuerza remó con sus manos el tronco hacia donde había visto al capitán. Otro relámpago se lo mostró mucho más cerca. Los ojos del hombre vieron tan cerca su salvación que casi como si saltara, nadó hasta el tronco y se aferró a él. Le dio las gracias a Pablo y luego le dijo que seguía bajo arresto.

McGuire
-Tomemos la primera llamada, ¿con quién hablo?

Voz de mujer
-¿Cómo se le ocurre a usted llevar a un ateo inmoral a su programa?

McGuire
-¿Qué puede decir usted a eso? ¿Son todos los ateos inmorales?

Antonio
-¿No es inmoral mentirle a los niños, o matar niños o pedirle a un padre que sacrifique a su hijo? ¿Por qué no habla usted de la Biblia, de las inmoralidades cometidas por Yahvé?

McGuire
-Otra llamada. Identifíquese.

Voz de hombre
Usted habló de la crianza de los hijos, Irizarry, ¿Quién es usted para decirme a mí cómo debo criar mis hijos?

Antonio

¿Quién le ha dado a usted la potestad de decidir lo que sus hijos deben creer?

Voz de hombre

Me lo dice Dios. Su maldad le lleva a querer envenenar mis hijos de la ciencia producto del Diablo.

Antonio

¿No es arrogante de su parte alegar que un Dios le habla? ¿No ha pensado que puede ser locura?

Voz de hombre

La loca es su madre, engendro de Satanás, le maldigo y le reprendo. Si lo tuviera de frente no saldría vivo del percance.

Antonio

¿Será esa actitud una de superioridad moral?

Voz de hombre

-¡Fuck you, miserable spic!

McGuire

Vamos a otra llamada. Por favor identifíquense. Tendré que cortar la llamada que no se identifique.

Voz de hombre con acento extranjero

Lo que usted dice le aplica a judíos y cristianos, pero no a islam, no al siempre misericordioso Alá.

Antonio

¿Puede explicar estos nombres dados a su Dios en el Corán? *Al Muhil,* el que envilece. *Al Mumit,* el que causa la muerte. *Al Muntaquím,* el vengador. *Al Dar,* el perjudicador de los que lo ofenden. Ese tan magnánimo Dios suyo, ¿Por qué tiene unos defectos tan humanos?

Voz de hombre con acento extranjero

Ya verá usted como Alá se encargará de demostrarle con el mayor dolor del mundo su equivocación, infiel inmundo.

Antonio

-Otra muestra de moral superior. Gracias por el ejemplo.

McGuire

La próxima llamada. Por favor identifíquese. ¿O es que le vamos a dar la razón a Mr. Irizarry de que ustedes son lo que él dice que son? ¡Hola!

Mujer anciana

¿Es su abuela una mona?

Antonio

¿Cuantos textos sobre evolución se ha leído usted que la certifiquen como erudita en ese tema?

Mujer anciana

¡Maldito! ¡Que el Señor te reprenda!

McGuire

Parece que nadie va a dar la cara hoy. Tenemos un programa de anónimos que le dan la razón a Mr. Irizarry al destilar tanto odio y veneno en sus palabras. El próximo oyente. ¡Hola!

Hombre joven

¿No piensa usted que es mejor creer y que no haya nada a no creer y ganarse el infierno?

Antonio

La apuesta de Pascal está muy desacreditada por inmoral. ¿Está usted dispuesto a entregar su dignidad humana de una forma tan degradante e ignorante?

McGuire

Uff! This is getting stormy here. Mantengamos el respeto por favor. Este es un programa de ideas.

Antonio

Tiene usted razón McGuire. Mis apologías por el comentario anterior.

McGuire

El próximo. Su nombre, por favor.

Mujer de voz serena

Mr. Irizarry, quiero decirle lo beneficioso para mí que ha sido su libro. Soy profesora de Neurología de la Escuela de Medicina Albert Einstein y mi nombre es Amy Spangler. Fui criada en una familia fundamentalista que vivía por y para la Ley de Dios según expresada en la Biblia. Estudié medicina y comencé a sentir que algo erróneo había en lo que mi familia me enseñó. Dejé de ir a la iglesia y comencé a cuestionar sus dogmas. Su libro y sus comentarios me han abierto la mente hacia una nueva libertad. Ha hecho usted una gran contribución a nuestra sociedad. Le felicito.

Antonio

-Le doy mil gracias por sus comentarios. La idea detrás de lo que he escrito no es que la gente me siga, sino que la gente comience a pensar por sí mismas, que cuestionen a los ministros, sacerdotes, rabinos y ayatolas que a diario les mienten y les envenenan la mente con el odio de su Dios Terrible.

McGuire

-Gracias doctora por su comentario. Al menos no todo es veneno en el programa de hoy. Próxima Llamada. ¡Hola!

Hombre con voz fingida

La Biblia nos describe sitios históricos. ¿No indica esto que es la palabra de Dios?

Antonio

El Quijote menciona lugares históricos. Son muchos los libros de ficción que lo hacen. La Biblia entra entre esos libros de ficción. De hecho, está entre los más violentos, absurdos e incoherentes.

Hombre cono voz fingida

Usted ofende a Dios. Se merece el peor de los infiernos.

Antonio

¿Qué es eso de Dios? ¿Qué diferencia hay entre su Dios y el de los demás creyentes del planeta?

McGuire

La última pregunta. Diga su nombre por favor.

Hombre con tono de predicador

El Arca de Noé fue encontrada. ¿Cómo explica usted eso?

Antonio

Si se refiere usted al documental que presentó el Sr. George Jamal demostrando fotos de satélite del área sobre el Monte Ararat, le diré que el mismo Sr. Jamal confesó que el documental es todo falso y que lo hizo para venderle unas astillas de maderos de ferrocarril a los incautos a veinte dólares cada una. EI hombre se rió de ustedes mientras iba camino al banco a depositar más de treinta millones de dólares en astillas que les vendió a los ingenuos.

McGuire

Se nos ha terminado el tiempo. Quiero agradecer la comparecencia de Mr. Irizarry al programa y agradecer a todos los que se tomaron la molestia de llamarnos. Ustedes hacen este programa. ¿Alguna declaración para cerrar, Mr. Irizarry?

Antonio

Espero que la evidencia ofrecida por los que llamaron pueda indicar cuan perdida está la gente que acepta creencias sin cuestionarlas. Espero que lean mi próximo libro. Que tengan buenas noches.

McGuire

-¡Buenas noches a todos! Los quiero mucho, hasta mañana.

31

Poco antes de salir el sol fueron a buscarlo a la celda en el sótano de la prisión. Pablo sufría más que nada porque no podía asearse como estaba acostumbrado. Días sin bañarse mientras su piel se iba cubriendo de impurezas. La mal oliente celda que ocupaba no podía competir con el hedor que manaba de su cuerpo. Fue suerte que el calor ya había pasado y los días fríos no permitían tanto sudor como cuando verano. Comía lo que le traían sin mirar siquiera lo que era. Su preocupación por la comida no permitía que se alimentara adecuadamente. El agua que le traían a veces era tan mal oliente como la celda así que asearse no era muy práctico en donde se encontraba. Comer todas las inmundicias que servían en Roma era una tortura para un fariseo criado en la total adhesión a las Leyes de pureza del pueblo judío. Claro, adhesión cuando no estaba en juego un propósito subterráneo. Eso se lo enseñó su padre.

Una semana antes del juicio llegó Lucas con un abogado que habían contratado los fieles de Roma. Tulio Capeto era el nombre del espigado tribuno con manerismos afeminados que disgustaron grandemente a Pablo. Aun después de tantos años de intimar con *malikaos,* Pablo sentía esa horrible aversión por estos hombres a la vez que le excitaban sobremanera. Sólo sus más íntimos conocían de su debilidad y esos íntimos tenían las mismas inclinaciones de Pablo, así que el secreto era muy bien guardado. El abogado se sentó en una banqueta frente al reo para tomar los pormenores del caso. La acusación era por evasión de impuestos ya que Pablo había gastado casi diez millones de ases en los dos años que estuvo en arresto domiciliario en Roma y no había pagado nada de impuestos al Imperio por todo ese dinero. Se le había acusado en Jerusalén que había recogido ese dinero entre los fieles de sus *eklesias* y que al no dejarlo en Jerusalén, se lo había quedado y no había pagado impuesto alguno por él, usando los recursos del Imperio para su propio beneficio. Si era encontrado culpable de traición al Imperio la pena era de muerte.

Sin muchos rodeos el abogado le dijo que la traición al imperio no era muy bien vista. Le dijo también que sería muy fácil sacarlo libre por dos razones importantes. Una era la ciudadanía romana de Pablo que le confería ciertas ventajas cuando se trata de un juicio. Segundo, que siendo Pablo un hombre que manejaba grandes cantidades de dinero, se podía enternecer el corazón de los jueces con, digamos, unos diez mil ases. Una cantidad así, en realidad ínfima, para una persona que podía disponer de cien veces esa cantidad, no debía ser difícil. Pablo miró al abogado con desasosiego y rencor. Le asqueó la corrupción del abogado, pero éste le dijo que no se alterara. Que si no le gustaba lo que él hacía, que mirara cómo se había incautado de una enorme cantidad de dinero ajeno y que ni siquiera le había dado su parte al emperador. El abogado le ofrecía una solución limpia que no estaba reñida con la moral que Pablo había seguido en sus andanzas.

Enfurecido, Pablo se abalanzó sobre el defensor profiriendo sendos improperios. Lucas lo detuvo. Luego de calmarse, Pablo dijo que no tenía dinero. Que se fue de Roma casi sin dinero y lo poco que tenía lo había gastado en el viaje a Creta. Pensaba recoger diezmos en sus *eklesias* para poder proseguir con su labor apostólica. En su bolsa no tenía ni mil ases. En otras palabras, estaba empobrecido. El abogado sonrió socarronamente y le dijo que le pediría clemencia a los jueces, pero que no había muchas esperanzas.

En la mañana del juicio trasladaron a Pablo al foro vistiendo las mismas ropas que tenía en la prisión y ni siquiera lo dejaron bañarse. Maloliente, lo presentaron ante un panel de tres jueces. Se leyeron las acusaciones que incluían robarle al Imperio y alta traición. El acusador pedía la pena de muerte para el reo. El acusador presentó recibos y testigos de lo que costó el alquiler de la casa y de la suntuosidad en la que Pablo vivía. Se calculó que en dos años de arresto domiciliario, Pablo había gastado alrededor de diez millones de ases. El impuesto defalcado al Imperio era de alrededor de dos millones de ases. Con ese dinero se hubiese podido hacer un quinquiremo para reforzar la armada. El crimen de Pablo era desastroso para la economía de Roma.

El defensor presentó a Pablo como un hombre que ignoraba las estrictas leyes sobre impuestos del Imperio. Dijo que había usado todo el dinero para la consecución de lo que consideraba su obra religiosa y no para provecho propio. Presentó testigos de reputación quienes pusieron a Pablo como un santo, honesto hombre de Dios. Por último, el abogado apeló a la beneficencia de la corte para que perdonara a este hombre ejemplar de nuestro Imperio, ministro de la nueva religión que había terminado con la rebelión pacifica de los judíos en oriente con estas nuevas creencias. Los jueces llamaron al abogado al estrado y le preguntaron que cuanto estaba Pablo dispuesto a pagar por su vida. Cuando el abogado les dijo que el acusado tenía mil ases, los jueces se echaron a reír y sellaron a carcajadas la sentencia de muerte por decapitación de Pablo.

Antonio llegó al hotel como a eso de las siete de la noche. Cuando se bajó de la limosina que lo trajo y caminó hacia la puerta del hotel, se le acercó un hombre delgado, vestido de impecable traje de tres piezas y con un maletín que parecía no parte de su indumentaria, sino parte de su humanidad. El hombre le entregó unos papeles y le dijo que quedaba emplazado para presentarse al tribunal superior del Bajo Manhattan. Mientras Antonio leía los papeles el hombre le pidió que firmara los recibos y se alejó hacia un carro alemán aparcado muy cerca.

Una demanda por agravios y difamación por parte de la Coalición Heterogénea de Iglesias Santificadas Totalmente Evangélicas de la ciudad de Nueva York. La demanda era por un millón de dólares. Antonio corrió a su cuarto donde Leonor lo esperaba con una amplia sonrisa. Cuando lo vio con la cara tan descompuesta supo que algo andaba mal. Antonio le explicó y le enseñó la demanda. Leonor calmadamente le dijo que llamarían un abogado el lunes, que todo se arreglaría.

D.J. Mudd, Esq.
Attorney at Law

Por recomendación de un amigo llegaron a la oficina del abogado. Antonio sonrió con el nombre ya que daba a entender una relación con fango. Les dijeron que era un experto en el tipo de demanda que se presentaba, y que por su conocimiento en la materia era el adecuado para defenderlo. También era muy caro. El abogado era un hombre alto de unos cuarenta y cinco años con apariencia de playboy. Vestía un traje azul y llevaba la corbata sin apretar con el botón alto de la camisa suelto. Una barba rala comenzando a grisear le cubría la mandíbula y le daba un cierto aire de seriedad que reconfortó a Antonio. Pidió la demanda y

Antonio le entregó los pliegos que le habían dado el viernes en la noche. Mudd los leyó con detenimiento por más de media hora. Y luego dijo que esto sería divertido. Hacía mucho tiempo que esperaba darles una paliza publica a estos hijos de puta, expresó. Lo primero que harían sería documentar todas las expresiones que se divulgaban en el libro de Antonio. Tengo todo documentado. Todo lo que mi libro dice sobre los cristianos proviene de la propia Biblia y de la historia. El análisis que se hace en los artículos es en realidad recopilación de debates anteriores. Hay muy poco material original en esos ensayos. La única novedad es que han sido puestos juntos en un mismo libro, haciendo quedar muy mal a los cristianos. Muchos de los argumentos del libro aplican también a judíos y musulmanes. Imagino que estos harán lo propio con alguna otra demanda. Mudd le dijo que probablemente los musulmanes esperarían el resultado de este caso antes de presentar ellos una acción legal.

Al estar todo documentado directamente de la Biblia y la historia, el argumento de difamación se caería fácilmente. Si estos alegatos no trascendían entonces los llamados daños tampoco se podrían demostrar. EI documento de la demanda usaba términos como herejía, insultos, ateísmo, blasfemia, satanismo, inmoralidad. Ninguno de estos cargos había sido sostenido en un tribunal de los EEUU desde el siglo diecinueve. El intento era claro. Introducir en el sistema legal la controversia religiosa para darle un visto de respetabilidad a un asunto que iba perdiendo terreno ante la ciencia y la filosofía. Los EEUU quedaban en el mundo como uno de los baluartes del cristianismo y el libro socavaba las bases del poder que tenían en la política estadounidense. Parecía más un intento desesperado de legitimarse que otra cosa. El libro de Antonio surgió como una buena excusa para ponerse ellos en la arena pública. No calcularon el riesgo de quedar en ridículo y la demanda había sido escrita a la carrera dando lugar a un documento de chapuza. Antonio sonrió y dijo que así mismo era la Biblia.

Sendas deposiciones con los demandantes se citaron. Reverendo Luther Staunch, quien aparecía como principal demandante sería depuesto primero. Mudd esperaba que los abogados de los demandantes desistieran de proseguir luego que no pudieran presentar argumentos serios en las deposiciones. Pero la ira que demostraron los demandantes no dio lugar para retirada honrosa. El proceso tuvo que darse en público y se hizo notorio a nivel nacional. Una vez se fijaron las fechas para el proceso, los periodistas invadieron la vida de Antonio que siguiendo los consejos de su abogado sólo les hablaba de su libro y nada del asunto legal.

Pablo fue devuelto a su celda luego de fijarle una pena de muerte por decapitación con fecha de un mes. Su abogado dijo que podría apelar, pero sin dinero para sobornar era inútil. Pablo se resignó a la muerte y pensó en el Cristo resucitado y que por su trabajo tan grande por llevar el mensaje de Dios tenía fe en que él también sería resucitado. La muerte había estado tan cerca de él tantas veces que en vez de temerle la consideraba su amiga. Sintió que la labor de su vida fue en realidad preparación para el inminente final. El juicio había sido rápido y no había tenido repercusiones públicas. Le quedaba un mes para enviar el mensaje de que sería martirizado por predicar su evangelio. Convencía a los que venían a visitarlo que apenas comenzaba la época de los martirios y que Nerón los perseguiría con intención de exterminarlos.

Logró de esta manera que los escasos fieles de Roma, unos quince mil, protestaran e hicieran mucho ruido. A su muerte las protestas se hicieron más violentas llegando a quemar edificios por toda la ciudad. Las represalias del emperador contra los seguidores de Jesús no se hicieron esperar.

En la mazmorra que le tocó como última residencia en su vida, la pestilencia, la podredumbre, las ratas, y la mala comida le iban minando su salud. El día de su muerte iba a estar tan sucio y desnutrido que la muerte no le dolería tanto como la verdad a la que tuvo que enfrentarse. Pensó en el extraño del otro lado del mar. Aquel hombre que contrariaba todas sus enseñanzas. Aquel que aparecía y desaparecía sin dejar rastro alguno. ¿Quién era? Un demonio venido desde el fondo del infierno, revestido de una capa de humanidad, eso le pareció. Pensó en Judas. Los años desde que se suicidó no habían borrado el recuerdo de su acompañante de juventud. Gamaliel, el rabino ya había muerto, Yacob fue dilapidado en Jerusalén. Cefas se había escapado a Roma y dirigía a los fieles de la ciudad. Cefas era de los pocos que quedaban que habían conocido a Jesús el hombre. Era tan mal predicador el Cefas, que su única virtud era haber conocido a Jesús. Cuando Nerón comenzó sus represalias, Cefas fue una de las víctimas. La fila monótona de cruces a lo largo de la carretera se interrumpía por una cruz al revés y un hombre que había pedido ser crucificado distinto al Cristo, el secreto que Cefas guardaba, sobre la muerte de Jesús, se lo llevó a la tumba. Dramatizó una muerte horrible para darle continuidad al cuento de la resurrección, que el mismo Pablo había tomado como la verdad.

Lleno de vergüenza por su falta de higiene y nutrición inapropiada, recibía a sus visitantes, quienes le indicaban comprender lo que le pasaba. Alguno que otro atrevido lograba pasarle alguna comida adecuada. De no haber sido así, Pablo hubiese muerto en la prisión antes de que llegase su ejecución. Pensó que morir de enfermedad y en la oscuridad del calabozo hubiese sido un anticlímax para su vida. Si la suerte lo trajo hasta esta circunstancia, tenía que sobrevivir para que su martirio fuera conocido y llevado como testimonio a todos los confines del mundo. La crucifixión de Cefas ya había sido todo un espectáculo. Su muerte debía serlo también.

El día del juicio los periodistas abarrotaron los alrededores de la sala desde muy temprano. La Honorable Juez Eartha Jefferson presidiría el juicio. Las posiciones de esta magistrada eran uno de los enigmas en el sistema judicial de Nueva York. Si participaba en alguna organización religiosa, no se conocía. Sus inclinaciones políticas tampoco eran de dominio público. Era una mujer negra, proveniente de una familia que participó en los eventos de los cincuenta y sesenta. Se pensaba que era liberal, pero su historial jurídico indicaba que no se casaba con posiciones políticas, religiosas, raciales o de cualquier índole ajena a su imparcialidad. Los demandantes trataron de que la juez se inhibiera del proceso, pero no pudieron demostrar sesgo alguno en la honorable juez.

A las diez la juez entró en sala y comenzaron los procedimientos. Los demandantes presentaron sus argumentos iniciales donde alegaban sendos daños a sus creencias, a sus iglesias y a sus hijos por la divulgación del libro *A Necessary Gospel*. La popularidad del libro había puesto en peligro la integridad de las iglesias, la educación cristiana de sus hijos. Esa publicidad quebrantaba su libertad de credo. Pedían que se eliminara el libro de librerías y bibliotecas. Pedían además una excusa pública por parte de Antonio y una indemnización de un millón de dólares para recomponer la imagen de La Coalición. El abogado del demandado presentó argumentos iniciales diciendo que lo que pretendían las iglesias era coartar la libertad de expresión y que en la arena de la información al público, si ellos no tenían nada para sostener sus alegatos, no se les podía permitir que interfirieran con la más central de todas las libertades.

32

Antonio, su mujer y su abogado fueron a almorzar a un restaurante tailandés que quedaba detrás de Chinatown, bajando por la calle Ludlow, muy cerca del lugar donde una de las facciones del fanatismo religioso de la Tierra derribó las Torres Gemelas. Leonor sucumbió a las tentaciones de los platos siameses que mezclaban sus influencias chinas con las tropicales. En medio de un juicio más molesto que peligroso, venir a un restaurante como éste, donde la atmosfera oriental, el olor de los manjares, los mariscos y el coco, lo dulce y lo picante, se iban entremezclando en un embrujo extranjero que les llevaba a unas circunstancias más pacíficas y placenteras.

No es que renegara de los líos en que se había metido su marido al escribir los artículos que formaron el libro, y no es que su fama instantánea luego del programa radial le molestara mucho. Pero la pérdida de privacidad, el no poder caminar por las calles libremente sin que alguien los saludara efusivamente o les lanzaran improperios que sonrojarían a un camionero, le eran intolerables. Y los improperios venían de cristianos. Las amenazas venían de cristianos. ¿Quién le hubiera dicho que esa creencia que una vez profesó, guardaba tal podredumbre? Su alma se fue alejando del cristianismo. Se aferraba sólo al recuerdo del buen Jesús que le venía a la mente de niña cuando su madre le contaba de Papito Dios, ese ser todo amor que una vez caminó por la Tierra. ¿Qué pasó entre esos tiempos y el presente? ¿Qué pasó con el buen Jesús de sus quimeras y estos seguidores absurdamente violentos y llenos de odio e irracionalidad?

La mirada que puso su marido y el escalofrío que sintió le advirtieron de una presencia invisible en el salón comedor. Miró a su marido y pregunto: ¿Miguel? Antonio asintió y le hizo seña que no dejara que Mudd notara lo que estaba ocurriendo. Siguieron la comida sin demostrar señal alguna de la presencia de Miguel. El tribunal reanudaba su sesión a las dos de la tarde con la presentación del reverendo Luther Staunch como primer testigo del demandante. Los periodistas llenaban la sala y las cámaras de televisión obstruían el paso por casi todo el pasillo del tercer piso del edificio donde se encontraba la sala. Tuvieron que pasar entre los inquisidores entes de la prensa. Quizá la más grande humillación para La Coalición fue que ninguno de los periodistas les presto la más mínima atención. Todas las preguntas eran para la celebridad del momento, Antonio Irizarry.

-¿Qué piensa usted hacer luego de este juicio?

-¿Seguirá escribiendo en contra de los fundamentalistas?

-¿No teme por su vida?

-¿Ha pensado que las personas que usted ataca pueden contratacar con violencia?

-¿Es cierto que fue usted sacerdote católico?

-¿Cómo puede atacar la respetabilidad del cristianismo con la flema que lo hace?

Antonio, siguiendo instrucciones atravesó el mar de reporteros y entró a la sala seguido por su abogado y su mujer. Los demandantes entraron formando un grupo obvio liderado por el Reverendo Staunch, pero los periodistas no les hicieron caso. Luego de la entrada de la juez, el abogado demandante Hyman Linderman, llamó al reverendo Staunch al estrado. Parado detrás de la juez, Antonio veía a Miguel que le sonreía.

Linderman

-Diga su nombre para el record, por favor.

Staunch

-Luther Staunch.

Linderman

-¿A qué se dedica?

Staunch

-Soy pastor de una iglesia cristiana y presidente de la Coalición Heterogénea de Iglesias Santificadas Totalmente Evangélicas de esta gran ciudad.

Linderman

-¿Conoce usted, o ha tenido algún contacto con el demandado, Antonio Irizarry?

Staunch

-Personalmente no lo conozco. He tenido que leer su horrible libro y he hecho una llamada al programa de radio de Jack McGuire, donde se presentó a insultar a los cristianos de esta gran nación, poderosa por la gracia de Dios.

Juez Jefferson

-Abogado, aconseje a su testigo que debe contestar sólo lo que se le pregunta.

Linderman

-Por supuesto, su señoría. Sr. Staunch, por favor limítese a contestar lo que se le pregunta. Esto es un tribunal, no un púlpito. Podría decirnos que cosas ha escrito y/o dicho el Sr. Irizarry que le han hecho daño a su iglesia y organización.

Staunch

-Este enviado del Diablo nos…

Juez Jefferson

-Si quiere seguir declarando en mi sala, el testigo debe restringir sus comentarios y narrar solamente los hechos. Declaro un receso de diez minutos para que pueda usted instruir su testigo.

Linderman

-Sí, su señoría.

Alguacil

-Todos de pie, comienza el receso.

La juez abandonó el estrado y salió por la puerta trasera que la comunica con sus oficinas. El murmullo en la sala se fue convirtiendo en algazara mientras Linderman y Staunch parecían discutir acaloradamente. Mudd le dijo a Antonio que parecía que las cosas se iban a salir de control con la actitud de Staunch y que sería bueno que tomaran algunas precauciones. Antonio le preguntó que cuáles serían esas precauciones.

Por lo bajo Mudd le dio unas instrucciones a Antonio quien soltó una carcajada, pero Mudd permaneció muy serio. Antonio le preguntó que si en realidad estaba planteando la peligrosidad con seriedad. Mudd asintió. Antonio oyó claramente la voz de Miguel diciendo que siguiera las indicaciones de su abogado. Pasados diez minutos llamaron al orden en la sala. Todos de pie. La honorable juez hizo su entrada.

Juez Jefferson
¿Están listos para continuar, caballeros?

Linderman
Sí, su señoría. Mr. Staunch, nos indica usted que sus iglesias, las que forman parte de La Coalición, han sufrido serios daños a causa del libro _A Necessary Gospel_ de Antonio Irizarry, el demandado en este caso. ¿Podría detallarme algunos de esos daños? pregunto dirigiéndose a Staunch.

Staunch
Con la cara enrojecida y mirando con el ceño fruncido y gesto de ira. Su voz denotaba que se estaba restringiendo en sus declaraciones.
-Han sido muchas. Este hombre denigró nuestra moral, se burló de nuestras creencias, de nuestro estilo de vida. Trató de ridiculizar nuestro empuje político, que ha sido nuestro esfuerzo por mantener esta nación en su sitial de primicia entre las naciones del mundo. Nos ha dicho ignorantes. Nos ha acusado de ser seres violentos, nosotros que hemos trabajado para la paz mundial siempre. Criticó nuestras misiones y las acusó de servir para enriquecer a unos pocos. Nosotros que hemos llevado la palabra del Señor. . .

Linderman
-Limítese a contestar la pregunta, Reverendo Staunch.

Staunch
-Estoy tratando de ser preciso. Nuestra demanda se trata de cómo este engendro ha afectado las acciones de nuestras iglesias.

Linderman
-No estamos aquí para presentar las acciones de sus iglesias, solo queremos presentar los daños causados por Mr. Irizarry.

Staunch

-¿Cómo voy a poder hablar de los daños si no hablo de lo que hacemos, de nuestra misión en este mundo?

Linderman

Ya hablamos de eso, Reverendo Staunch. A la corte sólo le importan los hechos. Limítese a contestar lo que se le pregunte. Recuerde que yo estoy de su lado.

Staunch

Yo quiero cambiar este abogado. Necesito un abogado cristiano, no un judío que está en contra de los cristianos. ¡Que se vaya a Israel con los suyos!

Juez Jefferson

Usted está fuera de lugar. No presione mi paciencia Mr. Staunch. Estoy a punto de plantarle un desacato por su falta de respeto al tribunal y sus procedimientos. Si desea cambiar de abogado, que sea su defensa quien plantee el asunto al tribunal y será el tribunal quien tome las decisiones. Vamos a un receso hasta mañana. Espero que para entonces usted y su abogado hayan llegado a un acuerdo. El tribunal recesa hasta mañana a las diez.

Tan pronto la juez abandonó el estrado, Staunch y Linderman se enfrascaron en una discusión a viva voz que tuvo que ser controlada por los alguaciles. La sala fue desalojada y los protagonistas de la demanda, Staunch y su abogado, Antonio, su mujer y su abogado, fueron escoltados fuera del edificio. Afuera los periodistas en enjambre acosaban a Linderman, quien dijo que no tenía comentarios. Staunch quiso hablar ante las cámaras, pero los reporteros, con sus cámaras fueron hacia Antonio y su abogado. Mudd fue quien contestó las preguntas.

-¿Qué está pasando con el desastre entre su oponente y el abogado? preguntó una famosa reportera de ABC.

-Los asuntos de presentación de nuestros oponentes no merecen comentario alguno. Lo que vieron ustedes habla por sí solo. Entendemos que La Coalición no tiene un caso meritorio.

-Pero Consejero Mudd, ¿Piensa usted aprovecharse de los hechos de hoy en el tribunal para su defensa?

-No tenemos más comentarios. Los hechos en la sala hablan por sí solos. No soy quien para darles a ustedes interpretaciones que ustedes mismos puede alcanzar. ¡Buenas tardes!

Perseguidos por decenas de reporteros, Antonio, Mudd y Leonor entraron a un automóvil negro que les esperaba al bajar las escalinatas del tribunal. Una vez dentro, Mudd instruyó al conductor que los llevara a la armería más cercana. Al arrancar el auto y dejar atrás la jauría de sabuesos y sus cámaras, Antonio vio a Miguel sentado en el automóvil al lado del conductor.

New York. Por Liebztig Strauss. Anoche durante una reunión de emergencia La Coalición Heterogénea de Iglesias Santificadas y Totalmente Evangélicas, destituyeron al Reverendo Staunch de su presidencia y procedieron a expulsarlo de su organización. Decidieron también que la publicidad que su depuesto presidente le había provisto a su organización y a los cristianos en general, hacía necesario que se retirara la demanda, cosa que procederán a efectuar el día de hoy.

En la mañana llegaron al tribunal a las nueve treinta en el mismo automóvil que usaron para partir el día anterior. El invisible pasajero sentado al lado del conductor miró varias veces y le sonrió a Antonio quien miraba a su mujer, que aunque no lo veía, sentía que estaba allí. Al bajar del coche subieron las escalinatas entre los reporteros, sus camarógrafos y sus grabadoras, sonriéndole a todos y sin contestar preguntas. Entraron al edificio y subieron al tercer piso en uno de los elevadores. En el pasillo encontraron al Reverendo Staunch y al abogado Linderman rodeados de una veintena de hombres, todos en traje negro y de mirada sombría. Esperaron en el pasillo a que abrieran la sala y entraron para ocupar sus puestos. Leonor se sentó entre el público en la primera fila, detrás de su marido. Sentado entre el jurado estaba Miguel. A las diez en punto vino el todos de pie y la entrada de la Juez Jefferson.

Juez Jefferson
Entiendo caballeros que tienen un anuncio que hacer.

Linderman
Con la venia de su señoría, La Coalición ha desistido de continuar con esta demanda y ha desautorizado al Reverendo Staunch para que

sea su representante. Pido también retirarme como abogado de los demandantes.

Juez Jefferson

Tomando en cuenta los problemas que han causado al tribunal y a los demandados con este procedimiento, el tribunal condena a los demandantes a pagar las costas de este juicio. También el demandante debe reembolsar los gastos en que incurrió el demandado. Deja sin efecto la demanda por renuncia del demandante. La corte cierra este caso.

Staunch

Quiero decir unas palabras antes de que nos retiremos.

Juez Jefferson

Mr. Staunch. No toleraré en mi sala los exabruptos que usted cometió durante el cortísimo proceso, y menos ahora. La corte lo haya culpable de desacato y le impone una multa de mil dólares. Desalojen la sala.

El reverendo Staunch parecía que iba a reventar cuando obviamente su presión le iba enrojeciendo la cara y sus ojos azules se iban inyectando de rojo y de odio. Salió rápidamente y no quiso responder a los reporteros. Cuando salió del edificio un hombre vestido de jeans se le acercó y le entregó una bolsa de papel. Se abrazaron y el hombre se perdió en la muchedumbre. Los periodistas y camarógrafos trataron de que diera una declaración, pero cuando se dispuso a hablar, salió Antonio con su abogado y con Leonor. Los reporteros abandonaron a Staunch y corrieron hacia Antonio. Esta vez Antonio habló y le dijo a la prensa que era su propósito exponer a los farsantes como el Sr. Staunch y advertir del daño que estos religiosos le hacían a la sociedad, siendo como eran cómplices de los poderosos que mantenían el planeta bajo el yugo de la ignorancia. Mientras hablaba entre los periodistas surgió la figura de Staunch con una pistola en la mano la cual descargó dos veces contra el pecho de Antonio, quien cayó al suelo retorciéndose de dolor. Policías aparecieron de todas partes y desarmaron al atacante quien dijo que había librado al mundo de una sabandija. Aún tocándose el pecho y con su rostro mostrando dolor, Antonio se puso de pie y se abrió la camisa demostrando un chaleco anti balas. Los policías le leyeron sus derechos al Reverendo y se lo llevaron arrestado. Mudd, dio por terminada la conferencia de prensa con su reiterada frase de los hechos hablan por sí solos.

33

La noche fue cayendo y quitando la única luz que entraba en la celda de Pablo. Su última noche en la Tierra, mañana estará con Dios en el Paraíso. Sentía que su obra estaba consumada. Le daba la bienvenida a la muerte, pues había dejado suficientes seguidores en este mundo para continuar su obra en nombre del Cristo y su apóstol, Pablo. Él fue el único que pudo entender claramente el mensaje de Dios a través de la aparición del Cristo resucitado allá en el camino a Damasco. Toda la inspiración divina que la aparición le brindó, le sirvió de guía para dirigir su vida hacia el servicio del Dios de sus antepasados. Los sufrimientos de los últimos meses. Su milagrosa salvación del naufragio, eran señales inequívocas del Creador. Ésta, su muerte como mártir de la fe del Cristo resucitado, le daría gran fuerza al movimiento. Soñó que alguna vez esta fe sería la única del Imperio. Todos los hombres judíos y gentiles, romanos y griegos sirviéndole al Dios de los judíos. Que gran gloria para su pueblo que había convertido a todo el mundo a la única verdadera religión, ahora renovada. La religión de Yahvé revelada a él a través del hijo de Dios, el Cristo resucitado.

Todo estaba consumado. Su tarea completada. Fueron tantos los que este último mes le habían visitado en su prisión, Lucas, su amado Timoteo, casi todos los líderes romanos. Llegaron miembros de la *eklesia* de Corinto. Todos pidieron su bendición. Pablo, como único apóstol, el verdadero, al que le fue conferida la importante misión de convertir al mundo a la naciente fe universal, daba sus bendiciones entendiendo que toda energía que fluía a través de él, provenía de Dios directamente. Estaba listo para morir. Estaba listo para vivir la eternidad junto a Dios. Y con su cuerpo espiritual, que le sería dado, al igual que le fue dado a Jesús, se aparecería a sus discípulos para asegurarles desde el más allá que el pacto renovado era el verdadero. Que la remoción de los pecados mediante el nuevo rito del bautismo haría innecesaria la circuncisión. En fin, que el gobierno de Dios sobre la Tierra se haría obvio y entonces todos los humanos viviríamos como hermanos, en paz y en ágape.

No pensó que la víspera de su muerte recibiría visitantes, y menos en la noche. Pero sí llegaron dos. Luego que el crepúsculo sumió en la total oscuridad la celda, Pablo sacó un cabo de vela que le había traído un seguidor y le pidió al guardia que se lo encendiera como favor de su última noche. El guardia lo encendió y se lo entregó a Pablo. El cabo le daría par de horas de luz. No dormiría esa noche. No dormiría no por su preocupación con la ejecución, sino por la otra visita que llegaría esa noche. Alguien inesperado, con noticias inesperadas, con noticias nefastas. Llegaría a pensar que era otra vez Satanás en un último intento, pero los datos que le ofreció le convencieron que las noticias eran verdaderas. Todos los sueños de su vida se convertirían en quimeras al soplo de una voz que le hablaría, de una cara conocida. El visitante con su rostro tan parecido al de Jesús, identificándose como su hermano, no podía ser un farsante. Tuvo que decidir entre aceptar las noticias o llegar a la muerte lleno de dudas. Cuando el visitante partió, el cabo se apagó y sólo la oscuridad y el otro visitante le acompañaron el resto de la larga noche de la víspera de su decapitación.

Agradeció al guardia que le encendiera la vela. Le trajeron pan fresco y vino para la cena. El guardia también le trajo una vasija de agua y una mezcla de lejía y aceite para que se aseara un poco. Para los ejecutados, se les proveía una túnica blanca, la cual Pablo agradeció. Al menos estaría limpio al enfrentar a su Dios. Ejecutó todos los ritos de limpieza y purificación y se envistió con la túnica de la muerte. Invocó la presencia de los ángeles que le dieran la fortaleza para caminar sin titubear hasta el cadalso. Cenó el pan fresco y tomó el vino que por un rato apagó su sed. Luego se sentó en la banqueta que proveía el único mueble de la celda. Allí esperaría el amanecer e iría al encuentro con su destino. Alguna pequeña duda le asaltó al pensar en lo que consideraba su único pecado en la vida. El de la carne. El del deseo inmundo por los hombres afeminados. Los pecados anteriores, los de perseguir y asesinar los seguidores del Cristo, esos habían sido borrados por el bautismo, allá en Damasco. ¿Cuál sería el castigo que Yahvé le depararía para pagar ese pecado? Pecado que se minimizaba ante la monumental obra que había dejado por todo el mundo. Confiaba en el amor de Dios y pensaba que luego de tan descomunal misión, la cual había cumplido con creces, merecería las indulgencias del Padre.

Se extrañó grandemente cuando el guardia le anunció una visita. ¿Una visita? ¿La víspera de mi muerte? Todos los conocidos ya habían venido. Muchos estarían presenciando su ejecución para poder dar testimonio al mundo del martirio de Pablo. La ejecución sería pública, para escarmentar los enemigos del Imperio. Este imperio condenado a sucumbir como habían sucumbido todos los imperios de la humanidad. Como sucumbirían todos los imperios futuros. No era característico del humano aprender de sus errores. Seguirían haciendo imperios basados en el poder militar, en la fuerza bruta. Todos esos imperios se irían desmoronando. Todos.

El visitante entró y un escalofrío le recorrió el cuerpo. De unos diez años más joven que él, entró aquel hombre con la misma cara de Jesús. O casi la misma cara. Quizá más claro el pelo. Quizá un poco más bajo. Pero la misma cara. El resucitado lo venía a visitar, pero ¿era el resucitado? Cuando habló, la voz no era igual. Se movía diferente. Pero la cara era la misma, al menos al compararla con la imagen que tenía en su mente luego de más de treinta años de haberla visto por última vez. Pero su sentido de realidad le advertía que éste no era Jesús, que no era el resucitado. Otra vez el Demonio a tentarlo. Otra vez el martirio del alma precediendo el martirio del cuerpo.

El visitante lo saludó sin efusión. Que la paz del Señor este contigo. Pablo resintió el saludo, uno tan agápico viniendo del Diablo. Se levantó de la banqueta y se la ofreció al visitante. Pablo se sentó en el suelo. El visitante rechazó la banqueta y se sentó en el suelo frente a Pablo. Soy Tomás, hermano de Yeshua, le dijo. Vengo a darte unas noticias que pienso no estabas listo para recibir hasta ahora. Pablo sintió que se le revolcaba el estómago ante la potencial descarga que este hermano de Jesús podía traer. ¿Qué noticias traía este visitante, este Tomás llamado hermano de Jesús? ¿Qué había ocurrido allá en Jerusalén luego de no saber de ellos por tres años? Con Cefas muerto se había perdido todo contacto con ellos, así que las noticias desde la Ciudad de Dios no habían estado disponibles. Al parecer cuando Cefas decidió seguir a Pablo, los Jerusalenses lo sacaron de su círculo íntimo. Ya Cefas, llamado Pedro, poco antes de su martirio perdería todo contacto con la congregación de Jerusalén, Todas las *eklesias* fundadas por Pablo perdieron ese contacto. El mundo de seguidores quedó dividido en dos facciones. Los de Yacob y los de Pablo. La historia continuaría con esta división plantando casi tres siglos más tarde el choque entre arianos y trinitarios. En ese tiempo futuro, serían los seguidores de Pablo los que ganarían.

-¿Qué vienes a decirme? ¿Qué quieres de mí? preguntó Pablo con la voz llena de angustia.

-Vengo a traerte noticias de Yeshua, dijo Tomás.

-¿Eres de los que le han visto resucitado? La angustia en la voz de Pablo parecía crecer y él no se explicaba de dónde provenía ese miedo.

-Le he visto muchas veces, dijo Tomás. Él me envió a verte y a decirte que aún te recuerda y que luego de tantos años de seguir tu trayectoria, le hubiese gustado comunicarse contigo, pero habiendo sido condenado y ejecutado, no podía presentarse en lugares públicos.

-Pudo haber venido a mí en cualquier momento, dijo Pablo.

-Le hubiera gustado venir esta noche, pero los viajes a Roma, y el llegar hasta aquí lo hubiesen puesto en peligro, dijo Tomás.

-¿En peligro? ¿A un espíritu? ¿A un resucitado?

-Es muy duro lo que tengo que decirte, Pablo, dijo Tomás. Sabemos que hablaste con Yeshua. No podíamos admitir que sabíamos, pues nadie debía saber que Yeshua no murió aquella tarde.

-¿De qué locura estás hablando? Pablo pareció rugir al hacer la pregunta.

-No es locura, dijo Tomás. Aquella tarde, Yeshua fingió su muerte usando las artes místicas antiguas que aprendió en oriente, en la India. Lo llevamos a la casa de Yosef de Arimatea, donde lo atendimos para que se recuperara de las heridas. Tuvimos que matar a Judas para que no te notificara de los eventos. Lo descubrimos escribiéndote una carta. Tengo aquí la carta que trato de escribir cuando lo pescamos escribiéndola. Conocerás su letra y sabrás que lo que te digo es verdad.

-Eres un demonio que me tienta, dijo Pablo.

-Pablo, es tiempo ya que dejes los demonios y los Dioses y los misticismos, dijo Tomás. Pusimos un hombre joven en la tumba y cuando las mujeres fueron a embalsamar el cuerpo creyeron que Yeshua había resucitado. Decidimos dejar el cuento correr para mantener la seguridad de Yeshua y darle cierta fuerza al movimiento que él había ideado.

-Son todos unos hijos de puta, dijo Pablo casi gritando el improperio.

- Yeshua se fue a vivir a la India, con su mujer. Allá hizo su vida y su mujer ha parido sus hijos, dijo Tomás con tono tranquilo.

-Todo lo que he hecho en la vida se ha basado en la visión que tuve en el camino a Damasco, dijo Pablo dejando que el peso de su cabeza y hombros doblegara su cuerpo.

-No pudimos evitar lo que hiciste, pero lo que hiciste evitó la masacre de nuestra gente y en eso te agradecemos, dijo Tomás.

-Pero mi vida se convierte en una absurda mentira, dijo Pablo cabizbajo y casi lloroso.

-Piensa en los que salvaste de morir con tus persecuciones, y las persecuciones de otros, dijo Tomás. De todos los males el menor. No pudimos vencer al Imperio ni lograr nuestra independencia, pero logramos proteger de la muerte a tantos inocentes.

-Yeshua vivo, balbuceo Pablo. Yeshua vivo y yo engañado. Tuve una visión, tuve una visión.

-No fue una visión. Tuvimos que ir a buscar a Yeshua a la India que viniera a convencerte de que desistieras de las persecuciones, dijo Tomás. Tu reacción no fue lo que esperábamos, pero fue mejor que la muerte de tantos.

-Fue un cruel engaño, dijo Pablo.

-Cuando fuiste a reunirte con Yacob, dijo Tomás. Preparamos la estrategia de dejarte predicar. Fue un gran sacrificio de un ideal por las vidas de miles. Lo de recoger el dinero fue el anzuelo para hacer creíble la misión que te encargamos sin que tú lo supieras. Te hicimos salvador de los judíos.

Pablo comenzó a sollozar y luego a llorar desconsoladamente. Dentro de su llanto fueron surgiendo unos borbotones de carcajadas. Risa y llanto mezclados en un mismo sentimiento.

-Que puedas morir en paz, dijo Tomás mientras se levantaba y caminaba hasta la puerta de la celda. Toco a la puerta, el guardia le abrió y Tomás desapareció.

Tan pronto Tomás se fue, de la oscuridad salió el forastero del otro lado del mar. Esa visita no fue más reconfortante que la anterior. El viajero le habló del mucho daño que harían para las próximas generaciones, las enseñanzas de sus cartas. Pablo no quería escucharlo. Me acaban de decir que todo mi trabajo ha sido una gran mentira. Antonio le dijo que había escuchado y que era una pena que el mundo nunca supiera la verdad.

-La verdad. . . La verdad. . . dijo Saulo. Ya no sé lo que es la verdad.

-Mucho se hablará de que Jesús no murió en esa cruz, dijo Antonio, pero nadie podrá demostrar con certeza cuál fue la verdadera historia.

-¿Cómo puedes saber lo que ha de hablarse? Saulo hablaba con desesperación, con la voz entrecortada. Me haces pensar cada vez que eres un demonio.

-Tomás te dijo que dejaras ya los demonios, dijo Antonio. Los demonios no existen.

-Desde que llegaste el primer día sólo traías malas nuevas sobre un futuro que no sé cómo puedes conocer, dijo Saulo. Tienes que ser una entidad malévola que ha querido jugar con mi mente y con mi salvación.

-La salvación es otra cosa Saulo, dijo Antonio. No soy un demonio. Soy un hombre como tú que vengo de otro lugar y de otro tiempo. No pude cambiar mi tiempo desde el pasado. Pero intentaré cambiarlo desde mi propio tiempo.

-¿Pretendes hacerme creer que me visitas desde el tiempo que aún no ha pasado? ¿Otro cuento para torturar mi mente? Saulo gritaba, lloraba, reía, se halaba los pocos cabellos que le quedaban.

-Siempre te he dicho la verdad, dijo Antonio. Si me hubieras escuchado la historia hubiese sido otra. Pero es muy cierto que la historia no puede cambiarse.

-Siento tanta tristeza, Señor Demonio o lo que seas. Ni siquiera puedes apiadarte de mí desgracia ante mi muerte. No hablo de mi muerte física. Mi espíritu ha muerto. La muerte en la mañana será en realidad una bendición. Saulo comenzó a mostrar una serenidad profunda. Parecía que se entregaba a su destino con resignación. Antonio extendió su brazo y colocó su mano sobre el hombro de Saulo.

- Ya tendrás oportunidad de encontrar la verdad a través de mí, Saulo, dijo Antonio.

Saulo se dejó abrazar mientras la luz del cabo de vela se apagaba.

Epilogo

Luego de dos años de la visita a Pablo en su celda de muerte, en la víspera de su ejecución, Antonio llegó con Leonor y su hija al Poblado de San Cipriano en el altiplano Boliviano. Quería recrear la experiencia de San Alejo y sacar otro pueblo de la miseria. Ahora tenía el apoyo del gobierno y de muchas organizaciones. El plan debía funcionar y poco a poco ir rehabilitando comunidades hacia un sistema humanista del verdadero amor hacia los demás. Cuando se bajó del automóvil sintió una gran alegría cuando vio que en la escalinata de la iglesia, junto al cura, estaba Miguel con sus ojos profundos y una sonrisa angelical.